U0559545

薛舒

著

最后
一棵树

上海文化出版社

目 录

目
录

人和人未必要在一起，两个名字相遇，就很好。

一

　　周若愚坐在第二级台阶上，台阶一共有三级，花岗岩材质。石头把冷意从臀部传递至全身，周若愚打着轻微的哆嗦，上下牙之间"咯咯"的碰撞让他像一个喋喋不休的人。他穿得有点少，没穿棉毛裤，牛仔裤包裹的双腿并拢拱起，膝盖抵住下巴，这使他嘴里发出的有一搭没一搭的絮叨声听起来含混不清。他说话时始终低垂着头，仿佛要把那张布满青春痘的瘦脸埋进两膝之间。似乎有点害羞，或者胆怯，他不敢直视笑盈盈地看着他的林若梅。

　　其实周若愚早已过了长青春痘的年龄，只是分泌过于激昂的荷尔蒙始终处于无法完全代谢的状态，脸上的痘痘才得以延续到三十二岁的至今，周若愚本不宽绰的面庞，便显得分外拥挤。不过，他似乎不介意自己的实际年龄与长相是否步调一致，没有人问他这种尴尬的问题，林若梅就从来不问，这就是周若愚喜欢和林若梅说话的原因。他对她几乎无话不谈，工作中遇到的尴尬事，无数次在母亲的逼迫下去相亲，他告诉她，自己其实一个人过得挺好，不需要结婚……林若梅对此不置可否，她惯常于用微笑替代语言。不过周若愚是很知趣的，他不愿意太过频繁地打扰林若梅，虽然这个平静生活着的女人对他

　　的经常出现从不表示反感，但他依然告诫自己，每个人都有自己的生活，彼此关爱并不等于相互占有。

　　周若愚不喜欢被占有，也不喜欢占有别人，他觉得，保持若即若离的关系是最好的，他不喜欢完全明朗化的关系，那会让他平白增加压力，并且，没有一点儿悬念的恋爱，无疑是枯燥乏味的。

　　当然，这是周若愚一厢情愿的想法，他不能断定，这所谓的"恋爱"，林若梅是否认可。他和她的相处有些暧昧，周若愚喜欢暧昧的感觉，他认为，暧昧是一种情调，是一种温和的欲望，是有节制的激情，是欲罢不能、是恰到好处……难道不是吗？各自保留着属于自己的秘密领地，疲累或者烦恼的时候可以躲起来休息，当然，叫逃避也可以。人是需要给自己一所躲避的密室的，从干上现在这份工作开始，周若愚就这么想了。好在林若梅不反对他把他们的关系处理得有些"暧昧"，想必她也不希望被完全占有。

　　周若愚垂着眼皮，言语基本流畅，在林若梅面前，他变得不再口拙。他已经对着她倾诉了半个小时，用的是一种没有太多起伏的语调，他在诉说一个梦，听起来像一个处于瞌睡边缘的小和尚有口无心的念经：这几天我睡眠不太好，每晚都做梦，同一个梦……

　　梦里的周若愚不停地挖着地道，像一个越狱的逃犯，怀揣着一颗自由的心，惶恐而又亢奋地劳作着。那可真是暗无天日，每次眼看要挖到世界尽头了，土层越来越薄，只要再来一锹，阳光就会像从天而降的洗澡水一样喷洒到身上。他举起铁锹，用足所有力气捅向薄薄的土层。一声轰响，尘烟蓬勃弥漫，然而尘土落定，眼前却是一道新的夯土层，厚实并且坚硬，像一座石头山挡在眼前。周若愚筋疲力尽，绝望让他有种哭泣的冲动，他听见自己嗓子眼里挤出的呜咽声，断断续续，哼哼唧唧，像过期的牙膏，干结、毛糙，需要用力才能一截截往外挤……

说到这里，周若愚几近哽咽，但他没有哭，两眼是干涩的。他不可能在林若梅面前哭出来，并且，他也不觉得需要为一个持续的噩梦而哭。他看了一眼林若梅：梦而已，没必要担心，你说是吧？

不等林若梅回答，他就撑住膝盖站起来，反手拍了拍自己臀部想象中的尘土：好了，我该回家了，再见。

其实台阶一点都不脏，周若愚每次见林若梅，都是坐在她家门口的这块花岗岩上，这是一种最不易积灰尘的石头，因为光滑。倒是他的粗布牛仔裤上沾染着一些疑似油渍、颜料，抑或粉尘之类的斑驳色块。

林若梅住在东区，比西区和北区更开阔，住所与住所之间布满香樟树的浓荫和应季开放的鲜花。天崇园是有钱人的首选，天崇园里的东区，是比有钱人更有钱的人才会选择的区域。林若梅是有钱人，有钱人林若梅却从不介意周若愚的唐突，他总是来得突然，走得也突然，可她不会生他气。

周若愚转身，下台阶，沿着熟悉的林荫路向傍晚时分的"天崇园"大门走去。

每次他离开，她都不会送他，可他的后背能感觉到林若梅看他的目光，微笑的、平静的，带一丝慈爱，还有点恋恋不舍。周若愚当然不会介意她从不肯迈出家门一步，她在家门口迎接他，在家门口听他说话，在家门口目送他……不过，林若梅会派小黑送他，一只矫捷而又安静的黑猫，她养的，聪明之极。小黑仿佛懂得主人的心思，周若愚说话的时候，它就趴在主人身边，和它的主人一样，它总是很耐心地倾听来客的倾诉。但只要周若愚一站起来，它就会躬身起立，尾随着他，一直把他送到林荫路尽头。

二

"天崇园"里的花开得比外面迟一些，季候已近仲春，这里的十多株樱花树却还开得纷纷扬扬。林若梅家门口就有一株，清风拂过，无数粉白花瓣落下来，铺满了门口的三级花岗岩台阶，没有人来扫。周若愚告诉过林若梅，不用扫，我关照过保洁工，别扫，这样我就可以坐在花瓣铺就的地毯上，多好！

林若梅从不反驳他，唯一坚持的就是，她不迈出家门一步，他也没被允许进入她的家门，门口的台阶就是她待客的地方。

周若愚不介意，他喜欢这块花岗岩。事实上，这块花岗岩是周若愚替她挑选的，叫"白冰花"。其实，林若梅落户的位置，也是周若愚建议的。就是那次，他认识了她。应该说，是登记册和发票上的名字吸引了他，林若梅，他想，和自己的名字真般配，便指着电脑上的布局图，抬起眼皮，对来客说：

这里有一棵樱花树，地势相对高，黄梅季也不会太潮，还是第一排，阳光不会被挡住……来客当然不是林若梅，是一个四十岁左右的男人。周若愚想当然地认为，他是登记册上那个叫林若梅的女人的丈夫，抑或，别的什么身份？不管什么身份，选择"天崇园"的就是有钱人，替林若梅置办居所的男人肯定很有钱。

男客户俯下身，在电脑上看了半天，紧锁着眉头，临了说一句：等我去实地看一下再说。

这还用看？周若愚想，没有人比自己更熟悉"天崇园"了，他每天要接待多少准备落户的客人啊！都市边缘的高档地段，绿树成荫，空气新鲜。周若愚工作的公司业务部设在园区营售管理办公室隔壁，一扇大门，两个工作间。他在这里工作了五年，新来的住户，几乎都被他见识过注册的名字。他喜欢琢磨那些名字，名字背后的面孔，他倒未必想见。他愿意根据名字，想象出主人的长相，抑或性情。比如憨厚的"蔡毛根"、愚钝的"刘卫忠"，或者精明的"张林娣"、世俗的"王丽花"，他就没有想去认识他们的欲望。当然，憨厚、愚钝，抑或精明、世俗，都是周若愚对那些名字的印象，名字背后的人究竟是怎样的，他没有兴趣去了解。只有林若梅，令他在见到名字时，就陡然地生出了些许仰慕。他当然不认识林若梅，他仰慕的，只是那个名字。他觉得，叫林若梅的女人，应该是文静、优雅的，也许，身上还有着他人无法懂得的美。

三天以后，男客户又一次登门，周若愚已经记住那张紧锁眉头的脸。

周若愚领着男客户走在堆满建筑材料的仓场，脑子里总是不由自主地跳出"林若梅"三个字，一伸手，就指向一堆石料中那块白色花岗岩：这一块叫白冰花，是特级，光度硬度都高，看这花纹，像雪天里的蝴蝶，飘逸、轻盈，不乱不杂，非常洁净，这么上档次的，找不出第二块了……周若愚暗想，"紫罗红"过于雍容，"帝皇金"有些庸俗，"蒙古黑"显得阴郁，"玉雪莲"名字不错，可花纹密集，喧闹了。对这些石材的名字、品质、用途，周若愚烂熟于心，那是他的专业，也是他的职业。白冰花，没有更好的了，与她的名字多般配，林若梅，不是吗？

公司的小货车把男客户和各种材料一并送去了加工场，周若愚没有亲自跟去，他要立即赶到十千米之外的城里，和一个叫"丁军芳"的女孩在"卡瓦"咖啡馆见面。这是母亲替他找的第六个相亲对象，之前五连败的战绩使母亲终于把目标指向农村。年轻的丁军芳以种蔬菜为生，包括她的父母、兄弟。这一家人，经营着一个蔬菜种植基地，天天在众多白色的大棚间穿梭劳作，可他们的脸色却不似白色的塑料大棚一般白。母亲说了，健康比什么都重要。周若愚完全认同母亲的判断，他准备去赴约，卡瓦咖啡馆。

周若愚拐到仓场后面，按了一下他那辆比亚迪汽车的遥控钥匙，车灯在白色的天光下无力地一闪，就像彼时周若愚的精神，颓唐而散漫。

汽车驶出仓场大门，周若愚看了一眼对面的"天崇园"。正是春天的开首，园内的两排香樟树一路延伸，地上枯黄的树叶铺了厚厚一层。香樟树是春天落叶的，周若愚知道，不过，树冠上已经顶起一片嫩绿，可见，新叶也已争先恐后地长出无数。一棵树的叶子，在同一个季节里凋落与生长，真是一种残酷的自我更新，就好像，一个孩子必须目睹前辈的死亡，才能促成自己的出生。那么，周若愚忍不住想，人们是先注意到枯叶的凋落呢，还是新叶的萌发？他回忆了一下，发现自己是先注意到林荫道上随风飞舞的落叶，然后才看到树冠上的大片嫩绿。

周若愚忽然想到，那位紧锁眉头的男客户，是否听从了他的建议，把宅邸选在了东区第一排的樱花树边？樱花快要开了，十天以后，那棵树就会绽放出满世界粉白的花，再是十天以后，就要漫天漫地飞雪似的谢落了。谢落的樱花，比开在枝头的樱花更漂亮，周若愚一直这么觉得。他想，林若梅，大概会和他一样，认为凋谢比盛开更美吧？

三

丁军芳长得很像丁军芳这个名字，周若愚第一眼看见她，就觉出这应该是一个简单、质朴，抑或有些大大咧咧的姑娘。他领着她走向"卡瓦"大厅最深处的火车座时，甚至闻到一股实用主义的气息扑向他的背部。

丁军芳把一杯蓝山咖啡喝得忙碌不堪，她不时用一把配套的小匙使劲搅咖啡，然后端起杯子喝一口，银色的小匙伸进嘴里舔一下，再插进杯子继续搅。金属小匙与瓷质咖啡杯碰撞出"叮叮当当"的声响，周若愚有些听不下去，他端起自己的咖啡，一仰头喝光。他想让丁军芳学他的样子，也一口喝掉算了，可是丁军芳没有接受他的暗示，只持续小口抿咖啡、舔小匙、搅拌，一系列动作，使原本应该简单、安静的"下午茶"变得无比繁琐而忙碌。

周若愚从没见过把咖啡喝得如此辛勤的人，他都不好意思看丁军芳，只能盯着她那只拿小匙的手。手的肤色，是被母亲称为健康的黝黑，骨节突出，食指的第一节侧面突出得尤其显然，是常年使用劳动工具留下的茧，虽然是一双十瘦的手，但看起来很有力气，指甲缝里还嵌了一些疑似泥巴的污物，想必是从菜农赖以生存的土地中携来，黄黑的色泽，令周若愚想到"肥沃"这个词。

不擅交谈的男人，好不容易想起一句问候的话：种蔬菜很辛苦吧？接下去，耳边就源源不断地传来丁军芳自豪的声音：种蔬菜是蛮辛苦的，不过我喜欢种蔬菜，种蔬菜比种果树好，果树一年挂一次果，蔬菜周期短，小油菜五十天，油麦菜四十天，青蒜六十天，"上海青"一个月，要是豆芽，一个礼拜，哈哈哈……丁军芳笑得很欢快，周若愚也忍不住跟着她笑了几声，笑完，很突兀地问了一句：你为什么叫这个名字？

丁军芳一脸愕然地看着周若愚：名字？名字又不是我自己起的，我怎么知道我为什么叫这个名字？说完，她机灵地反击道：那你说说，你又为什么叫这个名字？

周若愚张了张嘴，他想问她：知道"大智若愚"这个成语吗？但他没有问出口，他觉得，问她也是枉然，何必考验一个快乐的菜农？便改了口：水果生长周期比蔬菜长，可是水果卖得比蔬菜贵。

丁军芳想了想，倒也同意周若愚的意见：对的，有道理。又补充道：还有呢，蔬菜要用大棚，果树不用，蔬菜还很容易烂，每一茬收成都损耗不少，反季节菜卖得贵，可是大棚要加温，也要花钱，就说冬天的黄瓜吧……丁军芳一说起蔬菜就没完没了，她用声音带着周若愚参观起她们家的蔬菜种植基地，从一架大棚走到另一架大棚。周若愚的耳畔布满了各种蔬菜的名字，眼前掠过一片片生机勃勃的绿油油、红彤彤、黄灿灿，脑中却莫名地闪过一个名字——林若梅。他不由得想，倘若眼前是一个叫林若梅的女人，她会这么快乐而多话吗？

相亲活动结束，周若愚开着他那辆比亚迪回到家。母亲小心翼翼地问：感觉如何？他回答：不错。什么叫不错？母亲追问。他想了想：就是不讨厌。母亲皱纹紧蹙的面容霎时舒展开来：你主动点，过两天再约她一次，可别小看菜农，他们家的蔬菜种植基地，一年收入几百万呢。

周若愚想起适才两人在咖啡馆外面的停车场告别，他看着丁军芳那辆红色小宝马"嗖"一下从他眼前飞驰离去，快乐的菜农坐在驾驶座上，就像一整个还带着泥巴的大萝卜装在精致的雕花银盘里。周若愚钻进自己的比亚迪，忍不住咧了咧嘴，算是笑。

周若愚没有告诉母亲，其实他不太适应丁军芳总是搅咖啡和舔小匙。还有，她那十个"肥沃"的手指头，让他既是敬重，又望而生畏。还有还有，一米六七的自己和她站在一起，好像比她矮半个头。当然，还有很重要的一点，他赚的钱，只能买比亚迪……

母亲开始做长远打算：我要问一下介绍人，把人家的生辰八字要来，去算个命，看看你们的姻缘合不合……周若愚打断母亲，问了一句：妈，我的名字，是谁起的？

母亲被问住了：你的名字？你爸起的？哦不，大概是你爷爷，也不对，好像，生你的时候，请你爸的娘舅家谁起的……记不清了，反正不是我起的，你问这个干什么？

约会的时候，周若愚没有告诉丁军芳，其实他不知道自己的名字是谁起的。人是很容易健忘的，周若愚活了三十二年，母亲就忘了他的名字的由来。父亲十五年前患胃癌去世，头两年，他们还时不时地记挂他，这些年，渐渐地，不再频繁地提起他，不是刻意要遗忘，而是，内心里的确没有太多惦念了。每年清明节，他们才会想起他，去墓地祭扫一下。每次去扫墓，周若愚总会暗暗吃惊，他发现，自己太像墓碑上那张照片里的男人了，一年比一年像。三十九岁就辞世的父亲，把样貌停留在接近中年的阶段，而他的儿子，正马不停蹄地紧追上来，然后超越他，或者，与他一样，停留在某个并非预计的终点，永远不老。这么想想，周若愚心中就生出莫名的快感，通过墓碑上的照片，他提前认识了未来的自己。只是父亲的名字太平庸——周贵，刻在墓碑上一点儿都不起眼，更不会让人产生任何想象。这让周若愚略觉遗憾，他想到自己的墓碑，将来，他的子孙在清明时节为他扫墓的时候，会不会谈论一下刻在墓碑上的父亲抑或爷爷的名字？周若愚，虽然不算太出挑，太别具一格，但至少，这个名字他自己是喜欢的。只是已经无法考证究竟是谁创造了这个名字，母亲不记得，就无人知晓了。

四

周若愚坐在电脑前发呆的时候，其实是在研究那些名字。办公室电脑里有一份"天崇园"住户分布图，名字与宅邸一一对应，园区资深营售员唐小姐拷贝给他的。唐小姐穿着一套很正式的深色套装从外面回来，她刚去天崇园出席了一场新住户的入驻仪式，她还戴着白丝手套，撑着黑绸阳伞，这使她看起来既庄重又假惺惺。周若愚问：唐姐，最新的住户名单有吗？拷一份给我好不好？

尽管不属同一家公司，但唐小姐和周若愚的工作都是服务于天崇园的住户，他们在相邻的办公室工作了好几年，喝口茶的声音都能互相听见，起码的信任总是有的。唐小姐没有任何异议，唐小姐收起黑绸阳伞，进办公室，脱下白丝手套，打开电脑，用电子邮件的方式把住户资料发到了周若愚的邮箱里。

两个星期过去了，不知林若梅是否已进驻天崇园，周若愚在最新分布图上找了一遍，没有她的名字。也许唐小姐忘了更新资料，或者那个紧锁眉头的男客户替她变更了预订？他是林若梅的代言人，他主宰了她的一切，包括选址和装修风格。这当然没什么奇怪，周若愚看得多了，那些被写下名字的人，通常是没有自主权的，除非……他想起父亲的墓碑上，那张与自己越来越相似的照片，他想，等他到了父亲这个年纪，一定要为自己选一块合适的、喜欢的墓址，即便只是灵魂的栖所，他也不希望被别人主宰。

周若愚想去天崇园走一圈，虽然他明白，分布图上没有林若梅的名字，实地去找，更是几乎没有可能找到，除非一户一户查。

周若愚过于依赖对名字的感觉，他总是觉得，他能从名字中嗅出温暖或寒冷，和谐或抵触。前几次失败的相亲历史，在那些"女方"看来，也许是因为周若愚个子偏矮、过于瘦弱，抑或他总是显得有些木讷的眼神，以及笨拙的口舌，甚至，他做的这份不讨女孩子喜欢的工作。可在周若愚看来，那多半就是名字的原因。譬如那个叫王艳丽的超市收银员，周若愚一听到她的名字，就像闻到了一股香烟老酒牙膏肥皂加卫生纸的混合气味，实在太接地气了，她让他有一种想去卫生间洗一下手，或者用洁厕灵把马桶洗刷一遍的欲望。还有那个叫徐紫嫣的小学老师，这名字让他想到一个坐在落叶中哭泣的矫情女孩，一不小心就把自己当成林妹妹的那种。还有一个，叫沈旖旎，周若愚几乎无法判断这个名字的气味，虽然"旖旎"的意思很明确，但他无论如何不能接受，那个一边吃着肯德基土豆泥，一边说要减肥的胖乎乎的女孩，竟然可以叫"旖旎"。

周若愚不是不知道，名字与人，常常是南辕北辙的，可他就是无法让自己不去计较一个人的名字。与一个女孩相遇，就是与她的名字相遇，和一个女孩相处，就得先与她的名字相处，名字是女孩伸向他的一只手，是他对她的第一把触摸。并非一定要惊艳，合适才是好的，再不济，就起个没有任何特点的名字，也比那些有着强烈气味却庸俗甚而恶俗的名字强。比如丁军芳，那是一个让周若愚没有抵触感的名字，当然，也没有脱颖而出的魅力，不冷也不热，不坚硬，也不柔软，当属中性。再比如林若梅，就是他钟情的名字，这名字，既有退让，又有恪守，既是柔和，又是沉稳，当然，更多的是一种不确定，似是而非的，飘逸的，带着一缕仙气。周若愚知道，那是他独有的，无以言表的感觉，这种感觉，他不指望别人能理解，所以，他也从未在任何人面前发表过有关名字的议论。

　　那一日，周若愚进天崇园送一批加工好的建筑材料，与客户交接完，就向园内的东区第一排位置直奔而去。尽管布局图上没有林若梅的名字，但他还是认为，她要落户，一定是在他推荐的那棵樱花树边。天崇园很大，一条直通园区底部的林荫道，两边不断有分叉，第五个分叉口，向右拐，樱花树就在一百米远的前方。花正在凋落，树却依然婀娜，还没走到跟前，周若愚就依稀看到嫩绿的枝叶间正落下雪片样的花瓣。再走近几步，却见樱花树下的宅址边，三个男人围在一起争论着什么，其中两位年纪大一些，周若愚认得，是园区管理办聘请的保安和保洁工，另一位，就是那个习惯于紧锁眉头的男客户。周若愚立即转过身，幸好，他们没有发现他。

周若愚朝园区大门方向走去，心里布满了甜蜜，以及一丝欣慰。布局图上没有林若梅的名字，肯定是唐小姐没有及时更新，现在他可以确定，她落户在了他推荐的宅邸，从那位男客户和保洁工断断续续的争论声中，周若愚听出来，大概是保洁工清扫掉了男客户摆在台阶上的垃圾，可是男客户说那不是垃圾，是有用的……不管他们争论的是什么，总之，周若愚找到了林若梅，这让他近乎欣喜若狂。

回到办公室，周若愚在自己的电脑上修改了布局图和名单，他没有告诉唐小姐布局图需要更新，他甚至希望唐小姐一直忘了更新，那样，就没有别人知道樱花树边住着一个叫林若梅的女人了。周若愚有些自欺欺人，可他真的喜欢那个名字，他甚至希望，林若梅是他独自拥有的，不是那个人，而是那个名字。林若梅，属于周若愚，这两个名字，多么般配！

走在天崇园林荫道上的周若愚，一想到这个，脸上就涌起一片红潮。

五

丁军芳的生辰八字与周若愚十分相配，母亲脸上的皱纹里嵌满了丝丝缕缕的喜气。这一次的相亲很顺利，女方没有向介绍人提过任何对周若愚的不满，唯一的希望，就是周若愚辞掉现在这份工作，加入他们的队伍，成为富裕的菜农家的新生劳动力。

那么接下来，就该进入主题了。母亲说：下次碰头，你问一下军芳，选个日子去一趟她家，认认她的父母兄弟，毛脚女婿总要上门的，备上六样礼品，一只鸡、一条鱼……母亲掰着手指头算礼品，好像周若愚明天就要把那个辛勤的菜农姑娘娶回家。

事实上，婚事的进展的确超乎周若愚的预计，刚进入夏天，周若愚就从母亲的口中听到了自己的婚讯。他没有料到再是两个季节以后，自己就要结婚了，他只知道，他并未在任何节骨眼上提出明确的反对意见。在母亲眼里，他不反对，就是同意。周若愚有些疑惑，究竟是母亲把他送到了婚姻的当口呢，还是他自己下意识地愿意这么做？

为这件事，他想，他应该去"天崇园"找林若梅谈谈。他已经好久没去林若梅家了，其实他一直想去，却因为最近一段日子，他忙于相亲，忙于约会，忙于应付母亲与菜农家众多亲戚的考察，忙于进一步了解丁军芳这个不柔软也不坚硬的名字背后究竟是怎样一个女人，忙于适应他从未涉足的蔬菜种植领域……

入夏开始，天崇园的住户都喜欢闭门享清闲，直到初冬，他们才会忙碌起来。天崇园最热闹的时节，是初春和初冬，也就是樱花和菊花盛开的季节。所以这些日子，高大抑或低矮的绿植都趁着没太多人打扰而疯狂生长。这个季节，也是小黑最欢喜的日子，它常常逃出家门，奔出天崇园，奔过马路，来找周若愚。圆黑的脑袋贴住玻璃门，鼻头压扁了，周若愚坐在面朝大门的办公桌前，一眼就看见它。于是开门，小黑一头蹿进来，像一道黑色的闪电。他给它吃火腿肠，什么话也不说。这是在办公室里，隔壁还坐着唐小姐，他怎么能像坐在林若梅家门口的台阶上那样，对着小黑说很多话呢？

唐小姐看见了，总是笑周若愚：你应该找个女朋友了，去谈谈恋爱，不要总是和流浪猫混在一起。周若愚心想：和丁军芳谈？只能谈蔬菜了。可他嘴上说：不是流浪猫，是我朋友家养的。

还是小黑懂周若愚，小黑默默地吃火腿肠，吃完就"嗖"一下窜出了办公室。这让周若愚感到慰藉，他想，大概是他好久没去看林若梅，她想他了，派小黑来看看他，传递给他一些消息。

傍晚，周若愚磨蹭着，直到唐小姐下班离开，办公室里没别人了，才起身，锁了门，过马路，进"天崇园"。

林若梅的家还是老样子，樱花树已经没有樱花，泛红的小串樱桃上满是被鸟儿啄食过的坑洼，香樟落叶早已被清理干净，这是一个没有落叶的季节。他在门口的台阶边站定，然后，他发现，林若梅早就看见他了。她靠在门口，看着他，微笑的脸温柔而又慈悲，没有一丝怨气。看她的表情，他就知道她并不责怪他这么久没去。可是她笑的眼神，不是一个恋爱中的女人的眼神，周若愚这么想，便冲她无声地笑笑，然后，在台阶上坐下来，说：我也不知道怎么回事，日子就已经定下了，结婚……

林若梅家门口有一棵樱花树，还有一些香樟树，却没有蔷薇，要不这会儿，空气里应该满是蔷薇的香气，热闹而又带一丝俗气。周若愚觉得蔷薇的确不适合林若梅，蔷薇花开的时候，一嘟噜一嘟噜簇拥在一起，太喧闹了，像一群群聒噪的女人。林若梅是个落单的女人，或者，在人群中，她是独立的，梅花一般，同一季开放，却一朵是一朵，不会拥作一堆。所以现在，林若梅家门口没什么花点缀，这样也很好，周若愚还是喜欢，毕竟，林若梅住的这一处，是周若愚替她选中的。

这么想想，周若愚又有些伤感，其实，选定地方的还是那个有钱男人，他只是听从了周若愚的建议。可不是吗，那个他接待过的喜欢紧锁眉头的男客户，不管他是她的丈夫，还是她的情人，总之是他花钱替她买下了现在的住所。

不过，周若愚从不去想，自己常常进天崇园找林若梅说话，这是否有失伦理。他的确只是说话，说话而已，甚至他都未曾进过她家的门。可他也总是有意无意地避开她的丈夫，抑或她的男人。尽管什么都没发生，但他还是不愿意林若梅的男人误会。他相信她是柔弱的，又是倔强的，倘若她的男人误解她，她一定不会为自己辩解。所以，要是被那个喜欢紧锁眉头的男人撞上，岂不是伤害她？

现在，周若愚终于把自己快要结婚的消息告诉了林若梅，他还说：也许以后，我不会有太多时间来看你了。说完，他竟不敢抬头看她的表情。他怕她悲伤，更怕她不悲伤，他担心她所有的情绪，好心情，抑或坏心情。所以，不等她表态，他就站起来，拍拍牛仔裤上并不存在的尘土，低着头说：好吧，那我走了，你好好照顾自己。

说完，他一直紧绷的心，突然松弛下来。

小黑替代她送他，一直送到林荫道的尽头。他想，下一次去看林若梅，不知道什么时候了，也许初冬吧。可那时候，他不是要准备大婚吗。

六

秋天到来之后，周若愚完成了辞职前的最后一批活计。丁军芳全家都急切期待着他去他们家做一名快乐的菜农，并且承诺，只要他放弃现在的工作，他立即就能拥有一辆"路虎"，以后小两口，一个宝马，一个路虎，携手奔向千万富翁。尽管周若愚对"马虎配"的说法不敢苟同，但他还是以"不反对"的消极态度达到了"同意"的效果，所以，他终于要迎来他的大婚了。

周若愚是个负责任的人，他不想把自己的工作变成烂尾活留给顶他位置的新人，虽然他不知道有没有新人来顶他的位置。可是，他要去做菜农家的新女婿了，他必须干干净净地离开，包括他电脑里的客户资料，也要整理好一并留给后人。这么想的时候，周若愚觉得有些悲哀，自己才三十二岁，就要把"事业"交给后人，那么，他就是一个"老人"了？

周若愚打开电脑，点击天崇园布局图，东区第一排，林若梅的名字赫然在目。他相信，唐小姐的资料已经更新过，应该也有林若梅的名字。不过，唐小姐是不会和他一样，对林若梅这三个字那么敏感的。他们的电脑里有那么多人的名字，唐小姐为什么要对林若梅另眼相看呢？好比周若愚，就不会对住在林若梅邻栋的那个叫"徐茂昌"的男人感兴趣，也不会对西区、北区、南区的某个叫"吴姗姗""蒋玲玲""乔娜娜"的女人多看上特殊的一眼。周若愚不觉得这有什么奇怪，一个人与另一个人相遇，是一种缘分，一个名字与另一个名字相遇，亦然如此。所以，周若愚才会在看见林若梅这个名字的时候，再也不肯忘掉，然后，因为偏执地爱上一个名字，而爱上一个人。

说爱上也不确切，总之，别人是没法明白的，丁军芳也不会明白，只有周若愚自己明白自己。周若愚在电脑里的布局图上删掉了"林若梅"的名字，不管唐小姐的资料里有没有她，总之他不想把林若梅从自己手上丢给别人。然后，他又删掉所有工作以外的文件，关闭了电脑。现在，他还有最后一件活要做。

周若愚来到公司业务部办公室后面的仓场，那里堆满了各种建筑材料。一堆石料中，有几块黑曜石的边角料，周若愚已经在锉床上加工出了胚子，现在，他要用黑曜石胚料刻一块小挂件，小到可以挂在胸口。

周若愚拿起刻刀的时候，发现自己做了那么多年墓碑雕刻匠，这还是第一次刻那么小那么小的字，比墓碑上的字小多了。他要在黑曜石的一面刻上"周若愚"三个字，另一面刻"林若梅"三个字，看看，这两个名字放在一起，多么般配。他在墓碑上刻过那么多名字，他还刻过很多夫妻合葬的墓碑，他就没见过哪两个名字有他们这么般配的，简直天生一对。不过他也知道，周若愚和林若梅，本就是阴阳两隔的，所以，他们的名字，一定是出现在一块石头的两个面上，知道彼此在一起，却永远不能见到，不是吗？

　　唐小姐穿着很正式的深色套装找到仓场里，唐小姐撑着黑绸阳伞，戴着白丝手套，唐小姐说：周若愚，我忘了带办公室钥匙。

　　周若愚摸出钥匙交给唐小姐：你拿去吧，不用还给我了。

　　唐小姐没问为什么，唐小姐拿着钥匙，一扭一扭地走了。她刚在"天崇园"里主持完今天的第三场落葬仪式，冬至时节的工作节奏就是这样，资深销售兼金牌司仪的这身打扮，看起来挺庄重，周若愚看着她的背影，心想：只是有点假惺惺。

　　仓场里没有别人了，周若愚重新拿起刻刀，他预感到，这是他最后一次拿石刻刀了。所以，他刻得很认真，很仔细，很动情，他手里刻着字，脑中想着，林若梅是初春的清明搬进天崇园的，他们就是在那时候相遇了，现在已临近冬至，日子太短，也太快……风吹过，石粉飞扬起来，呛得他眼泪都要掉出来，可他还是几乎一气呵成地把六个字刻了下来。直到刻完"梅"，天色已经向暗，他抬起头，眼前黝然一闪，是小黑。

　　周若愚拍拍手，小黑毫不防备地跑过来，这回他没有火腿肠给它吃。周若愚把刻好的黑曜石挂件用一根早就准备好的皮绳穿起来，拴在小黑的脖子上，什么话都没说，只拍拍小黑的屁股。小黑一躬身，猛地弹跳开，"嗖"一下，冲出石料场，像一道黑色的闪电，向着街对面的"天崇园"飞射而去。

　　冬至快到了，菊花开的季节，天崇园就会热闹一阵。周若愚顶顶不喜欢的，就是每年的清明和冬至，活人来来往往，把成片的绿植和花儿踩得七零八落。不过，这个冬至以后，周若愚就不在这里工作了，他要去做一名菜农了。

周若愚把消息托付给了小黑，他想，林若梅会理解的，人和人未必要在一起，两个名字相遇，就很好。

等待

在最亲近的人摇身一变成为最危险的人时，她发现，她最想念的，是一个完全陌生的人。

一

　　她站在超级市场的生肉柜台里，身上穿着一件满是斑驳油迹的白色工作服，胸口挂一张013工号牌。她上身尽力往柜台外倾探，嘴巴凑到林凌耳边大声说：坦率地告诉你吧，我是一个第三者。

　　她既然需要用耳语的姿势以及巨大的声音宣布她是一个第三者，那必定希望听者有惊诧的反应，所以林凌十分配合地瞪大了眼睛，并且用一只手掌捂住了嘴巴。此举显然表示她正在用手掌阻挡嘴里呼之欲出的惊叫，当然，她没有叫出来。彼时，林凌正以一名顾客的身份站在超市的生肉柜台前，如果她发出惊叫声，一定会引起其他顾客的驻足围观。

　　事实上，林凌不认识这个挂着013工号牌的卖肉女人，一张大众化的陌生面孔，短发微卷，皮肤黝黑，身材瘦小，林凌的记忆库中没有这个人。适才，她叫住了辗转于一堆猪肉前的林凌，大声招呼道：嗨，好久不见，你好吗？

　　如同在公共场所遇到任何熟人一样，林凌的脸上迅速堆起笑容，并且不假思索地回答：你好你好，是啊，好久不见。

　　说完这几句废话，林凌依然没有想起她是谁，于是问道：你在这里上班啊，不错不错，你家里人都好吗？

　　林凌的目的，是想通过更多的谈话回忆起 013 号的名字和来历，通常，她总是在面对某位被遗忘的旧友时采取这种迂回的办法探询到一些有价值的信息，这种方法在她的经验中当属屡试不爽。然而这一回，她失败了，她站在超市的生肉柜台前倾听着一个陌生女人的诉说，却无法在记忆中找到这个女人。可是 013 号却把她当成了知心朋友，她在林凌一经提及"家人"时，便滔滔不绝起来：……家里人人都好，就数我不好，你早就结婚了吧，可我，到现在还没结婚呢。三十好几的人不出嫁，人家以为我变态。其实我是有男朋友的，不结婚，也是为了他……

　　说到这里，013 号黑瘦的脸上露出一个神秘的笑容。然后，她隔着柜台倾探身躯，尽力凑近林凌的耳朵，并且用巨大的声音说：坦率地告诉你吧，我是一个第三者。

　　013 号粗哑的声音与浓郁的生肉气味混合一体，传播到林凌的耳朵里。一定是林凌惊诧加之好奇的眼神鼓励了她，于是，她的话题更为深入起来。

　　……我男朋友是个公务员，他是有老婆的，他还有个孩子。我这么做是不是很不道德？可又有什么办法呢？我只能做"第三者"……

　　013 号黑瘦的脸上顶着被太阳晒伤的痕迹，灰暗的眼睛里射出兴致勃勃的光芒。林凌实在没有兴趣了解一个陌生女人的风流韵事，她很想告诉她，"第三者"这个称呼早已过时，连"小蜜"和"二奶"都已少有人提，现在人们把非婚姻关系的异性伴侣叫"情人"。可林凌不好意思打断她，林凌自责地想：我怎么能扼杀一个以卖肉为职业的社会底层女性眼睛里难能可贵的光芒呢？

就这样，林凌站在一堆剁碎的牛骨和半片猪肉面前听着013号的倾诉，"第三者"这个词汇被无数次提及，直到她终于说累了，叹了一口过来之人的气：唉！有些事情说得太明白了不好，我相信你是理解我的，我还要上班，下次再聊吧。

013号转过身，推开柜台后面堆放着更多生肉的冷库门，白色的身影隐没在一片扑腾而出的冷气中。

直到走出超市，剧烈的阳光纷纷扬扬地跌落在林凌身上，她还没有想起013号究竟在她曾经的生活中占据了哪一时段。彼时，她怀疑自己是否得了健忘症。

二

难得拥有一个彻底放松的休息日，林凌预想中悠闲的超市购物生活被一个卖肉女人打乱。她本来想买两斤排骨，一斤冬瓜，再买一些调味品。可是回家后，她发现购物袋里独独缺了排骨。013号把林凌挽留在生肉柜台前将近半小时，这半小时内，她的思维被一个粗哑的声音引领着不断在过去与现在之间徘徊，购物计划遭遇破坏，林凌忘了买晚餐的主菜原料。

晚饭时，张胜用一把瓷勺在汤碗里撩了一通，自言自语道：是冬瓜清汤啊，夏季食疗偏方吗？

林凌觉得有必要叙述一下她的超市奇遇，以此向丈夫说明冬瓜汤里没有排骨的原因。张胜听完，一脸不屑地说：这还不明白？她肯定认错人了。

饭毕，张胜捏着一根烟准备去阳台。因为操作出一顿差强人意的晚餐，林凌感到愧疚不已，她说：老公，阳台上有蚊子，就在客厅里抽吧。

张胜奇怪地看了她一眼，咧了咧嘴，走向阳台。结婚时，林凌就制订了一份"家庭约法三章"，不准在屋里抽烟是其中一项。长期在规定里生存的动物，会把人为的规则当成天然的规律，就像习惯被关在笼子里的小鸟，即便给它飞翔的自由，它还是会回到笼子里乖乖呆着。张胜就是那只鸟，他严格遵守着家庭规则，对林凌的讨好并不领情。他独自站在阳台上，点燃香烟。天色已昏黑，林凌在厨房里的水池边洗碗，她没有开灯，她手里洗着碗，眼睛却看着阳台上的张胜。黑暗中的男人捏着香烟的站立姿势优雅而孤独，一点闪烁的红光在他的手与嘴唇间划出一条接一条优美的弧线，远处的高楼群和霓虹灯成了他的背景，他就那样站在越发浓重的夜色中抽烟，渐渐地，他的身影成了一尊雕塑。

就在这时候，林凌手里正清洗的一只青瓷汤盅突然不合时宜地碎成了几片。张胜扔掉烟头走进厨房，打开节能灯。他看到林凌的右手食指正冒出大滴血珠，便用严厉的语气大声训斥：作为一个成年人，应该有成熟的思维，黑暗的工作环境会让意外发生的概率大大提高，你应该对后果有预料，可你居然关着灯洗碗……

张胜是一名检察官，张胜的话听起来一如经济案件开庭时公诉人的举证。他和林凌结婚已经三年，但还没有打算要一个孩子。他们在黄金地段最高档的小区里买了一套昂贵的商品房。每个月，他们需要把薪水的三分之二交给银行分期还贷，对于张胜和林凌来说，还贷的负担已经造成了家庭经济的捉襟见肘，但他们还是咬紧牙关，勒紧裤腰带，优雅地伪装成这个城市里为数不多的"中产阶级"。

张胜找来一张邦迪牌创可贴包裹住林凌被碎瓷划破的手指，他笨手笨脚的样子让林凌的心头滚过一阵暖流。林凌说：老公，刚才我看你站在阳台上抽烟，你知道我想起了什么？

张胜撇了撇嘴：不知道。

林凌笑起来，笑得有些暧昧：罗丹的雕塑"思想者"，你知道罗丹吗？

张胜说：不知道。你的手，三天内不要浸水。

检察官张胜先生了无趣味的回答把中学语文教师林凌女士的浪漫企图及时扼杀。结婚三年来，他向来如此，林凌已经习惯了他的刻板。

三

随着经济犯罪案件的增加，检察官张胜先生的应酬越来越多，林凌几乎没有和他共同进餐的机会。为了增进夫妻感情，巩固家庭团结，"约法三章"的另一重要条款，就是周末一定要回家吃饭。所以，每周一次去超市买菜，成了林凌上班之余的重要工作。

又是一个周末，林凌在超市的生肉柜台边挑选一块里脊，正在斟酌不定时，她听到柜台里传出一阵沙哑却穿透力极强的招呼声：嗨，好多天没见你，怎么不来买菜啊？

林凌抬头，看见013号正对着她微笑。她怀抱着半爿红白相间的生猪，就像抱着一个赤裸的巨大人体。因为至今还没有想起她是谁，林凌只能给予她投桃报李的寒暄：是啊，我很少有时间逛超市。你忙你的，不用管我，影响上班不好。

然而，013号似是一个长年未有见到人迹的隐居者，对忽然造访的客人热情到几近忘乎所以。她不及放下怀里的半爿猪，就腾出一只手挑了一盒里脊递给林凌：这盒好，十分钟前刚过秤包装的。

紧接着，013号便迫不及待地开始了她的倾诉：哎，告诉你，我的男朋友，就是上次和你说的，那个公务员，他正在和他老婆闹离婚。你说，如果他离婚了，我要不要和他结婚呢？

013号黑瘦的脸上充满了举棋不定的犹豫表情。对于一个陌生女人的隐私，林凌不知该如何发表她的观点，她选择了一句不痛不痒的话应答：结婚是你的权利，他要果真离婚了，那你和他结婚，就是合法的。

受张胜的影响，林凌的谈话经常涉及到相关法律的一些词汇。显然，她的话给了013号极大的鼓舞，黑瘦的女人抱着半爿猪肉猛烈地点着她尖小的脑袋，负重的身躯显得更为瘦小。与一个抱着半爿生猪的女人长久说话，让林凌感觉自己像是屠宰场里的女搬运工。她婉转地提醒013号：把肉放下吧，多累啊！

013号张开手臂，随着"嘭"的一记撞击声，半爿猪肉落在一块大砧板上。然后，她从柜台底下抽出一把菜刀，向着半爿猪身挥洒起来。林凌决定乘她斩肉的时机赶快离开，刚想转身，013号的声音在菜刀碰撞猪肉的"噼啪"声追赶过来：对了，你老公对你好吗？男人都花心，你可要注意啊，小心第三者。

林凌吓了一跳，申辩的语气明显底气不足：我老公是个工作狂，哪有时间搞婚外恋。

013号神秘地笑笑：这种事情，我是有体会的，男人嘛，都一样。

接下去，013号又提了一个问题，这个问题，却把林凌给难住了。013号手握雄壮的菜刀，尽力把嘴凑近林凌的耳朵，大声道：其实，做第三者的滋味真是不好受啊！你说，什么叫第三者？你知道第三者的定义吗？

什么叫第三者？林凌从来没有想过这个问题，她也无法用书面语言科学而精确地解释第三者的涵义。所以，她只能摇摇头，以表示自己的无知。013号却抓住话题继续问：书上是怎么解释第三者的？你能不能帮我问问你熟悉的有文化的人，看看人家怎么说。

林凌是一所中学的语文教师，应该算是有文化的人，可013号的问题却让她意识到，自己连什么叫"第三者"都无法回答，怎么能算一个有文化的人呢？林凌因此而觉得很惭愧，但她答应013号，会尽快帮她找到第三者的定义。

四

晚饭时，张胜尝了一筷滑溜里脊，说：怎么有股腥味？肉不新鲜。

林凌夹了一片里脊放进嘴里，咀嚼，下咽，很正常，没有腥味，肉是新鲜的。可是任凭怎么劝说，张胜再没有动第二筷。一周仅有一次的家庭晚餐草草结束，张胜照例到阳台上去吸烟，林凌进厨房洗刷碗筷。接下去的几个小时，两人默默地坐在客厅里的电视机前。张胜捏着遥控器一轮又一轮地换频道，最后锁定在不知哪个国家群魔乱舞的足球场上。解说员用飞快的语速报出球员冗长的名字，疯狂的球迷在看台上弄出各种呐喊声和号角声。林凌的视觉和听觉在闪烁的屏幕和嘈杂的声音中惨遭蹂躏，脑海里，却重复着013号的话：男人都是花心的，你可要注意啊，小心第三者。

张胜是一个迂钝的男人，他是不会有第三者的，林凌想。可是，什么叫第三者呢？这是013号留给她的家庭作业，她还没有找到答案。

十点过后，张胜和林凌就把各自的脑袋放在了同一张双人枕头上，就寝前的最后一项节目拉开了序幕。其实根本没什么序幕，张胜讲究办事效率，他不需任何辅助方式做一下铺垫，便可直接进入夫妻生活的主题。当然，作为妻子，林凌一般会尽义务。只需专心配合他，在他预计的时间内完成工作即可。

可是这一晚，林凌却发现，在张胜肆意摆弄她的躯体时，她竟不断地开着小差。林凌的脑子里充满了一堆堆粉红色的排骨或者牛肉，耳朵里不断响彻着一句话：什么叫第三者……什么叫第三者……

林凌身上的棉布睡裙被张胜轻而易举地剥除，他气喘吁吁地爬到女人身上，手脚并用、无声无息地做着极其务实的动作。男人并不健壮但尚属结实的身躯犹如逼近女人眼前的荧幕，模糊而亲密异常。林凌闻到他身上安利浴皂的淡淡香气，脑子里，却不合时宜地跳出半片白森森的生猪。林凌在一具白色身躯的覆压下仰躺着，她不由自主地脱口问道：张胜，你说，什么叫第三者？你知道第三者的定义吗？

张胜动作着的躯体停顿下来，然后，一骨碌滚到双人床一边，男人的床上特权行为半途而废。他一边喘息一边轻声骂道：神经病！

林凌却像一个有着强烈求知欲和好奇心的学生，继续追问道：013号让我帮她找第三者的定义，你知道答案吗？

张胜侧过身，把一面宽阔的后背朝向林凌，愤怒的声音从他胸腔里逼出：我看你是给那个卖肉女人弄昏了头，第三者和你有什么关系？睡觉！

林凌却如中了邪一般继续问他，抑或是在自言自语：我从来没有在哪本书上见过第三者的定义，对了，法律应该对第三者有解释，张胜，你应该知道的。

张胜叹了一口气，情绪由气愤变成无奈，他带着倦意慢吞吞说：我建议，你去查一下字典，现在就去查，要不今晚你会睡不着的。

刚说完，张胜的呼吸里就带了一丝口哨似的啸叫。林凌知道，这是张胜进入睡眠的标志。

五

此后的几个周末，只要去超市，经过生肉柜台，013号总要叫住林凌，向她汇报公务员的离婚进展。013号把林凌当成了密友，林凌就只能充当一名忠实的听众了。然而，林凌还是无法想象，像013号这样一个黝黑干瘦、没有一点姿色的女人，竟也可以成为某个男人的情人？如果她说她是一个屠夫的情人或者她抢走了女浴室搓澡工的老公，也许林凌还会相信她的确是一个货真价实的第三者。但那位即将背叛婚姻的男人居然是一名公务员，这实在是一件令人匪夷所思的事情。

那段日子，每周一次的家庭餐桌上，猪肉成了长久的主角。张胜的长脸明显在往圆型方向发展。林凌并不认为张胜发胖的原因是吃了她做的肉，那完全是因为过多的饭局造成的。所以，林凌还是一如既往地在每个周末为张胜做一顿晚餐。她认为，结婚三年来，她的家庭生活之所以能保持相对稳定与幸福，每周一次的晚餐功不可没。

周末前夜，林凌问张胜：明天我去买些排骨给你炖汤好不好？

张胜坐在沙发上看一本法律书，他低着头说：随你。

林凌说：013号跟我说，萝卜通气，适合夏季食用。菌菇含有丰富的微量元素，营养很好。你说，排骨汤里放菌菇呢，还是放萝卜？

张胜依然看书，嘴里说：让013号来替你决定吧，不要问我。

林凌说：你还想吃什么别的菜，我去买。

张胜终于抬起头，他看了她一眼，一字一顿地说：不要把一顿饭搞得过于隆重，这样会让人有负担。从心理学角度说，夫妻双方，一方过多的付出会导致另一方心理失衡，同时有一种被压迫感。因为受惠方无法给予付出方等同的回报，所以对付出方过于关注自己的行为产生反感。而付出方也因为长期得不到受惠方的回报而对受惠方的忠诚度产生怀疑。夫妻之间，要彼此给予充分的人身和心灵自由，婚姻不是靠排骨汤来维系的。

说完，张胜低下脑袋，继续阅读。

原来张胜一直把妻子对他的付出当成枷锁和负担，林凌想，那么，他也一定不愿意为妻子付出些什么。彼时，013号的话又一次浮现而出：男人都是花心的，你可要注意啊，小心第三者。

林凌悄悄观察正埋头阅读的张胜，男人皱着眉头，耸着肩膀，像一只蹲在敞开着门的笼子里忧伤地思索着怎样获得自由的鸵鸟。为什么它看不见笼门开着？它的目光盲点让它无视唾手可得的自由吗？林凌有些伤怀地想：这究竟是鸵鸟的悲哀，还是笼子的悲哀？这样一个缺乏情趣的男人，会有第三者吗？

无论怎么看，张胜都是天底下最不可能有第三者的男人。

三年里的每一天，张胜的思维和表情始终与他对待职业的态度一样，保持着高度的严密和理性。林凌之所以嫁给张胜，就是因为他的稳重和古板。这样的男人，对于女人来说，不是更可靠吗？

那么，什么是第三者呢？林凌开始着手查字典，那本在书橱里长久充当摆设的《辞海》终于被宠幸。她成功地找到了"第三者"的定义：第三者，即当事双方以外的人或团体。

《辞海》没有列出男女关系范畴内的第三者定义，但足以向013号交差。林凌把定义记录在一张绿色便笺纸上，抄完，她把便笺纸对折，塞进了钱包。

那晚，张胜是什么时候停止阅读上床睡觉的，林凌一点也不知道，她睡得很死。直到第二天早上醒来，与往常一样，张胜完整地躺在她身边。

六

下班后，林凌直接去了超市。正奋力砍着一块猪肋骨的013号看见林凌，就像被隔离在传染病区的患者看见来探望的亲人，黑脸上露出了由衷的喜色。她兴奋地嚷嚷道：等了好久呢，知道你今天肯定会来，我给你准备了一包新鲜肉排，炖汤最好啦。

一股暖流在林凌心里悄然滚过，她几乎被感动了，她惊异地发现，不知从哪一天起，她已经把013号当成了朋友。她脱口问道：你那个公务员，婚离成了没有？

013号赶紧回答：她老婆死活不肯协议离婚，他就只好向法院提出了离婚诉讼。你说，像他这样的情况，法院会把孩子判给谁？

林凌不是法官，林凌无法回答这个问题，但他想到了张胜，她对013号说：回去我再帮你问问，下次来告诉你吧。

013号竟感动得热泪盈眶了，她抬起握菜刀的手，用沾染了不明污迹的袖子擦了擦眼睛说：太谢谢你了，你真是我的好姐妹。

霎时间林凌心里暗涌起一股惺惺相惜的感情，仿佛013号就是她的一个少年伙伴，她们分别了将近二十年后偶然重逢了，她们需要不断向对方倾诉多年来的生活经历和爱情遭遇，她们还需要不时地感慨一下飞逝的时光和无常的人生，交流一下各自配偶的情况，对比一下谁活得更滋润谁过得更落魄，然后在羡慕、嫉妒、懊悔、欣慰等复杂情绪的交织纠缠下感受着友情的美好和恒久。林凌因此而体验到一种前所未有的感觉，她甚至觉得，与013号在超市里的每周相见，远比与张胜每周一次共进晚餐有趣和愉快得多。虽然她还是无法想起013号究竟是谁，但她已然确信，在她已经遗忘的生活深处，013号一定占有不可磨灭的一席之地。

林凌怀着感激之情，掏出钱包，抽出那张绿色的便笺纸说：上次你叫我问第三者的定义，我抄下来了，你看看。

013号擦了擦油腻的手，一脸欣喜地接过纸片，然后像个中学生一样抑扬顿挫地朗读起来：根据1984年最高人民法院《关于贯彻执行民事政策法律若干问题的意见》规定，所谓

"第三者介入"，是指明知对方有配偶，而与其发生不正当的男女性关系，从而故意导致他人夫妻感情破裂，希望与之成为合法配偶的侵权行为。该侵权行为的介入主体，即"第三者"。

林凌一惊，这不是她从《辞海》里抄下来的"第三者"定义，绿色纸片上的黑色钢笔字迹中规中矩地宣布着"第三者"本质上的非法性。她一眼就认出来，字迹的制造者是检察官张胜先生。林凌慌张失措地叫起来：错了错了，我拿错了。

013 号已把纸条叠好，塞进了口袋：没错没错，我拿回去再仔细理解。

说完，她从柜台下面拿出一兜肉排：这是我专门挑出来留给你的，回家给老公炖汤吧。一个女人要抓住男人的心，就必须先抓住男人的胃。公务员的老婆就不会做饭，女人不会做饭是很吃亏的。

013 号的经验与张胜的意见是矛盾的，林凌不知道究竟应该借鉴 013 号的经验，努力抓住男人的胃，还是应该如张胜所说，不要把一顿饭搞得过于隆重。最后，她半推半就地接过一兜肉排，在 013 号"一定要先用大火沸腾七分钟后再用文火慢炖"的叮咛声中离开了超市。

回家路上，林凌想，张胜什么时候把她钱包里的便笺纸换掉了？他从来反对她与 013 号交往，甚至还骂过她"神经病"，可他却详尽地写下了法律意义上的"第三者"定义。想到这里，林凌顿觉一阵心惊肉跳，一个叫"窥视"的词汇从她脑海里跃然而出。彼时，林凌惊恐地发现，她似乎不认识自己的丈夫了，与他相处了那么多年，她却一点也不了解他。

七

按照 013 号的嘱咐，林凌开始炖排骨汤，半小时后，香浓的气味飘逸而出。林凌使劲擩着鼻子，被充分调动的嗅觉敏锐地探询到一种奇异的香味，这种气味具备蛋白质凝固后的典型特征，比如婴儿消化不良的大便，比如排骨炖出的浓汤，令人满足而又充满了妖冶和憨厚的双重特点，带着蒙汗药般强烈的迷醉气息，弥漫了这所豪华而又负债累累的居所。

做晚餐的过程中，林凌一直考虑着如何去了解张胜换下那张便笺纸的动机，是不动声色，还是直截了当？最后，林凌决定，等张胜回来后，她要向他表示感谢，感谢他为她找到了"第三者"的正确定义。这是最好的方法，这样既不会伤了张胜作为男人的自尊心，又可以悄悄观察他的态度。

直到下班时间过了许久，张胜还没有回家。这一日是周末，约法三章有规定，周末晚餐必须在家里进行。当然，排除地震、台风、暴雨等突发性不可抗拒力量以及出差等特殊情况。这个约法三章在措辞和格式上与具有法律效应的合同契约一样正规，三年来，张胜和林凌基本能履行每一条款，偶尔出现一方迟到等情况，他们会及时通知对方，以免另一方追究违约责任。可是今天，情况似乎有些严重。

天色黑尽，张胜还未回家。林凌终于按捺不住，她拿起座机拨下了他办公室的电话。与此同时，林凌的手机突然发出一记短信到达的布谷鸟叫声。她一手翻开手机，另一手握着座机听筒里的接听长音。短信上写着：紧急办案出差，今晚不归家，勿等。刚想挂断座机，耳边的听筒传来一个男人遥远的油腔滑调的说笑声：白雪公主跳脱衣舞，"七喜"啊……

一阵女人的大笑声紧接着席卷而来，然后，这个男声一改适才的语气，用庄重、礼貌而贴近话筒的声音说：喂！您好，××区检察院。

改变了风格的男声变得熟悉起来，不，是很熟悉，非常熟悉。林凌听到自己脑袋里发出"轰"的一声炸响，她张开嘴巴，那里流出的仅是暗涌的气息。熟悉的男声又说了一遍：喂！您好，××区检察院，请问您找谁？

林凌沉默，她不知道此刻能对电话里的男人说些什么。熟悉的男声以检察官的身份以及检察院标准通话用语询问了两遍，在依然得不到回音后，自言自语道："怎么回事？"然后挂断了电话。

关于白雪公主跳脱衣舞，那是林凌的一位男同事在办公室里请大家猜的一则谜语，说是打一种饮料的品牌。没有人猜到答案，他宣布谜底：白雪公主跳脱衣舞，七个小矮人最高兴了，答案是"七喜"。

办公室里笑成一片。那天回家后，林凌把谜语给张胜猜，他想都没想就说：猜不到。

林凌笑着宣布谜底，他却不屑地撇了撇嘴：亏你们还是教师，无聊！

张胜总是把自己弄得像要随时准备开庭一样威严肃穆，可是就在刚才的电话里，那个被他认定为格调低俗的谜语引起了某位女士的阵阵浪笑。林凌再一次想到了013号的话：男人都是花心的，小心第三者。

这个周末，林凌在胡思乱想中彻夜难眠，她几次想拨通张胜的手机把她的疑惑弄个水落石出，但最终，她还是没有把冲动付诸行动。她希望所有的猜测仅是想象而非事实，她甚至希望听听他们夫妻之外的第三个人的分析，旁观者的判断也许更加客观。可是林凌宁愿丈夫爱上别的女人，也不愿意让认识她的人知道她在竭力维持摇摇欲坠的婚姻。林凌无法面对那些隐藏着巨大欣喜却表现出万分同情的面孔，这比面对张胜果真背叛她的事实要恐怖百倍。

这一夜，长时间的思考使林凌既感亢奋不已，又觉疲惫不堪，最后，她发现自己活到三十多岁，竟是一个如此孤独的人，没有一个亲人或朋友可以在这种时候充当她求援的对象。

八

第二天，林凌在萎靡不振的精神状态中度过了一个寥落沉闷的周日，直到下午，她饥肠辘辘的肚子终于发出了连绵不绝的抗议之声。昨夜炖的那锅排骨汤端正地蹲在煤气灶上，一夜冷却后，酥烂的排骨凝结在半固体冻状汤汁里。排骨汤让林凌想到了013号，也许，她可以向013号倾诉她的苦闷，亦可以请她充当旁观者，来替她分析充满危机的婚姻。013号是合适的人选，因为非亲非故，便不必担心她会泄露秘密。况且，身为第三者的她，早已洞察了"男人都是花心的"，这样的问题，她应当更有体会，更有发言权。

林凌迫不及待地离家，向超市匆匆而去，她急切希望快快见到013号，此刻，她觉得013号就是她的至亲，在她遭受了挫折和创伤后，她定然会敞开充满生肉气息的怀抱，迎接迷茫而伤心的亲人。

遗憾的是，林凌并没有见到013号，站在柜台里的是一位高壮白胖的小伙子，相比而言，小伙子的身型体态更适合做卖肉的营生。只是他的白色工作服过于紧小，不像是他自己的衣服。更为可怕的是，林凌看到，胖小伙胸前佩带的工号牌上，清晰地写着"013"。她猜想是不是超市有规定，交替当班的职工要穿同一件工作服使用同一个工号牌上班，就像合开一辆出租车的两名司机使用的劳动工具是同一件。林凌试图向013号小伙子打听013号女人什么时候来上班，刚想张嘴提问，她就发现她根本叫不出013号女人的名字。于是，她只能向013号小伙子详细描述了一下013号女人的长相和说话声音。胖小伙听了半天，最后带着一脸疑惑和憨厚的笑容喃喃地说：我在这里上班三年了，从来没有见过这样一个女人啊！

可是，就在昨天下午，013号女人卖给林凌一袋精心挑选的排骨，林凌交给她一张绿色的便笺纸，上面写着"第三者"的定义，她还答应替她咨询有关公务员离婚后法院会把孩子判给谁的问题。可是一天之后，013号女人却改头换面变成了013号小伙子，并且在他的记忆里了无踪影。林凌百思不得其解，她就这么长久地站在柜台前发着呆。这显然有碍生肉柜台的生意，胖小伙婉转地说：阿姐，爱森放心肉要不要？不含瘦肉精的。

林凌知道，胖小伙子是提醒她该走了。于是她冲他抱歉地笑笑，转身离开了生肉柜台。

回家后，林凌一遍遍回忆昨天傍晚电话里的男声和女声，一遍遍看手机里那条告诉她"出差不归家"的信息，心头的疑惑却无以解决。她发现，她努力维护了三年的婚姻变得扑朔迷离起来，在急需一个旁观者来客观地分析现状时，013号却失踪了。没有旁人帮忙，林凌只能自己分析。在对张胜的反常行为进行了巨细毕究的解读后，林凌近乎崩溃地意识到，她的婚姻已经充满了凶险的征兆。

傍晚，张胜带着一身疲惫回了家，在他跨进家门的那一刻，林凌憋了一天一夜的委屈和愤怒终于爆发。当然，她没有像一个标准怨妇那样号啕大哭或者指桑骂槐。毕业于大学中文专业、现在是某中学语文教师的林凌怎么能那么没风度呢？当然，她也哭泣了，也质问了，但却是有节制的哭泣和质问。只是毕竟，在这种事情上，她不具备丰富的经验，所以，她有节制的哭泣和质问在实质上又与任何一名乡村妇女的号啕大哭和指桑骂槐具有同样的效果。她冷着一张脸，口齿伶俐地对着急急冲进厕所站在马桶边急迫释放体内水分的男人的后背提出了一连串问题：

一个会开玩笑的男人却从不在家里与妻子开玩笑，这是什么道理？

一个在夜晚的办公室里与女人开玩笑的男人，却用手机给妻子传达了一条"办案出差不归家"的短信，这又怎么解释？

一个男人曾经在妻子面前批评一则谜语的无聊，并且认为传播这样的谜语有辱妻子的教师身份，可他在办公室里却与另一个女人兴致勃勃地谈论这则"白雪公主跳脱衣舞"的谜语，这又是为什么？

林凌的质问具有浓烈的文学意味，语文教师的功底让她的语言十分流畅，并且具备小说的悬念。

向来讲究思维逻辑的检察官张胜先生在妻子混乱而跳跃的质问声中长久保持着沉默，并且，他消瘦而疲惫的脸上毫不掩饰地流露出不屑与厌烦。他的漠视和强硬让林凌流下了委屈的眼泪，她一边流泪一边发表总结陈词：013号早就说过，男人都是花心的，果然是这样。

直到夜深，林凌终是得不到张胜坦然磊落的回答。男人从卧室里抱出一床被子，他把他的床搬到了客厅里的沙发上。

自那天起，结婚三年的张胜和林凌在同一屋檐下的分居生活开始了。

九

张胜完全成了一个房客，他把客厅当卧室、把沙发当床，他对愁眉不展的妻子采取置之不理的态度，每周仅有一次的周末晚餐他也不回来吃，并且现在，张胜的出差越来越多。谁能确定他真是出差去了？那只能叫夜不归宿。难道他在外面确凿无疑有了第三者？难道他是铁了心不想回头了？林凌这么想的时候，就灰心到近乎绝望了。

对张胜可疑且可恨的行径，林凌却无能为力。在最亲近的人摇身一变成为最危险的人时，她发现，她最想念的不是父母亲人，不是朋友同事，而是一个完全陌生的人。她急需013号帮助，可是013号在哪里？林凌几乎悲叹一般在心里呼唤着013号。这个自称"第三者"的女人，完全可以站在第三者的立场分析另一个第三者的存在可能和破坏性。作为两个大同小异的情感故事中的不同角色，她们可以相互出谋划策，那样，她们就会在各自的爱情和婚姻中做到知己知彼百战不殆。林凌确信，013号的许多成功经验一定会给予她巨大的帮助。可是，013号成了玄幻故事里的一个虚拟角色，又仿佛成了一缕轻烟，在过往的记忆里漂浮着，无法穿越时空，进入现实的视野。

现在，林凌几乎每天都要去超市，她推着购物车行走在货架间，就像满载着新鲜抑或陈旧的希望。当然，最后她总是会在生肉柜台前长久逗留，仿佛一切如同以往，在她经过弥漫着生肉腥气的摊位前时，一个粗哑的嗓音会叫住她，然后，她将与一个陌生女人进入一场推心置腹的谈话。可是013号始终没有再出现，那个胖小伙像一座明晃晃的山一样耸立在明晃晃的生肉堆里，成块成片的猪肉或者牛肉躺在柜台里保持着一如既往的破碎和生猛。在林凌眼里，它们仿佛正日渐狡诈起来，它们一律在她光顾它们的柜台时以沉默的方式对她抱以强烈的嘲讽。

然而，林凌却对这个白灿灿血淋淋的地方越发迷恋起来，她像一名搬运工一样把超市里的商品一样样挪回家，以等待013号出现为目的购物活动让她买回了大堆真实的排骨、牛肉、猪蹄、鸡腿。林凌记得013号曾经说过，要抓住男人的心，得先抓住男人的胃。013号能做一手公务员爱吃的菜，这就是为什么她能以超市营业员的身份跻身于时髦的第三者行列的重要原因。这是013号留下的仅有几条宝贵经验之一，那么，权且把每天的超市之行当作以抓住男人的胃为目的吧，也许，这会有效地挽回张胜的心。

那段日子，林凌每天晚上都要把她的烹饪杰作摆在餐桌上，她希望张胜能偶尔品尝一下，也许，他吃了她亲自做的美点和靓汤后，冰冷的心会一点点融化。可是张胜并不领情，那些动用了林凌很多心思的靓汤美点，最终还是原封不动地保持着它们出锅时的模样。

十

两周以后的一天早晨，林凌正在收拾桌上纤毫未动的食物，张胜走进餐厅，咂了一下密闭一夜后干枯的嘴，终于说话：今天我休息，我去买菜做饭吧。

林凌想起来，今天是周末，他们已经多久没有一起吃过周末餐了？林凌鼻子一酸，几乎掉下眼泪来。皇天不负有心人，张胜果真被感动了，他不仅要留在家里吃饭，他居然还要亲自买菜做饭。结婚三年，张胜何曾买过菜做过饭？林凌喜不自禁而热泪盈眶，她讨好地对张胜说：怎么能让你做这种婆婆妈妈的事情呢？你又不会做饭，我去买菜吧。

张胜面无表情地说：谁说我不会做饭？

林凌便不再作声，心却狂跳着。那会儿，她恨不得立即去超市，她要告诉 013 号，她的抓胃行动收到成效了，丈夫的心被她抓回来了。她还要感谢 013 号，虽然她至今没有想起她是谁，但从今以后，她要把她当成最亲密最贴心的挚友。当然，林凌随即想到，如今的 013 号已非过去的 013 号。

张胜买菜回来后就进厨房忙碌起来。这期间，林凌认真地打扫了一遍卧室，换了新床单和新被套，又在床上喷了一遍 CD 香水，她为今晚与丈夫有可能同睡一张床作好了充分准备。然后，她又找出结婚时购买的一套从未用过的水晶高脚杯，还有一瓶朋友送的佳酿干红。这顿饭，可是结婚后张胜的处女作，她要搞得隆重一些，以庆祝他们夫妻冷战的缓解。洗干净酒杯后，林凌发现家里没有开葡萄酒的起子。她对正在厨房里煎鱼的张胜说：我出去买样东西，十分钟就回来。

林凌出门后就直接向超市奔去，在拥挤的卖场，她左冲右突寻找着开瓶器。快速巡行中，她习惯性地朝生肉柜台方向眺望，身穿白色工作服的 013 号毫无悬念地站在那里。这个日日如一担当着营业员角色的人，是一个胖小伙子。林凌怔了怔，然后，她的脚步，竟鬼使神差、不由自主地向生肉柜台移去。

林凌在生肉柜台前逗留了下来，她想对 013 号说说最近发生的事情，她太想倾诉了，几乎不能自控，可好几次话到嘴边，还是被她咽了下去。林凌磨磨蹭蹭地在一大堆猪肉里千挑万选，最后，她什么也没有说，只买了一块五花肉，然后离开了生肉柜台。

　　林凌提着五花肉和开瓶器回到家，发现门锁着。开门进屋，连叫两声"张胜"，没人应答。她搜寻了每个房间，最后找到餐厅。餐桌上摆着一盘葱烧鲫鱼、一盘虾仁跑蛋、一盘生煸豆角、一盆西湖莼菜羹。三菜一汤的旁边，放着两个高脚酒杯和一瓶未开封的葡萄酒，瓶下压着一张绿色便笺纸。林凌心头一紧，慌忙抽出纸条看起来：第三者，即当事双方以外的人或团体。这是林凌自己的字迹，她想，纸条果然在张胜手里。再接下去，显然是张胜的字迹了：究竟是谁吸引着你，让你出去那么久不回来？当然，我已无须关心这些。我向法院提交了离婚诉讼，过几天律师会找你。为了感谢你三年来为我做饭，今天你也吃一次我做的饭。饭菜凉了自己热一下，保重！

　　张胜果真提出了离婚，他居然真的要离婚。林凌捏着那张绿色便笺纸，大脑一片空白。她惘然无措地环顾了一圈豪华的居室和餐桌上的酒菜，心想：原来张胜会做饭，而且还做得色香味俱全。

　　一个会做很好的饭菜的男人，她该怎样抓住他的胃呢？这个问题，013 号没有给林凌传授过解决办法，她手里也没有一条对策可用。

　　林凌没有吃三年来张胜做的唯一一顿饭菜，她出了家门，下意识地向超市走去。她要问问 013 号，她的丈夫张胜真的提出离婚了，她该怎么办？她想请 013 号替她分析一下，她这段时间的努力为什么没有收到成效？她还要问问 013 号，第三者获胜的概率是否从来超过原配。013 号是一个第三者，她应该知道答案。

蒋来娣没有死在东亭镇上，据说是客死他乡，
一个叫云阳还是东阳的地方。

一

沈小刚一直想和沈金昌打一架，想了很多年了。

沈小刚已经很久没喊过沈金昌"爸"了，久得仿佛有一辈子。自打沈小刚有记忆起，他就不记得自己喊过爸。

沈小刚也已经很久没有喊过"妈"了，沈小刚十五岁死了妈。不过，有妈没妈区别不大，要不是断了零花钱，沈小刚早就把蒋来娣忘了。

蒋来娣没有死在东亭镇上，据说是客死他乡，一个叫云阳还是东阳的地方。那个地方有一条并不热闹也不冷僻的街道，正值汛期，连天大雨，这条并不热闹也不冷僻的街道的某一口窨井出现雨水倒灌现象。工人紧急抢修，揭开井盖，却并未发现有任何东西堵住井口，可是水还在漫出来。工人动用了疏通器，沿着下水道一路探测，在一千米之外的出水口，挖出了蜷成一大团的蒋来娣。

蒋来娣以一己之身严严实实地堵住了下水道的终点，令一千米之外的窨井雨水倒灌，这实在是令人匪夷所思。人们认为，倘若不是多日的雨水把蒋来娣泡发得胖了一大圈，兴许她是可以被冲出下水道，冲到终点的。东亭镇的下水道，终点是川杨河，云阳或者东阳的下水道通往哪里，人们不得而知。然而，不管蒋来娣会不会被冲出下水道的终点，问题是，她被发现的时候，已经是一具尸体，她是从窨井口掉入下水道的，还是直接被人塞进了下水道的出水口，人们更是无从获知。

其实，蒋来娣的死，人们并不觉得突然。沈金昌和蒋来娣做了十六年夫妻，格斗或搏击伴随着他们的日常，基本上三日一小架，一周一大架。虽然蒋来娣的搏击能力和格斗水平都可谓女人中的战斗机，但男女混合竞赛，女人终究是吃亏的。小镇居委会马主任就说过：沈金昌总有一天会把蒋来娣打死的。

将来娣果然死了，却并不是以小镇人想象的方式死的。倘若某一日，一阵男女混骂声和桌椅锅碗撞击声过后，沈金昌悲怆而粗犷的吼声响起：蒋来娣你个臭女人，你娘的起来，不要给我装死，我数到十，一、二、三……人们确定，当这样的声音响起，蒋来娣肯定是死了，因为，以蒋来娣睚眦必报的脾气，装死是不可能的，哪怕只剩最后一口气，她也绝不会放弃反击。

然而，蒋来娣客死他乡，这结果令小镇上的人们颇觉疑惑。死讯传来的时候，沈金昌正在西市街的朝阳酒家门口和贩鱼的阿武相骂，骂到快要打起来，很多人都看见了。似乎，蒋来娣的死，和沈金昌没关系。这可真是太遗憾了，人们见证了这对夫妻十六年亢奋而又激烈的生活，他们怎么能不以"相爱相杀"的方式结束彼此的生命呢？更"武侠小说"一些，沈金昌应该在发现失手打死蒋来娣之后，朝自己的头颈里抹一刀，这样才是完美的。

那些年，港台武侠小说大肆流传，小镇上的人们一点儿都不落伍。弹丸之地，还有谁能证明书中那些荡气回肠的故事是有现实原型的？只有沈金昌和蒋来娣可以证明，可惜的是，他们让小镇上的父老乡亲失望了。

其实，在蒋来娣的死讯传来之前，居委会马主任就发现，沈金昌和蒋来娣已经久未打架。到底有多久？一个月？两个月？马主任觉得反常，决定去探访一下沈金昌家。说来也是稀奇，人家是夫妻打架，居委会主任去调解，沈金昌夫妇是久不打架，居委会主任才要出场。

那日晚饭后，马主任反背双手，貌似无意实则目标明确地逛到沈金昌家门口。十八平方米的一间房，两米高一米宽的一扇门，屋里的物事人等一目了然。少年沈小刚正捧着一只蓝边大碗喝粥，喝得一脸横眉冷对。沈金昌捏着一只蓝边汤盅喝散装料酒，喝得满脸苦大仇深。黑漆漆油腻的小方桌上摆着一叠花生米，一块大头菜，地上布满烟头和痰迹，更深处折角摆着两张床，床上脏衣服扔得东一件、西一条，果然是很久没有女人打扫的样子。马主任明察秋毫的眼睛没有发现蒋来娣，马主任朗声招呼：金昌，吃夜饭啊，蒋来娣呢？

蒋来娣去外地打工了。沈金昌闷声回答，去的是哪里？打的什么工？一概不知。马主任无从深入了解情况，问沈小刚，沈小刚只说，他很久讨不到零花钱了。沈金昌比蒋来娣难搞多了，蒋来娣骂归骂，最后还是会给沈小刚五角、一块，沈金昌却从不。沈金昌会说：滚你娘的蛋！

沈小刚不敢回骂沈金昌，毕竟，他到这个世界上来，不是为了来骂沈金昌的，而是，他要和沈金昌打一架。

可是，蒋来娣还没来得及见证沈小刚和沈金昌打一架，就先死了。那天沈金昌在朝阳酒家门口和阿武相骂正欢，派出所民警小陈带着两个显然是上面派下来的更高级的公安，从西市街口挺进直下。没有人怀疑沿着沈金昌炸药包引爆般的骂声巡行而去，必将会找到这个满脸胡子拉碴眼珠子暴突在眼眶之外的高壮而落魄的男人。

一看见小陈，沈金昌的骂声戛然而止，眼珠子霎时突出得更为积极。

上面派下来的公安宣布了蒋来娣的死讯，宣布得很随便，就像贩鱼的阿武告诉买鱼的沈金昌：橡皮鱼卖光了，没有了！

沈金昌很少有余钱买鱼，有也只能买最便宜的橡皮鱼，可是阿武居然很随便地宣布橡皮鱼卖光了，更让他觉得耻辱的是，上面派下来的公安很随便地向他宣布：蒋来娣死了。沈金昌的自尊心受到了双重的打击，他几乎就要对着上面派下来的公安破口大骂，却听小陈说：沈金昌，跟我们去一趟派出所，录一下口供……

沈金昌终于意识到，蒋来娣死了和橡皮鱼卖光了是不一样的。

蒋来娣的死讯传来的时候，沈小刚正在家门口磨一把锈迹斑斑的甘蔗刀，也不知道他是从哪里捡来的。马主任说，沈小刚，你妈妈走了，你妈妈不在了……马主任都要把自己说哭了，他尽量委婉地表达蒋来娣的死讯，以免沈小刚崩溃大哭做出过激行为，他还准备花一个小时左右来安抚沈小刚。事实上，沈小刚眼皮都没抬一下，他一直在磨他的甘蔗刀，直到甘蔗刀的边沿闪出一道银光，沈小刚才抬起头，说了一句：你们都立在这里看我做啥？我又没害死蒋来娣。

蒋来娣死了，沈小刚一声都没哭过。那一年沈小刚十五岁，十五岁的沈小刚显然营养不良，身高远没有超过沈金昌，体重也才七十四斤，看上去像一只瘦精精的猴子。沈小刚早就想和沈金昌打一架了，只不过还没找到最佳的时机。沈小刚想好了，等自己过一百斤就开打。沈小刚没有想过他这辈子有没有可能永远过不了一百斤。

二

蒋来娣死了，沈金昌又出来找人打架了，东亭镇上的人们就分外地怀念起蒋来娣来。曾经，蒋来娣是镇上唯一一个敢和沈金昌打架的人，有蒋来娣在，沈金昌就不太出来祸害别人。

那时候，小镇上最"塌皮"的男人要数沈金昌，最"烂糊"的女人就是蒋来娣。"塌皮"，是指泼皮无赖的男人，"烂糊"，说的是懒而不懂勤俭持家的女人。有时候男人也可以"烂糊"，女人也可以"塌皮"，沈金昌和蒋来娣还没变成一家人的时候，就经常在未有预先商榷的情况下互换名号。不知道为啥，这两人总爱互掐，男人骂女人，女人骂回去，几番交战，最后，小镇上的人们已经无法搞清，他们俩到底哪个是"塌皮"，哪个是"烂糊"。

沈金昌善于骂人，更善于打架，谁要是招惹了他，他一拳挥上去，断了鼻梁都有可能，还没钱赔医药费。所以，没人敢和塌皮男人沈金昌较劲，除却烂糊女人蒋来娣。蒋来娣可谓女中豪杰，颇有英雄气概。蒋来娣骂人凶恶刁钻，水平不比沈金昌低。沈金昌要是捋袖子准备开打，蒋来娣就率先冲上去伸手抓、抬脚踢。沈金昌会象征性地推她两把，或者更粗狂、更豪迈地骂回去，骂到阔嘴几乎要撞到蒋来娣的脸面上，倘若她依然不罢休，沈金昌的老拳就要出击了。也有把蒋来娣打伤的时候，接下来的几天，沈金昌就会倾其所有，买一只老母鸡炖上，天天跑去探望蒋来娣。一来二去，这两人，打架打上了瘾。

既是如此，人们都不知不觉地希望沈金昌和蒋来娣能成为一对，因为，一个塌皮和一个烂糊，实在是太般配了，连长相都是般配的，黑皮牛眼的沈金昌，白面细目的蒋来娣，金童玉女啊！不配成一双简直是天大的遗憾。果然，沈金昌和蒋来娣不负众望，成了夫妻。

沈金昌和蒋来娣结婚了，次年沈小刚出生。沈金昌有了老婆孩子，不能再做游手好闲、滋事惹祸的无业游民。那些年，知识分子都流行下海，沈金昌不是知识分子，但沈金昌也是有追求的，他让自己成了一名个体户，拥有了一份修鞋的职业。

沈金昌没有本事也没有钞票，却有很大的脾气和很强的自尊心。来修鞋的顾客倘若有半句话令他自觉受辱，下一秒，那只正被修补的臭鞋就有可能使顾客的脸上出现一块淤肿。懦弱的顾客，吃了亏，下次就不再找他修鞋了。强悍的顾客，自然是一场干架，一般要惊动派出所才停当。民警录口供，追究起因，也许就是顾客说了一句话：这算修好了？鞋底怎么吊儿郎当的？一走路就要落脱，你帮我补补牢嘛！

沈金昌是不能容忍顾客含沙射影说他吊儿郎当的，当然更不容人们质疑他修鞋的水平，这份营生就难以为继了。一年后，沈金昌改行，转为修自行车。

沈金昌在修车铺前撒一把铁钉，起初生意貌似兴隆，然而智商有限，铁钉撒在修理铺门口，很快被识破，遭到举报。自尊心是依然有的，沈金昌举起拳头捍卫自己撒铁钉的权利和自由，修车铺一年后如期关张。

沈金昌重新陷入无业状态，偶尔从黄岩批点蜜橘，或者从杭州淘来几匹布料，倒买倒卖，不知有没有赚到钱。总之，沈小刚没被饿死，全靠了蒋来娣废品收购站的一份工。

那些年，塌皮男人沈金昌和烂糊女人蒋来娣的日子过得风起云涌，两人就像是日夜捆在一起的两个炸药包，一个发出点火星，另一个想不炸都不行。往往，蒋来娣是挑头发火星的，沈金昌却是那个率先爆炸的。蒋来娣生一张细白面皮，却是个硬骨头，做得了沈金昌的老婆，没有一点搏击能力怎么行？当然，还要有坚强的抗击打能力。那些年，蒋来娣常常以眼圈乌青、鼻梁红肿、头发斑秃的形象出现在废品收购站里。可她常年声音嘹亮、目光如炬。有皮孩子来卖废纸换零花钱，纸篓里有没有埋砖充分量，她一眼就能分辨出，"呱啦松脆"一顿骂。小镇人一概熟悉她的骂声，尖锐而直指祖宗八代，别说皮孩子，成年人都个个"买账"。

别人"买账"，沈小刚却不"买账"。念初中开始，沈小刚就不再喊"妈"，而是直呼：蒋来娣，给我五角洋钿。

"枪毙鬼，败家棺材，死出去！"蒋来娣以谩骂表示拒绝。

蒋来娣骂沈小刚，沈小刚一定会骂回去：蒋来娣你个臭女人，没钞票去问沈金昌要啊！你们赚钞票不给我用给啥人用？"

蒋来娣是沈小刚的妈，更是一个女人，被一个女人骂，要不要回骂？当然要。沈小刚从小耳濡目染，骂人这件事，他赢在了起跑线上。

沈小刚这样忤逆，简直头上长角、身上长刺，这一切，都要归因于蒋来娣怀孕八个月时和沈金昌的一场架。其实是夫妻打情骂俏，沈金昌嬉笑着说：他娘的蒋来娣，你的肚皮比冬瓜还大，要是不养出个儿子来，我休掉你。

蒋来娣羞答答说：他娘的，你想休掉我？当心我把你的老二剪掉，趁你困觉的辰光，一剪刀下去，嘿嘿……

沈金昌的尊严略微受损：蒋来娣你是不是想害死我？他娘的我死你有啥好处，我死了你就是寡妇，臭女人。

沈金昌和蒋来娣的打情骂俏比较重口味，到这里还只冒了几颗小火星，接下去，蒋来娣说了一句话，战争就突兀地爆发了。蒋来娣说：我就等着你死，明天出门被车撞死，我做了寡妇，就可以拿赔偿金，再去嫁给钱福根，钱福根退休工资七十六，我每天可以吃一只蹄髈，养出儿子来就姓钱……

沈金昌的脸霎时涨成了一块凹凸不平的猪肝，他大喝一声：他娘的，蒋来娣，你肯定被钱福根操过了，你拖个油瓶来嫁给我，我要你好看……沈金昌站起来、捋袖子，蒋来娣也站起来、捋袖子，这就要开打了。从两人的打架史上看，蒋来娣素来是先下手为强的，她腆着八个月的孕肚，反应却敏捷，瞬间扑上去，抢起手臂，朝沈金昌的面门挥出一轮"水车拳"，挥完很灵敏地跳开两步，让自己的大肚子处于对方够不着的位置。然而，沈金昌被"水车拳"抡得尊严大大受伤，高昂的斗志被激发了。他微微下蹲，猛地跳将起来，一个"腾空飞脚"，朝大腹便便的女人扫荡而去。

沈小刚以胎儿之身首当其冲，替蒋来娣阻挡了沈金昌那一脚。当晚零点，还未足月的沈小刚落了地，仿佛，他急匆匆来到这个世界，就是为了来找沈金昌约架的。

三

沈小刚一直想知道，蒋来娣到底是死在云阳还是东阳，他还想弄明白，那个有着一条粗壮的下水道的叫云阳或者东阳的地方，究竟在中国的哪个角落？他看见过环卫工人通下水道，东亭镇的下水道，顶多可以塞进一条死狗，能塞得下蒋来娣的整个身躯，那肯定是十分粗壮的下水道。可是，到底是云阳还是东阳？那又是一个什么样的地方？

那些年，东亭镇的世界里还没有出现电脑这种东西，自然没有百度可查。小镇上也没有一间比较大的图书馆供沈小刚查询有关地理方面的难题，文化站倒是有一间阅览室，免费提供人们阅读《故事会》《读者》和《知音》，当然，还有《人民日报》和《报刊文摘》。沈小刚没有对文化站阅览室抱以任何希望，可他在东市街的新华书店里看见一张世界地图，作为门面，世界地图贴在橱窗玻璃上，同时贴出的还有"预防疯牛病"宣传图。

那一年，英国的牛都疯了，据说全世界人民都有可能吃了英国疯牛的肉，中国也不例外。不过，沈小刚染上英国疯牛病的可能性不大，他记得最近一次吃牛肉是在一年前，同桌方弟弟带来了一包牛肉干，名字很奇怪，叫"傻爹"（沙嗲），沈小刚抢到了两片，很好吃。一年前英国的牛还没疯，所以，沈小刚并不担心自己会得疯牛病，现在，沈小刚的任务是要弄明白，云阳或者东阳到底在哪里。

沈小刚趴在新华书店的橱窗玻璃上看了半天世界地图，他找到了英国，可他没有找到云阳和东阳。沈小刚请求新华书店的营业员王阿姨，能不能让他免费查阅一下中国地图。王阿姨是一个面慈心善的中年妇女，王阿姨曾经给一个坐在新华书店门口乞讨的老头泡了一碗蛮时髦的叫"康师傅"的桶装泡面，这件事成就了王阿姨的慈善形象。然而王阿姨对沈小刚却并不慈善，王阿姨可以给一个乞丐泡一碗康师傅泡面，可她绝不允许沈小刚免费借阅新华书店的中国地图。王阿姨公私分明，她不仅是慈善的，更是原则的。

其实，沈小刚还想到了一个办法，就是去找他的地理老师汪林森。可是沈小刚是一个劣迹斑斑的差生，沈小刚逃学、不交作业、考试不及格，他无比留恋地在初二年级连续守了两年，最关键的是，沈小刚骂过地理老师。起因是，同桌方弟弟带来一盒最新游戏牌"大富翁"，地理课上，两人在桌肚里轮着扔骰子，神不知鬼不觉，沈小刚就把方弟弟玩得快"破产"了。胜利在望，地理老师却发现了他们的勾当。地理老师显然把留级生沈小刚当成了主犯，他指着塌着肩露出一截污垢斑驳的脖子的沈小刚说：你站起来，说一下，澳大利亚的首都在哪里？

初中地理讲的都是中国地面上的事，澳大利亚根本就是世界地理的内容，超教纲了。地理老师显然有些高估沈小刚，刁难沈小刚哪里需要动用澳大利亚？倘若问沈小刚江苏的省府在哪里，他也不可能说出"南京"。他只知道中国的首都是北京，他甚至不知道东亭镇属于上海。因为地处东海远郊，小镇人要是去市区，都说"去上海"，所以，沈小刚从小认为，东亭镇和上海根本就不是一个地方。

沈小刚听到地理老师的问题，下巴一抬，脱口而出：操那娘的澳大利亚！

严格地说，沈小刚并没有骂地理老师，他骂的是澳大利亚。可澳大利亚的问题是地理老师提出的，这就等同于骂地理老师了。地理老师气坏了，他指着沈小刚，手指颤抖，声音颤抖，方脸上的黑色眼镜框也在颤抖：你你，你等着……

沈小刚并没有等来地理老师对他的进一步刁难，却等来了一个需要求助于地理老师的地理问题。沈小刚也是有自尊心的人，他的自尊心不比沈金昌弱，他决定放弃，另想办法。他想出来的办法就是，去派出所问民警小陈。

然而，派出所毕竟不是一般人敢随便去的，十五岁的沈小刚虽然拆天拆地，对派出所还是有所忌惮。沈金昌倒是常去派出所，尤其是和蒋来娣结婚前，三天两头和人打架，是派出所的常客，还蹲过两次拘留所。和蒋来娣结婚后，沈金昌家里的架都打不完，就没有剩余的力气和外人打了。夫妻打架，派出所是管不着的，消停了很多年，直到最近蒋来娣去外地打工，沈金昌又开始到处找人打架，去派出所的机会又渐渐多起来。

自打出生，沈小刚只去过一次派出所，就是蒋来娣的死讯传来的那天。民警很耐心地等沈小刚磨完一把甘蔗刀，才在马主任的陪同下，把他带去了派出所。沈小刚没有在派出所里说出沈金昌上个礼拜有三天没回家，他说：他娘的，沈金昌喝多了，像一只癞皮狗一样在床上困了三天，饭都没给我烧……沈小刚演得很自然，从头至尾他都没有怯场，只是，他想问民警小陈一个问题，却一直没敢问出来：蒋来娣到底死在哪里？云阳还是东阳？这个地方在中国的哪里？

沈小刚尝试过两次，假装走过派出所门口，倘若巧遇小陈，他准备硬着头皮开口：陈警察？陈同志？陈叔叔……沈小刚只想了一个开头就犯难了，他不知道怎样称呼小陈，他从来没有学过怎么称呼人，沈金昌没教过他，蒋来娣也没教过他，老师即便教过，他也全没有学会。况且，沈小刚怎么会那么规矩地称呼一个人？简直是耻辱。

幸好，沈小刚没有在经过派出所门口的时候巧遇民警小陈，这让他如释重负，转而忧心忡忡。他想，是不是，他应该亲自去一趟云阳或者东阳？那么他应该先去上海火车站，火车通往全国的四面八方，倘若对着售票窗口说：买一张去云阳的火车票，哦不，是东阳……沈小刚不能确定那个地方究竟是云阳还是东阳，沈小刚也没钱买火车票，亲自去一趟云阳或者东阳的想象由此中断。

沈小刚这么想的时候，正是在地理课的课堂上，他把身躯像一堆烂泥一样摊在座位上，他伸直两腿，两只手插在裤子口袋里，眼皮耷拉着。他不像一个正在听课的学生，倒像一个正在澡堂子里打瞌睡的浴客，他连个正眼都没投给讲台上滔滔不绝的地理老师汪林森。

　　现在，汪林森已经抛弃了沈小刚，沈小刚在课堂上做任何事他都不会管，他甚至在每堂课开讲前都要声明：希望某些同学好好睡一觉，不要影响其他同学听课，我就谢天谢地了……沈小刚知道汪林森这话是讲给他听的，可他觉得汪林森这么讲很可笑，他睡不睡觉，又岂是汪林森能说了算的？不过他还是很给汪林森面子，几乎每堂地理课，他都会让自己狠狠地睡一觉。

　　这一日，汪林森讲的是中国的煤矿分布，汪林森的声音断断续续地灌进沈小刚的耳朵：山西大同、河北开滦、黑龙江鸡西……沈小刚的脑子里却在想，倘若有钱买火车票，到底是去云阳，还是东阳？就在那时，沈小刚插在裤子口袋里的左手摸到了一枚一角硬币。

　　三个月前，蒋来娣出门打工，她破天荒给了沈小刚前所未有的十元零花钱。沈小刚不知道蒋来娣会一去不返，他拿着这十元钱，过了几天阔绰的日子。他给自己买了一包六元五角的万宝路香烟，当场就在街上发掉半包，东亭镇上的小混混几乎人人抽过沈小刚的万宝路，那几天，沈小刚的人气节节攀高，倘若再有十元钱，沈小刚差不多可以做小镇上的流氓头子了。剩下的三元五角，沈小刚没有和别人分享，下午一放学，他就独自来到新川点心店，点一碗小馄饨和一客生煎包。沈小刚以正襟危坐的姿势隆重地吃掉了三元四角，最后，他的口袋里只剩下一个一角硬币。一角钱买不到任何东西，所以这一角钱幸运地留到了现在。

这一日的地理课，正是上午的最后一节课，下课后，沈小刚低头朝校门外走，他要回家吃饭，尽管家里的午饭不会有任何精彩之处，但他还是要回家去吃昨晚剩下的冷饭和大头菜。

自从蒋来娣客死他乡，沈小刚总是低着头走路。低着头走路的沈小刚忽然被一个高大的人影挡住，并且，头顶上掉下来几个字：沈小刚，你等等。

沈小刚停下，抬头，地理老师架着黑边框眼镜的方脸冲着他，然后，一只大手伸出来，拍了拍他的肩膀。方脸说：云阳在重庆，东阳在浙江，方弟弟讲你到处在找答案，我没去过云阳，也没去过东阳，我只能告诉你这么一点点。

地理老师说完转身走了。沈小刚立在原地，眼睛忽然像两口被堵住的窨井口，倒灌的雨水霎时间喷涌而出。

沈小刚一边哭，一边冲着早已看不见的地理老师的背影痛骂：操你娘的汪林森！我又没问你，要你讲，要你讲个屁！

回到家，沈小刚没急着吃饭，沈小刚坐在黑漆漆油腻腻的饭桌前。沈金昌没在家，他大概又到外面去找人打架了，自从蒋来娣死后，他打架输了好几场。

沈小刚摸出蒋来娣留给他的最后一角钱，心里想好了，正面是云阳，反面是东阳。

四

东亭镇上终于开出了第一家网吧，沈小刚成为网吧的第一批常客。沈小刚初中毕业没考上高中，上了一所环卫技校，学开垃圾车。如今，沈小刚已经是环卫所的一名驾驶员。每天清晨，沈小刚开着他那辆载重四吨的垃圾车到城里的各条街道和各个小区，收取所有垃圾桶里的垃圾，再把装满垃圾的车开到东海边的垃圾场。不管是垃圾桶、垃圾车还是充当垃圾场的东海滩，都弥漫着沤肥的恶臭，沈小刚在浓烈的恶臭中从凌晨四点工作到中午十一点，收工后的下半天，沈小刚就把自己安顿在网吧里。

最近几年，沈金昌打架很少赢，毕竟年龄渐长，体力和火气都大不如前，眼珠子却比以前突暴得更厉害了。沈金昌也跑不动单帮了，市场管理越来越严，挣不了几个钱，被城管抓了还要罚款。沈金昌重拾旧业，找出搁置多年的补鞋工具，在家门口摆起了修鞋摊。

沈小刚至今没有在体重和身高上超越沈金昌，这个残酷的事实令他怀疑，沈金昌当年隔着蒋来娣的肚皮踢他的那一脚，是不是真的有一定道理？

沈小刚学会了上网聊天和打游戏，不过他对聊天的兴趣显然更大。他进入各地的BBS，上各种聊天网，最后只在两个聊天室里穿梭，一个叫"云阳人"，另一个叫和"东阳吧"。沈小刚给自己起了一个叫"复仇者"的网名，在"云阳人"和"东阳吧"里到处问人家：有没有听说过五年前的夏天，你们城里发生过一起杀人藏尸下水道的凶案？

沈小刚在网吧里泡了整整一年，没打听到与"蒋来娣案"有关的任何信息，却泡上了"云阳人"里一个叫"幺妹"的网友。沈小刚喜欢骂人，幺妹也喜欢骂人，喜欢骂人的人，哪怕打字也要骂人。幺妹和沈小刚聊得很投合，两人骂来骂去，就成了聊天室里关系最好的网友。

幺妹打字给沈小刚：狗日的复仇者，你总是讲要来看我，到底啥子时候来嘛？

沈小刚打字回去：他娘的，我不是不想去看你，我要上班，我要赚钞票。

幺妹说：龟儿子，你不会请假啊？来吧，来云阳，我带你去看长江，看淹掉的三峡……

沈小刚忽然想起什么，问：幺妹，你们那里有很粗很大的下水道吗？

幺妹说：有啊！我家门口的街上就有好几个窨井口，下面连着下水道。

沈小刚一激灵，又问：汛期的时候，下水道会堵住吗？

幺妹回复：堵啊！下暴雨的时候，窨井口会倒灌水，有时候井盖会被冲掉，去年我们这块儿有一个人掉进去了，一天没找到，结果你猜怎么样？沿着下水道被冲到了终点，没死，狗日的自己爬出来了哈哈哈……

沈小刚又是一激灵：幺妹，你们那里的下水道，终点在哪里？

幺妹说：下水道的终点？长江撒，我们县城靠着长江，下水肯定流到长江嘛！你问这个做啥子？

沈小刚说：他娘的，我要是不问问清楚，到时候怎么去找你？

幺妹说：狗日的，你来找我和下水道有朗个关系嘛！哎，你真格要来找我？那我们就约在长江边上见吧。你在长江的下游，我在上游，你可以坐船到重庆，再乘大巴到云阳……哦，对了，照这么说，我们这里的下水道，终点应该在上海，因为长江的终点是东海，上海不就是在东海边吗？

沈小刚愣了一愣：他娘的，长江的终点是东海？你怎么知道的？

幺妹说：狗日的你文盲啊！这都不晓得？不是有一首歌这么唱的吗？你从雪山走来……你向东海奔去……唱的就是长江。

这首歌沈小刚听过无数次，不过他从来不知道这首歌唱的就是长江。沈小刚坐在电脑前嘴都要笑歪了：那可惨了，幺妹你知道吗？东海滩上有个很大的垃圾场，他娘的，臭翻天！

幺妹也在电脑上笑：哈哈哈，臭死你个瓜娃子，反正臭不到我。

沈小刚就说：我可真的去找你了哦，说吧，你长什么样，到时候我好在长江边找到你。

幺妹说：要得！我们在滨江公园的江堤上汇合，我长什么样呢，告诉你吧，白皮肤，丹凤眼，都说我像张曼玉。

沈小刚说：他娘的，我要去看你，一定要去，一言为定。

那会儿，沈小刚想起五年前，一枚一角硬币已经替他决定了，他应该去的地方正是云阳，看来，这就是命运的召唤了。

沈小刚翻箱倒柜，找出那枚他珍藏了足足五年的硬币。硬币的反面被他用红油漆涂没了，正面的"1"字清晰依旧。五年前的沈小刚口袋里只有一枚一角硬币，他无法去往东亭镇以外的任何地方，现在，沈小刚有钱了。沈小刚摸了摸口袋里的一沓纸币，这是他除却吃饭、泡网吧之后攒了整整一年的工资，一共八百元。他想，他可以去云阳了，从云阳回来，不管身高和体重有没有超过沈金昌，他也一定要和他打一架了，势在必行。

沈小刚的个头依然没有沈金昌高，体重也还是没有沈金昌重，可沈小刚从没有放弃要和沈金昌打一架的念头。临走前夜，沈小刚躺在床上瞪天花板，沈金昌坐在黑漆漆油腻腻的方桌前喝袋装料酒。沈金昌一天要喝三顿酒，市场上没有散装料酒卖了，只有袋装的，五角五分一袋，沈金昌一天要喝一元六角五分。不知道为什么，今天沈金昌多加了一袋，这是第四袋。沈金昌把袋装料酒倒在碗里，一大口一大口地喝，喝得有点多，话也比平时多。他指着沈小刚说：老子养了你这么多年，他娘的挣钱了也不给老子买瓶好酒喝。

沈小刚懒得理他，沈小刚想，明天一早出发，是去卜海火车站，还是去十六铺码头？

沈金昌灌一口料酒，又说：你的脾气，他娘的和蒋来娣一个德性，茅厕里的砖头，又臭又硬，你要吃亏的。

沈小刚听见"蒋来娣"三个字，隔着肚皮回嘴：他娘的你自己脾气也好不到哪里去。

沈金昌就好像听见了沈小刚肚皮里的话：我的脾气是不好，可我会见机行事，打得过就打，打不过我是不会硬上的。蒋来娣呢？她是软硬都要上，看看，把命搭上了吧？

沈金昌以前从没有讲过这样的话，沈小刚觉得奇怪，但他不响，只在心里骂：他娘的，蒋来娣到底怎么死的？你心里最清楚。

　　沈金昌把碗底的料酒一口喝完，红彤彤的眼珠子突暴得几乎要掉出眶来：谁都不知道蒋来娣怎么死的，只有我，我最清楚。

　　沈小刚一跃而起，像一只从天而降的猴子忽然跳到沈金昌面前，一把抓住沈金昌的胸襟：蒋来娣是怎么死的？

　　沈金昌没有回答，也没有挣扎，黑脸被衣领紧紧卡住，嘴里竟喷出一个带酒气的轻鼾。沈小刚松开手，沈金昌身子一软，瘫在桌子底下睡过去了。沈小刚朝沈金昌屁股上踢了一脚：到床上去困！

　　沈金昌没有动弹。沈小刚又抬起脚，忽然想到，现在他要是朝他当胸口狠狠踹一脚，他会被踹死吗？东亭镇上人人知道，当年沈小刚就是被沈金昌一脚从蒋来娣肚子里踹出来的，沈小刚自己也知道，从记事起就知道。可是，如果趁沈金昌喝醉的时候一脚踹死他，那显然不公平，也不过瘾。在沈小刚的想象中，他必须要和沈金昌打一架，那才是光明正大的挑战。

　　沈小刚收回已经抬起来的脚，为了保证沈金昌能健康地活到接受挑战的时候，沈小刚从床上拖下一条被子，盖在了沈金昌一摊烂泥似的身上。

　　沈小刚躺回自己床上前，又摸了摸裤子口袋里的钱。他已经决定了，火车比轮船快，明天一早他要去的是上海火车站。他想，从云阳回来，他要正式向沈金昌发起挑战。

迷迷糊糊快要睡着前，沈小刚脑中莫名闪过一轮月白，并不清晰，猛地惊醒，细想，是一张白色的脸，脸上长一双吊梢细长眼，别的一概模糊。沈小刚混沌的脑中顿生疑惑：我怎么记不起蒋来娣长什么样了？

五

沈小刚一路火车、大巴，第三天傍晚才到达云阳。一到云阳，他就找了一家网吧，进"云阳人"BBS，一遍遍呼唤：幺妹，我来了！幺妹，我来了。

沈小刚刷了一夜屏，直到凌晨，也不见幺妹出现，更没有别人搭理他。他狠狠地想：他娘的，幺妹放我鸽子。可是，云阳到底有没有幺妹这个人，或者说，幺妹对他来讲，真的有那么重要吗？这么想想，沈小刚就歪在网吧的椅子上睡着了。

早晨，离开网吧前，沈小刚还是在"云阳人"里留了一句话：幺妹，我要去找下水道的终点了，我会在长江边等你，滨江公园的江堤上。

初夏的早晨，沈小刚一个人在云阳城里逛来逛去，他发现云阳比东亭镇大多了，毕竟，人家是一座县城，东亭只是一个小镇。可是，云阳城里没有一条路是平坦的，沈小刚走在路上，要么在爬台阶，要么在上坡和下坡，云阳不像东亭镇那样律在平地上，云阳是一座山城。沈小刚看见这里的楼房都在山坡上，还有很多街道也在山坡上。从那些楼房里走出来、走到街道上的人们，有男人、女人，也有老人、小孩。每每看见迎面走来一个年轻女郎，倘若那女郎生一张白脸，眼梢有些上翘，他就会想，会不会是幺妹？沈小刚独自走在街上时，总会听见某个不知方向的角落里传来呼喊声：幺妹儿——他甚至在一家小面馆里吃早饭时，看见一个老头踏进门，冲着灶间喊：幺妹儿，老规矩，大碗老麻抄手！

沈小刚埋在一碗"重庆小面"里的脸立即抬起来，朝灶间那个被叫作"幺妹儿"的人看去，他看见的是一个四十多岁肥白多汁的女人。女人回应：要得！说着就往锅里下馄饨，手里一边动作，一边对老头说：好久没来耍了嘛，婆娘管得紧撒。

沈小刚这才恍惚明白，云阳有很多幺妹，云阳的幺妹可以是小娃儿，也可以是老女人。

沈小刚吃完重庆小面，脑壳上辣出一层油汗，舌头麻得大了一圈，像有一群马蜂在嘴里乱舞。他忍不住想：见了幺妹，我要问问她，天天吃这么辣的面，受得了吗？可是沈小刚马上想到，幺妹就是这里的人，怎么会受不了？

被辣得头晕眼花的沈小刚还是很清醒的，他清醒地告诉自己：我不是专门来见幺妹的，我有更重要的任务，我想见幺妹，完全是因为她长得像张曼玉……沈小刚跨出"幺妹儿"的小面馆时，嘴里咕哝了一句：天天吃这么辣的面，蒋来娣肯定受不了。

临近中午，沈小刚终于在距离长江一千米左右的地方找到了一条并不热闹也不冷僻的街道，沈小刚在这条街上看见很多个窨井，从街头到街尾，他数了一下，一共四个。沈小刚想，选哪一个并不重要，重要的是，它们连通的是同一条下水道。

沈小刚又想，幺妹说的是对的，这里的下水道肯定通到长江，水往低处流，应该沿着井盖往下坡的方向走。

沈小刚数着圆圆的窨井盖向长江靠近，他从一条街道走到另一条街道，那些看起来沉重的铁质井盖，黑魆魆圆乎乎地贴在道路上，指引着他一径向下。他走过好几条街，很多梯台阶，台阶上没有窨井盖指引，可只要下了台阶，上了另一条街，窨井盖就会重新出现。就这样，沈小刚沿着窨井盖一路循迹，来到了长江边。

沈小刚见到了长江，沈小刚站在江堤上，看着缓慢移动的江水，脑子里过着那首歌：你从雪山走来，春潮是你的风采。你向东海奔去，惊涛是你的气概……要不是幺妹告诉他，他还真不知道这是一首唱长江的歌。可是眼前的长江不像歌里唱的长江那样壮阔浩瀚，沈小刚没有看到春潮，也没有看到惊涛，不过，人家毕竟是长江，不是东亭镇上的川杨河，起码，得有六七个川杨河那般宽吧。可是，这么宽、这么长的长江，一路数过去，得有多少个下水道的终点啊？沈小刚想。

沈小刚走上江堤，堤上种了很多柳树和杨树，靠江一边是石砌的栏杆。远处的江面上，一座大桥正在建造中。有不少当地人在江堤上散步，三五成群、双双对对，只有沈小刚是一个人。沈小刚沿着江堤往前走，他不断趴在栏杆上往堤下看，几乎在走完整条观光堤时，他终于找到了一个下水管，就在栏杆下面石砌的岸壁上，一股涓涓的水流从一口比他的手臂还细的管道里流淌出来，淙淙地流进长江。

沈小刚是一名环卫工人，他完全知道，下水道的出口不可能这么细，那个粗壮的终点，肯定被淹没在了江里，可他还是在看到那条手臂般粗细的下水管时停下了脚步。他在心里郑重其事地告诉自己：总算找到了。

沈小刚站在烈日照射下的江堤上，沈小刚的脑袋上布满了汗珠子，他长时间看着江面上耀眼的水光，感觉有点眩晕。他甩了甩脑袋，抬起眼皮，然后，他看见一张脸，就在离他二十米之遥的栏杆边，一群散步的人后面，一晃就不见了，白面皮，细长眼……

沈小刚一激灵，冲着那群散步的人破口大骂：操你娘的幺妹，我杀了你！

沈小刚坐在重庆开往上海的火车上，沈小刚想，当火车到达上海，当他从上海火车站坐两个小时的公交车回到东亭镇，他就要约上沈金昌打一架了。他想，他要怎么向他宣布？是给他三天准备的时间，还是当场宣布当场开打？不知道为什么，沈小刚的脑子总是集中不起来，耳畔是火车与铁轨摩擦发出的"轰隆、轰隆"声，还夹杂着那首唱长江的歌，反反复复的：你从雪山走来……你向东海奔去……沈小刚想到自己每天都要开着垃圾车前往好几次的垃圾场，就在东海的海滩上。他想，长江从雪山上淌下来，一路往东奔流，奔过云阳的时候，长江肯定不会想到，自己将要奔到的终点，会是一个巨大的垃圾场，那种臭烘烘的地方，奔去又有什么意思呢？长江肯定会后悔的。

可是沈小刚随即又想到，哪怕是臭烘烘的垃圾场，也是长江的终点啊！这个，长江自己是做不了主的。

老张没有别的东西可看，只能看看后弄里的风景，如果红衣女人和她的红内裤也算风景的话。

穿红色羽绒服的女人又在后弄里跺脚，鞋跟撞击地面，发出"咚、咚、咚"的钝矬声。老张直起身，朝窗外看了一眼。

大冷天，在屋外蹦，她这算取暖还是乘凉？老张对床上的母亲说。老张说话的时候并没有张嘴，也没有发出声音，他在心里完成了与母亲的对话。

老张刚喂母亲吃过午饭，准确地说，那不叫"饭"，也不叫"吃"。母亲已经不会吞咽，命还在，一根细细的橡胶管子，从鼻孔插进去，流质食物通过细管直接灌进胃里，这叫鼻饲。

母亲这间房，玻璃窗已经很久没擦，油腻和灰尘凝结在一起，不知道经过多少次雨水的冲刷，划出一缕缕带冰碴的乳白色道痕。老张在玻璃窗里面，红衣女人在外面，他们之间的直线距离大约三米。

没有太阳，作雪的阴天。红衣女人手上戴着半截绒线套，挺着厚实的胸，在晦暗的天色下转着圈子蹦跳。羽绒服大约是尼龙材质，随着身躯的颠簸，发出"沙沙"的摩擦声。

老房子是单墙，形同虚设的墙，让老张感觉自己正和门外的女人共处一室，他几乎能闻到她身上散发出地摊货香水的浓烈气味。她蹦跳了三圈，圆脸盘三次正面朝向老张，红嘴唇微微翕开，湿漉漉的艳丽，口里呼出的白气都要被染红了。老张站在离窗户大约一尺的地方，他没有躲闪，他确定，她的视线无法穿越肮脏的玻璃落到自己身上。他却可以看见窗外的她，很清晰，清晰到细节。

一如既往的红衣，一如既往的浑圆，后脑勺上吊一把油黑肥沃的马尾辫，脸上覆着厚厚的粉，像一只白刷刷的大瓷盘，两轮眼圈又分外浓黑，显然画了太深的眼线，眉毛亦是粗肥，苗壮的两条，让老张想到营养过剩的毛毛虫。然后，老张的注意力就会不由自主地从她脸上移全胸口，真是非同一般的丰厚，符合微胖女性的普遍特征，并且，是紧绷绷的，体态不松懈，说明还年轻。

老张是男人，他不知道别的男人在注意一个女人的时候，是先注意到她的脸，还是她的胸？当然，红衣女人不是一般的女人，老张一直这么认为。看她的身形和脸蛋，里里外外透出一股强壮的无聊感，仿佛，浑身充满了取之不尽、用之不竭，却又无处施展的精力。

年纪轻轻的，也不出去上班？老张对着墙外的女人问了一句话。红衣女人是听不见的，因为老张依旧没有发出任何声音，他的嘴巴已经闭了一上午。

红衣女人在弄堂里蹦跳到第四圈的时候，一个穿棕色皮夹克的男人骑着自行车从她身后滑过来，链条"嗒嗒嗒"一路响到老张窗前。男人单脚撑地，对红衣女人说了句什么话。她回答，语速有些快，老张能听见她说的每一个音节，嗓音脆亮甚至尖锐，可是，一个字都没听懂。老张无数次听过她说话，隔着墙听得也清楚，可是每次都这样，听清了，却没听懂。老张断定，那是一种他无法懂得的方言，来自比上海更北，比北京更南的某个不怎么发达的省区。

红衣女人和男人一来一回，三言两语，男人把自行车靠在老张这边的墙上，跟着她进了对面的屋。老木门"咔嗒"一声关上时，老张的心脏跟着揪了一下。

对面的房子也有玻璃窗，与老张这边的玻璃窗面面相觑，大概也是许久未擦了，斑驳，模糊，全没了透明度，却可以看见始终闭拢的土黄色窗帘。窗内的把手上挂着一条三角内裤，也是红色，宽大、松弛，显然被一个壮实的臀部撑大了，又洗过很多次，失去了弹性。

她喜欢红色，没错，什么都是红色的，老张想。她总是把她的红内裤晾在窗帘与玻璃之间，窗帘闭着，她自己在屋里是看不见的，外面的人却一目了然，仿佛，她把内裤挂在那里，就是为了给窗外的人观瞻。老张是固定的观瞻者，或者叫"回头客"。

其实老张完全可以回避，不去看对面窗户，但他做不到。每次给母亲喂饭、擦身、换纸尿裤……忙活完，直起腰，老张就会站到窗前，看一看后弄的景致。

弄堂很窄，老张从小在这里长大，推开自家的门，跨一大步，就是对面大毛家的门槛。大毛和老张同岁，小时候，他俩就是窗户对着窗户闪镜子发暗号，约好的，闪两下是抄作业，闪三下是溜出去玩。后来他们同一年去了安徽插队，又是同一年回的城……那时候，弄堂里住着几十户人家，从早到晚穿梭着忙碌的街坊，炸油条的，倒马桶的，生煤炉的，打儿子的，骂娘的，一早一晚最是热闹。后来，一家家都搬走了，买了商品房，住进了设施齐全的公寓楼。老房子空关着，等拆迁，或者像大毛那样，租给外来打工的短期住户，一两千元租金，权作零花钱。

老张没有大毛命好，老张走不了，母亲还活着，他不能把一个瘫了好几年的八十九岁老太太搬去公寓里住，送护理院又太贵。好在老张退休了，有大把时间，就常年住在老房子里照顾母亲。

现在的后弄，完全不能和早年比了，荒凉，凋敝，没几个门里有人住。老张常常站在窗前往外看，有时候，半天也没一个人走过。一眼看见的，就是对窗的红内裤，隔着玻璃，端正而又壮阔地挂着。

老张没有别的东西可看，只能看看后弄里的风景，如果红衣女人和她的红内裤也算风景的话。看得多了，老张都能区分红内裤与红内裤的区别。今天这一条，显然与昨天晾的不是同一条，昨天的裤腰更紧致一些，颜色更鲜艳一些，说明今天这条更旧，穿的时间更久。这么想着，老张觉得下腹有些燥热，大冷天的，怎么会呢？

老张去了一趟厕所，并没有多少积尿，只放了几滴，淅淅沥沥，不干不净。回到母亲房间，视线首先抵达的还是窗外的后弄。对面的屋门正好被打开，只开了半扇，穿棕色皮夹克的男人从里面闪出来，带上屋门，跨过弄堂，推起靠在老张家墙上的自行车，偏腿上车，一蹬脚，骑走了。

老张看了一眼墙上的挂钟，自言自语：二十分钟，也太快了。

红衣女人没有跟着男人出来，每次有人来，她总会在弄堂里把人家迎进门。人家走，她却不送出来。

二

母亲患上阿尔兹海默症后，老张日渐像个医生了，插胃管的手法，比护士还熟练。年轻的时候，还是小张的老张在安徽农村做过几年赤脚医生，会打针，会包扎伤口。后来回城，进街道工厂，做的是纽扣加工的活，赤脚医生那两手，荒废了。直到母亲发病，又重新捡了起来。

老张要给母亲插胃管了，一根胃管顶多用六天，今天已经是第七天，该换新的了。老张看不见母亲身体内部的骨骼和器官，他只能看见一层纸片样的皮肤，灰白色，薄得几近透明，却并不柔韧，而是坚脆的，一碰就破的样子。就是这层薄脆的皮肤，包裹着一具依然存活的躯体，每个星期，老张都要通过一根胃管进入躯体内部探视一次。母亲的体内构造，老张太熟悉了，闭着眼睛，他都知道她的鼻咽腔、食道、气管口、会厌处长什么样。

母亲是个矮小的女人，在床上躺了几年，愈发萎缩得像个还没发育的少女。橡胶管插入的长度，以身体外部距离估算，从鼻尖，到耳垂，再到胸膈剑突，四十五厘米足够。老张抽掉母亲脑后的枕头，头颅呈后仰状态，然后，他想象中探险的脚步，随着橡胶细管，从鼻孔进入，一点点深入母亲的身体。

那是一条狭窄而又幽暗的隧道，道壁上排布着阡陌纵横的血管，缓慢的脉动带着红色的微光，波纹一样流经，对，就像照片洗印房里的那种红光。老张在红色的微光中小心前行，十三厘米，会厌部到了。这是一个关键部位，气管和食管的分界点，活瓣样的会厌阻隔了胃管的继续探入，老张的脚步紧随着暂停。走到这里，是万万要小心的，倘若把胃管插进气管，岂不是要了母亲的命？

幸好母亲已经昏迷，昏迷的人不会有咳嗽和恶心反射，当然也不会有吞咽反射，所以，老张必须托起母亲的头，让她的下颌靠近胸骨柄，然后，躯体弧度显然，活瓣挡住气管，食道随之展露。老张跟随着胃管，得以继续前进，小心翼翼地穿过会厌、食道，最终到达胃部。

老张直起身，松了一口气。吸气的时候，他一如既往地闻到那股气味，来自一具持续进行着缓慢的新陈代谢的躯体。这是专属母亲的气味，蛋白质和汗腺分泌物混合而成，老张从小闻着长大的，他不喜欢，但习惯了。

老张倒了一碗水，把母亲体外的胃管开口端插入水碗，没有冒气泡，很顺利。老张很少会把胃管插入气管，失误率比医院里的护士还要小。因为他只护理一个人，每星期一次，一年五十三次，三年就是一百五十九次。一条走了一百五十九次的路，能走错吗？但他每次还是要测试一下。

老张撕了块胶布，把胃管固定在母亲的鼻翼上，随后按程序，用针筒往胃管里注十毫升温开水，接着，再慢慢注入牛奶、苹果泥、菠菜汁、蛋白粉和融化的药混合的流质食物。母亲瘦弱，饭量小，一般人需要二百毫升，老张给母亲喂了一百五十毫升流质。喂完饭，老张又注了十毫升温开水清洗胃管，最后用一把止血钳夹住管口，以免空气流入胃里。一顿饭算是完成了，现在，轮到老张自己吃饭了。

老张给自己下了一碗面，捣烂的菠菜，菜汁喂了母亲，留下的筋筋脉脉，加了盐和胡椒粉，拌在面条里，毕竟，筋筋脉脉也有营养。老张吸面条的时候，好像故意要弄出很大的声响，一阵"吱溜、吱溜"，一阵"呼噜、呼噜"，忽而激烈，忽而悠长，居然有回声，仿佛，他是在一间空旷的大厅里吃面条。

这一间房，其实只有十五平方米，两张单人床，一横一竖，母亲日日夜夜躺在竖的单人床上，老张入夜睡在横的单人床上；三只樟木箱按大小叠成宝塔，墙角的五斗橱上堆着十来包纸尿裤，窗下是一张八仙桌，上面铺排着各种医药用品：搪瓷盘、纱布卷、没拆封的新胃管、止血钳、压舌板、五十毫升注射器、棉签盒、胶布、听诊器……窗户左边，是通往后弄的门。

老张很少打开门，他更愿意隔着玻璃窗往外看，看看足够了。现在，老张端着面条站在窗前吃，臀部靠着八仙桌。他不想坐着吃饭，就一碗面条，一个人，有什么必要坐下来吃呢？坐着吃饭，是必须要一家人围在一起，有饭有菜，那才像样。

后弄里静悄悄的，没有一个人走过，跺脚的女人也没出现，对面的门户紧闭着，土黄色窗帘照旧没撩开，居然，也没有红内裤，黑色塑料衣架倒是挂在窗把手上。老张看着光秃秃的衣架吃面条，肚子几近饱胀，心里却空空的，好像，没有了红内裤，窗外的风景，整个都失色了。

老张喝掉碗里的最后一口面汤，脑门上泌出一层细汗，这表示他的生命力还很旺盛。老张其实还不太老，才六十三岁，虽是退休了，可他时常感觉到，自己的身体里还会涌动着某些不明所以的情绪。比如，天气暖和的时候，他就有种冲动，想骑着他的破自行车，出去逛一圈，看看街上闲逛的女人。女人和女人是不一样的，就好像，在农村插队的时候，背着药箱走在田埂上，那些插秧的女人，双脚踩在水田里，露出小腿肚子，污泥斑驳的，像刚从河里捞起来的一段段莲藕，肥瘦色泽，也能比出个优劣。

这么想的时候，老张会忽然眼眶潮红，心里却并无怨愤。老张是十七岁那年去的安徽插队，照理他是独子，可以留在上海，但他瞒着母亲报了名。出发那天，母亲追到火车站去送他，瘦小的女人在月台上嚎哭，呼天抢地，甩手跺脚，眼看着要哭晕了，却始终屹立着，只倔强地把身体扭曲、拉直，反反复复，不倒翁似的。父亲死得早，也没有别的亲戚一起来送，嚎哭的女人没人劝，只能自己和自己过不去，演绎着一场生离死别的独角戏。

还是小张的老张没哭，对母亲的哭戏，他甚至有种不忍卒视的尴尬。他的座位靠走道，和车窗之间隔着两个女同学。两个女生扑出窗口和家里人拉着手说话，堵住了一大半车窗。那简直成了他的庇护，他躲在她们身后，正襟危坐，目视前方，任凭母亲在月台上对着车窗上蹿下跳。火车启动时，哭声轰然响成一片，送行戏到达高潮，他终于扭头看了一眼窗外，火车在移动，瘦小的母亲早已淹没在人群中，他没有搜寻到她，如释重负。

那时候，他想，他总算可以不用闻着家里的气味过日子了。家里的气味，就是封住的煤球炉溢出的煤气味，隔夜剩粥略带的馊味，刚晾的衣服滴下的肥皂水味，杀蚊子的 DDT 药水味……还有，母亲身上那种专有的，令他每每闻到就莫名抗拒的气味。他没有兄弟姐妹，甚至没有父亲，没人与他一起分担母亲充沛到满溢的爱，也没人和他共同消受母亲身上时刻散逸的气味。他过腻了那样的日子，像一只困兽，只想逃离。

火车在移动，车窗外的人群在闪退，他感觉到家里的气味正离他越来越远，火车驶出站台的瞬间，他听见邻座有人带着哭腔轻喊：再见了，上海！

他居然鼻子一酸，差点没忍住眼泪，然后，他也大喊了一声：再见上海，我自由了！他没喊出声，他是在心里喊的。

他没想到，自由的日子，也是很容易过腻的。

现在的老张，与母亲几乎是寸步不离了，老太太用自己的身体绑架了六十三岁的儿子。老张的自由，只剩下窗口的一方天地，自由这东西，再一次变得有悬念起来。

面条吃完了，老张准备去厨房洗他那只空碗，转身，听见窗外有"轰隆隆"的声响，由远而近，是摩托车的引擎。后弄里很少有这么大动静，老张把空碗放在八仙桌上，他决定等一会儿再去洗，现在，他要等着摩托车开入他一方窗户的视野。这个声音他认得，自从红衣女人住进大毛的房子，他听过三次。

轰隆隆的引擎声越来越近了。

三

下雪了，才六点半，天光已经亮得晃眼。屋里并不冷，墙上的温度计，红色标记停留在"16"上。这种天气，老张照理是二十四小时开着空调的，给母亲擦身换纸尿裤，不能冻着她，只不过电费这个月肯定要破三百元了。

老张起床，穿衣，套上棉拖鞋，站起来，第一眼就是窗户。玻璃上积了一层薄雾，老张走到窗前，手掌张开，贴住玻璃，薄雾瞬间融成水，流出五道水痕。真冷啊！老张咧咧嘴，把手掌拿开，巴掌清晰地留在玻璃上，五根手指滴血般往下淌水。

老张凑在巴掌印上往外看，后弄的老屋房檐上挂着几个冰锥，小拇指般的尖儿。屋顶上，黑瓦的凹槽里积了雪，突出的地方依然是黑瓦，整个屋顶，就像雪后犁过的农田，一畦白一畦黑，没有顶着积雪的瓦楞草，一棵都没有。奇怪了，老房子还是几十年前的老房子，不知道哪一天开始，就再也不长瓦楞草了。还有，小拇指样的冰尖尖，也比不上他小时候的冰锥。老张记得，很多很多年前，大冬天的早上，他和大毛拿个丫杈戳房檐上的冰锥，尺把长，刺刀似的。戳下来的冰锥大多摔得粉碎，偶尔接住一根，捏在手里，当冰棍舔。

　　大毛已经很久没来了，他住在别墅里呢，他的娘老早死了，他没必要回来。老张看了一眼床上的母亲，努了努嘴，想说什么，声音却没从嗓子眼里冒出来。

　　前些年，老张伺候母亲时，会和母亲说说话，当然是没有回音的，可他还是会说：姆妈，吃饭了，奶粉是进口的，豆豆去新西兰旅游，给你买回来的……

　　老张对着永远不会给他答复的母亲说话，把所有能说的都说过了：儿子豆豆升职涨薪；儿媳晴晴不生养，做了三次试管婴儿都失败了；自己患了前列腺炎，撒尿淅淅沥沥，不干净，不爽利；还有，和老婆已经很久很久没在一张床上睡了，老婆住在豆豆的公寓里，没有孙子带，天天去跳广场舞；要是老房子拆迁了，我们能得两套公寓房，可是说了好几年都没动静，不拆也好，要不然老娘你怎么办呢？大毛的女儿嫁了个富二代，把大毛两口子接去住别墅；租大毛家房子的是个年轻女人，天天在弄堂里跺脚，也不出去上班，喜欢穿红色的衣服……老张没说对面的女人连内裤都是红色的，这话不适合说给母亲听，还有，对面的女人做的是什么营生？不上班也能过日子？这话，老张对自己都不曾说过。

　　老张把肚子里的话说了个底朝天，有的话，颠来倒去说了好几遍，有的话，终归不能说出口，哪怕是说给自己听。最后，老张发现，他已经无话可说。

　　一个长期说话的人，远比一个长期不说话的人入不敷出。老张觉得，现在的母亲，就是一个最富有的人，她肚子里肯定藏着很多很多话，憋闷着，沉淀着，积了厚厚一层，像黏在紫砂壶内壁上的茶垢，没法洗干净，就干脆不洗了。要是茶壶一直在，茶垢就会随着年代的更替，一起变成古董，越来越值钱。只不过，后人永远不会知道，那些茶垢里究竟藏着什么样的故事，真是可惜了。

玻璃窗上的巴掌印越融越大，五根水痕融汇成鸭蹼状，手指与手指连在一起，窗外的一切看得更清楚了。对门还是紧闭着，上午十点前，红衣女人肯定不会出现。老张有经验，不用上班的人，又何必早起？自然，土黄色窗帘也是不会打开的，起床了也不打开。只是，一大早的，窗帘和玻璃之间，已经悬挂着一条三角形红内裤。兴许，是昨晚挂上去的……

昨天午饭后，老张连碗都没洗，就守在窗前，等着引擎的轰鸣声由远而近。果然没让他失望，一辆风尘仆仆的枣红色摩托车冲进他的视线。骑摩托车的男人戴着大头盔，穿着黑色羽绒服，粗壮的身材，背上还驮个大红包袱。摩托车停下，大红包袱里抬起个脑袋，是红衣女人，整个趴在黑衣男人的身上，两条红手臂环绕着黑衣男人的腰。

引擎熄了，红衣女人跨下车，大圆脸整个露出来，红彤彤的，身材一如既往的厚壮，看着就是干农活出身的女子，只是平日里总亮着一张白脸，身上的乡土气被掩盖了。上海人都说，一白遮三丑，可她那白脸，是涂出来的白，冷风一吹，一脸农民红，土得要死。老张咧嘴笑了，嘴角不自禁地流出三个字：乡下人！说完，心头滚过一丝快感，很有些解气的意思，又不知道哪来的气，到底气什么。

就是这辆蒙着灰土的枣红色摩托车，就是这个戴大头盔的男人，老张见过两三次，只是，男人从没在后弄里摘下过头盔，老张没见过他的脸长什么样。

黑衣男人跟着红衣女人进了对面的屋，头盔照旧没摘下。老木门"咔嗒"一声闭上时，老张的心脏跟着揪了一下。

整整一个下午，老张时不时地凑到窗前去看一眼，可是对面的屋门一直没打开，直到天黑，一天结束，后弄里再没别的动静。

他在她屋里过夜了，老张很肯定地告诉自己。其实，来找红衣女人的男人不止这一个，但大多是进屋，关门，二十分钟，或者半个小时，门就会开，这人就会出来，独自离开。老张看见过的，进了屋再不出来的，就是这个开摩托车的人。

这会儿，天已大亮，老张站在窗前，看着对面紧闭的门，以及门边上土黄色帘子遮住的窗。昨晚天黑前还没有挂出红内裤，此刻倒有了。那么，黑衣男人到底是什么人？昨晚他走了没有？老张不能克制地要去想这件事，心里同时涌动着各种各样的感觉，一些羞耻感，一些好奇心，一些蠢蠢欲动、愤愤不平，以及，意犹未尽。

手机响了一记短信提示音。老张从枕头下摸出儿子淘汰的"苹果5"，是豆豆的短信：老爸，今天下雪，路不好走，我们就不去看奶奶了。

老张的日子过得有些混沌，他忘了今天是星期六。每个周六，儿子都要带着他的老妈——老张的老伴一起来一趟老屋，看看奶奶，也是来看看老张。

不来了，不来也好，省得他们指手画脚。

四

给母亲喂过早饭，老张看挂钟，九点半，再看窗外，对门依然紧闭。

接下米，做什么呢？老张环顾四周，堆满医疗用品的八仙桌，要不要整埋一下？母亲床头的屋角上，一扇蜘蛛网已经挂了半年；卫生间的水龙头关不严，滴滴答答漏水；冰箱里的存货不多了，要去一趟菜市场……其实，医疗用品每时每刻都要用，摊在桌上更方便；蜘蛛网一直没刮掉，是因为没有三角梯，够不着；水龙头垫圈老化了，要去专业店买，可也并没有漏得很厉害，还能顶一阵；下雪天，路上湿嗒嗒，去菜市场不方便……豆豆和老婆不来，不用打扫卫生，一间十五平方米的旧房子，没有外人来，费什么劲呢？当然，儿子和老婆不是外人，但他们来了，看见屋里乱七八糟，会皱眉头、唠叨、指责，会一脸嫌弃地捂住鼻子……母亲刚瘫下来时，老婆跟着老张一起在这里住了几天，单人床上挤挤，一个礼拜，老婆的脸色变得不太好看，摔锅摔碗，或者不理不睬。两个礼拜后，两口子统一了意见，儿子媳妇要做试管婴儿，为了给老张家传宗接代，老婆有必要回去照顾小两口。老张则留在老屋里继续做他的孝子，毕竟，老太太名下的这所房子，往后的拆迁补偿，都是儿子儿媳的。

老张夫妇用分居的方式换来了基本的皆大欢喜，应该，老太太百年的日子不会太远吧，不想还很顽强，一躺就是三年。儿子媳妇的试管婴儿一次次失败，干脆放弃了，老张却发现，自己愈发喜欢一个人呆着，好像，回不去了。老婆和儿子每个周末来一次，隔夜的周五，他心里就会生出隐隐的烦躁。和一个永远不说话的人在一起，远比被迫听别人说话要自由。似乎，老张因了几乎失去人身自由，而尤其珍惜起了精神的自由。

　　老张扭过头去看床上的母亲，厚厚的被子严严实实地捂着她的躯体，只露出苍白的脸，那张小脸，只有拳头大，几乎没皱纹，不是返老还童了，而是，皮肤太薄太脆，皮下又没了脂肪，经不起折叠，连皱纹都生不出来。

　　老张决定给母亲擦一下身，屋子可以不打扫，人不能不打扫，要不然会生褥疮，接下去，溃疡，发炎，发烧，挂水……一连串的麻烦就会接踵而至。老张已经一个多星期没给母亲擦身了，他想等一个暖和的晴天，可是天气根本没有转暖的意思，倒是一天比一天冷，没办法了，再不给她擦身，要发臭了。

　　老张给母亲擦身，冬天一星期一次，夏天一天一次。平日里，母亲屙屎拉尿，老张给她换纸尿裤时，也会给她洗屁股。老张不愿意收拾屋子，却把母亲收拾得挺干净，可是再怎么干净，屋里总归还是弥漫着某种复杂的气味，与早年家里的气味不太一样，不是煤球炉、半馊隔夜粥、肥皂水和DDT药水的气味，而是，充斥着换下来没有扔掉的尿不湿、医用酒精棉、中成药，以及未及挥发的排泄物的气味。然而，虽与过去不尽相同，却还是有相似的质地，宿古的蛋白质，混合了汗腺分泌物的奇特气味，主体依然是母亲。

老张把空调定到二十五度，又插上油汀电源，半小时后，墙上的温度计显示二十二度。老张烧了一大壶开水，倒进盆里，兑入一点点凉水，用手试了一下，有点烫手，正好。

老张掀开母亲的被子，只上半身，熟悉的气味随着体温暖呼呼地扑面溢出。

母亲身上的气味，老张从小闻着长大的，书面语叫狐臭，后来不知道从哪里传来一种说法，叫"美人臭"，据说杨贵妃身上就有这种气味。老张觉得并不可信，母亲不是美人，瘦小的一个，颧骨过于突出，鼻子过于尖锐，嘴唇扁薄，眉毛疏淡，一副苦命相。母亲没瘫下之前，一直有个习惯，每次睡前脱下外衣，都会举起胳膊，把脸凑到腋下，吸两下鼻子，然后半眯住眼，好一会儿才睁开，脸上的表情，类似于陶醉，又好像吃了榴莲或者臭豆腐之后的生理反应，亦爱亦嫌的样子。看起来，她喜欢闻自己身上这种天长日久的气味。

如今的母亲，早已没有能力把自己的脸凑到腋下去闻一闻了，可是，只有半条命的人，身上还会散发出这种气味，真正顽强。好像，狐臭这种东西，就是人的灵魂，只要人还活着，它就会附着在身上，甚至，还会传染给接近它的人。

中秋节那天，老张没法去豆豆的公寓吃团圆饭，老婆给他送糯米糖藕和烤鸭，一进屋，刚靠近老张，就捂住鼻子倒退了两步：你，你身上怎么有股老人味？

趁老婆转身的当口，老张偷偷举起手臂闻了闻自己的腋下，没什么味啊！老婆走后，老张又在屋里四处闻了一遍，也没闻出什么。老张知道自己没有遗传到母亲的狐臭，可是从那以后，他总怀疑，是不是长期生活在这种气味中，这气味就缠扰在身上，变成了自己的气味？

老张开始给母亲擦身，滚热的毛巾拭过脖子、肩膀、肩胛骨、腋下，还有，小布袋一样的乳房，几乎没有乳晕，乳头的颜色很淡，与别处的肌肤连成一片。毛巾擦拭过的所有地方，老张都轻车熟路，不仅仅是动作，还有，心理上的熟视无睹。

给母亲擦身换尿不湿的活，老婆干了最初一个礼拜。老婆回去后，他以为他会度过一段艰难的日子，他要目睹母亲赤身裸体的样子，一如他无以阻挡地闻着母亲的体味长大。然而，他尝试着给母亲擦了一次身，竟不觉得丝毫尴尬，好像，这具不会说话的躯体失去了感知羞耻的能力，他不需要替她羞耻，自己便也没有了羞耻感。现在，他甚至不放心别人来给母亲擦身，每次给她擦干净，等到第二天，掀开被子，那股气味又扑面而来的时候，他会有种成就感。一具持续散发出体味的躯体，代表着生命的机器依然在运行。偶尔闻着不明显，老张会不甘心，要凑到她身体近处，掀开被子闻个究竟。奇了怪了，小时候，只要母亲靠近他，他都忙不迭地躲，现在，他怎么就不讨厌那种气味了呢？

老张给母亲擦完身，用被子严严实实地捂住母亲。那一具少女样的小身躯，就这么干干净净地躺在那里，老张心里感觉踏实了。

老张端起盆要去卫生间倒水，却听见对门"吱呀"一声，随即"嘭"一下。老张一激灵，回头去看，只见后弄对窗的玻璃内，土黄色窗帘的背景前，红内裤随着塑料衣架晃悠了几下。关门太用力，震动了整个门框和窗框，连对门的老张都感觉到自家的墙抖了抖。可是，谁出去了？还是谁进去了？

老张觉得有些遗憾，错过了精彩镜头似的，盆还在手里端着，眼睛却斜向床上的母亲，嘀咕了一句：都怪你！

五

雪融化了，天却愈发地冷。穿红色羽绒服的女人又在后弄里跺脚，鞋跟撞击地面，发出"咚、咚、咚"的顿挫声。

老张贴着玻璃窗，看窗外兜着圈子蹦跳的人，马尾辫甩啊甩，隔着墙老张都能感觉到，那一把茁壮的辫子几乎要飞起来，他只要再往前凑一厘米，辫梢就要撩到他脸上了。每每那捆黑色飞掠过窗前，老张的脑袋就要晕一下，鼻子随即一阵发痒，憋了好一会儿，终于没忍住，打出一个巨响的喷嚏。

红衣女人猛地缩住脖子，仿佛老张的喷嚏直接打进了她的衣领，她停下跺着的脚，扭过头，看向老张的窗户。

老张迅速收回紧靠窗户的脸，转过身，把后背对着玻璃，手里胡乱摸着桌上的东西，一会儿抓起听诊器往脖子上挂，一会儿又去抽棉签，拿纱布卷，也不知道自己要干什么，脑子里的场景，却是窗外的后弄和后弄里看向他的红衣女人。

她肯定循着喷嚏的声音找到了声音的来源，她正在看这里吗？她能看见他吗？即便她通过斑驳肮脏的玻璃看见了他，那也只是看见了一个背影，老张想。可是接下去，他想象的目光立即看见一具佝偻的身躯，虽然是背影，可还是一眼看出来，那是一个老年人，有着委顿的脖子和松弛的肩膀，还有，垂向桌面的花白的后脑勺……老张没见过自己的背影，但他见过大毛的背影，六十多岁的老男人，不都应该是那样的吗？

老张的鼻子酸了一下，他摘下脖子上的听诊器，走到母亲床边，俯首冲床上的人说：现在这样子，你是不是很高兴？嗯？

母亲闭着眼睛，平静地躺着，她没有回答她的儿子。老张俯瞰着床上的人，太安静了，安静得像死了一样，没有喘气的声音，没有打鼾的声音，没有咳嗽的声音，也没有器官运转发出的哪怕是卡壳的声音，倘若有人撞进门，一眼看见床上的老人，会不会认为她是死的？

这么想着，老张又细细地盯着母亲的腹部看，平薄而寂静，连些微的起伏都没有。老张冲着床上人喊了一声：姆妈？

他知道母亲不会回答他，可他还是喊了第二声：姆妈？

那具少女般的躯体安静得一如往日。老张感觉心脏跳得有些快，同时，窗外又传来一阵跺脚声，"咚咚咚"，还有，羽绒服的摩擦声，"沙沙沙"。老张没有抬头，也没有走到窗口去观望。老张强按越来越快的心跳，一把掀开母亲的被子。温热的体味扑面而来，蛋白质和汗腺分泌物混合而成的，甚至带点孜然抑或咖喱之类西域香料的气味。是的，没错，就是这种气味，它会使老张情绪突然亢奋却又莫名厌烦，这气味来自母亲的身体，此刻依然。

老张重新给母亲盖好被子，心跳平缓下来。灵魂般的气味缠扰在母亲身上，她活着，他放下心来，随之而来的，是隐隐的愤怒。他抬头看向窗外，红衣女人还在后弄里站着，大概天太冷，没人来拜访她，跺脚的节奏比刚才缓慢得多，"咚"一下，隔儿秒，又是"咚"一下。原本强壮的无聊，变得有些虚弱。

也没人来拜访老张。倘若没有必要的理由，老婆和儿子是不会来的。半年前大毛倒是来过一次，不是来看老张和老张的母亲，而是老房子租出去三个月了，后两个月的租金没到账，他是来问租客讨钱的，顺便跨过弄堂到老张这边来看看。

和老张的老婆一样，大毛一跨进门就往后退了两步：什么味道？

老张擤了擤鼻子：什么味道？没有啊！说完搬一张凳子摆在门口，叫大毛坐。那时候天还暖和，开着门不会冻着母亲。大毛坐在门口，和老张有一搭没一搭地说话。大毛说，东市街上的茶馆里来了一对唱评弹的男女，那女的，年纪轻，嗓子好，啥时候你有空，一起去听听？老张指了指母亲的床：我哪里有空？

大毛又说，上个礼拜去老饭店吃饭，女婿请客，本帮菜，正宗，下次我请你去吃。老张说：谢了，不过，吃上这一口，不知道要哪年哪月了。说完又扭头去看床上的母亲。

大毛替老张叹了一口气，摇了摇头。他又说，上个月他和老婆去泰国旅游，女婿出的钱。然后摸出手机，他翻出一张照片：看看，这个女人，漂不漂亮？

老张找出老花镜戴上，凑过去看了一眼，吓得缩回脑袋。手机屏幕上，大毛被一个浓妆艳抹的女人搂着，那女人，穿着挤出乳沟的低胸装，大毛在照片里张着大嘴笑，露出满口邪淫的牙床。老张说：胆子这么大？照片留在手机里不怕你老婆看见？

大毛笑说：你没见过人妖吧？老张顿时明白过来，也跟着笑起来，先还要掩饰，藏不住，就"呵呵"地笑出声，还说：你，被一个不男不女的东西搂着，不难受？大毛说：不要太适意哦！然后，两人你看看我，我看看你，一起张开嘴"哈哈"大笑了一通，不晓得有啥好笑的，话也说得并不幽默，事情也不见得有多搞笑。笑完，老张问大毛：那你讲讲，人妖到底长啥样子？

大毛说：你没看见照片？和女人一样，两只奶奶……母亲床上忽然传来一记闷响，显然发自被窝内里，天气热，一条薄被子，没捂住。大毛问：老太太放屁了？

老张不敢肯定：偶尔会放屁，可也没这么响啊！

大毛说：她是在骂我"放屁"吗？厉害，话都不会讲了，还能骂人。

老张的母亲会骂人，早年弄堂里出了名的。孤儿寡母，不凶悍一些，怎么能把日子过下去？大毛从小不怕自己的母亲，倒一直怕老张的母亲。大毛站起来，拍拍屁股准备走：不坐了不坐了，我要回家了。临走关照老张，替他多注意一眼对门的女租客，看看她到底是干啥的，要是有违法犯罪行为，立即赶她走，我宁愿不挣这两千块租金。

就是从那一回开始，老张把观察对门的女租客当成了伺候母亲之外的第二项日常工作。老张观察得很仔细，他发现女租客喜欢穿红衣服，连内裤都是红的；他还观察到女租客喜欢站在后弄里蹦跳跺脚，尤其是入冬后，每天都要蹦跶好久；老张还见过一些男人来拜访女租客，他们都是单独来的，在女租客的屋里呆一会儿就会离开，这些人看起来就是最普通的男人，没有杀人越货的容貌，也没有发生过打架斗殴的事情，更没有听见争吵骂人声。老张觉得大毛的担心有些多余，一切都很正常，有什么不放心的呢？

年轻的女租客至今还住在对门，半年多了。老张的观察任务还在持续，他抬起头，看了一眼窗外。红衣女人还在，只是没再跺脚了，她挺着胸，站在后弄中间，看着远处。远处有什么？老张在屋里是看不见的，但是老张听见了摩托车的引擎声，正越来越近。

她要等的人来了，老张想，红内裤都挂着呢。

对面的玻璃窗里，今天挂的是一条崭新的红内裤，颜色很鲜艳，腰口很紧致，形态也还没撑走样，端正而小巧地挂在塑料衣架上。老张甚至有些担心，这么小，她穿得卜吗？瞧她那敦壮的样子。这么想着，老张的注意力，从红内裤移到红衣女人身上。可惜，羽绒服是中长款的，遮住了她的臀部。可是胯部饱满鼓胀的样子，还是让老张轻易回想起一个浑圆宽阔的臀部。半年前，她穿着紧身牛仔裤和红色吊带衫，推着一个拉杆箱走进后弄，停在老张的窗外。然后，她从背包里摸出一把钥匙，打开了对面的门。老张隔着敞开的窗户看出去，满眼白花花的肉，中间一小片红布。

老张想到了不能生养的儿媳妇，做了三次试管婴儿都没成功。窗外的女人，倒是有生养潜力的样子，只不过，她不是一般的女人，不适合结婚，更不适合养孩子。

六

开摩托车的黑衣人又来了，这一天，来了三趟，每一趟都是空手进对门，五分钟，捧着大包小包出来，然后"轰"一声，载着大包小包绝尘而去，大头盔始终没摘下过。看样子，像是要搬家。老张忽然想起，自己是身负重任的人，他有责任监督他们，大毛屋里的东西，别叫他给搬走了。

老张长时间地站在窗前，数着男人载走的东西。他看见黑衣男人从屋里捧着个大纸箱出来，不知道纸箱里装了什么；他还看见黑衣男人把两个大塑料包载走了，透明的包里塞满五颜六色的衣物；第三次，他看见男人拎着一个大袋子出来，袋子鼓鼓囊囊，袋口露出个绒毛熊的脑袋，婴儿一般大。老张忽然裂开嘴笑起来，女人呀，真是长不大，喜欢这种没用的玩具。笑了一会儿，忽然感到有些伤心，幸好母亲已经失智失能，要不然，老太太会不会骂她的子孙"不孝"？

这么想着，他扭头去看床上的母亲。老太太与任何一天一样躺着，死一样安静，她已经不会发出唠叨的声音，世上已经没有人能指着老张的鼻子骂他不孝了。其实，就这么活着也挺好，除了她的儿子，她不会打扰到任何人。快过年了，母亲马上就要满虚岁九十了，真是长寿啊……可是，为什么要搬家呢？老张继续把脑袋转向窗外。

现在，老张差不多确定，对面的租客就是要搬家。东西正一样样被转移，从摩托车来回的时间看，新住处不会太远。不过以后，老张就听不见后弄里的踩脚声了，也看不见窗外那具壮实而又生动地蹦跳着的红色身影了。老张不是大毛，大毛随时可以走出家门，去茶馆听书，去老饭店吃正宗的本帮菜，去泰国看人妖……老张不可以，他不能丢下母亲超过半个小时，不可以走到比菜市场更远的六百米以外，哪怕只是去听听一个喜欢穿红衣服的女人的踩脚声，也不能。可是为什么要搬家呢？这个问题，老张已经问了自己好几遍。难不成是房东大毛发现了什么，要赶她走？

老张开始感到愤愤不平，那些来拜访她的人都是自愿的，她这样活着，并没有打扰到别人。就像老张照顾母亲，也是自愿的，母亲这么活着，没有打扰到别人，没有人可以剥夺她活着的权利。大毛又凭什么要赶她走？老张越想越气愤，他想打开自家的门，走出去，跨过后弄，敲开对面的门，然后，他要对那个喜欢穿红衣服的女人说：大毛不租给你，我租给你。

老张当然没有跨过后弄去敲开对面的门，他想象中对红衣女人说的话，其实是没有资格说的，母亲还活着，他怎么能把房子租出去呢？老张只能持续看着窗外，通往后弄的门始终紧闭。

一整天就这么过去了，红衣女人一直没出来，后弄里没有响起她蹦跶踩脚的声音。她肯定在整理东西，半年前她来的时候，只有一口拉杆箱，现在要走了，三口拉杆箱都不够。做个人，真是越活拖累越多。

老张看了一下挂钟，下午四点半，要准备母亲的晚饭了。吃什么不重要，重要的是，得给她吃。老张站起来，看了看床上的母亲，眼睛一如既往地闭着，平薄的一具躯体，一点儿起伏都没有，鼻孔里钻出一根胃管，管口夹着止血钳，管内壁似乎沾着些许糊状物，用过几天了，要不要换一根？老张想，照理可以再用两天，可是脏了，换一根吧。

老张在八仙桌上找到一根没拆封的新胃管，按一贯的程序开始操作。拔掉旧胃管是最容易的，撕开胶布动作轻柔一些，拔出的速度慢一些，不要扯伤咽喉和鼻腔黏膜。新胃管准备插入，老张掀开母亲身上的被子，温暖的体味扑面而出。他吸了吸鼻子，一切正常，好了，现在他要跟着胃管再次进入母亲的身体了。从鼻孔开始，弯弯曲曲的通道呈现在眼前。

窗外第四次响起摩托车轰鸣声，老张一手托着母亲的头颅，另一只手捏着胃管，可他还是忍不住抬起头看向窗外。黑色庞大的身影不出意外地出现在窗口，只是老张整个人是俯向母亲的姿势，视线不够高，只能看见一个移动的大头盔。很快，大头盔不见了，随后，是"吱呀"一声，和"咔嗒"一声。黑衣男人进了对面的屋，老张想。

胃管继续探入，鼻腔过了，接下去就是会厌。老张扶起母亲的上半身，现在，她几乎是坐着的姿势了，拳头大的脑袋耷拉着，老张用自己一边的肩膀垫住她的后背，持着胃管的手稍稍用力，感觉有点受阻，他想象中的视线到达三岔口，看见了，粉红色的活瓣在蠕动。

窗外又有声音，是男人闷闷的说话声，像罩在瓮中，显然没有摘掉头盔。然后，是脆亮甚至尖锐的回答声，每一个音节都那么清晰。老张竖起耳朵，还是一个字都没听懂。

老张有些生气，胃管往活瓣上戳得更用力一些。母亲的头颅像木偶的脑袋断了线，几乎垂挂到胸口，这是正确的姿势，气管紧闭，食道展露。与此同时，他听见外面脆亮的说话声：明天再搬吧。

他居然听懂了，这是他第一次听懂红衣女人说话，她果然要搬家了……老张手一抖，通了，胃管的前行路途顿时顺滑，再往前走几步，好了，留下体外一截胃管，长度合适，完成了。老张把母亲的脑袋放回枕头，动作有些急，或者，手臂托住母亲的时间有点久，没力气了，母亲的小脑袋落到枕头上，发出"扑通"一声轻响，把老张吓一跳。可是，那也没什么要紧，枕头，又不是砖头，老张想。然后，他像一只终于从猎人手里挣脱的兔子，从母亲的床上跳起来，一步跨到窗口。

老张看到的是红衣女人和黑衣男人的背影，壮大的两具。男人手里拎着头盔，他终于露出了脑袋，只不过是后脑勺，大脑袋上顶着乱糟糟的头发，耳鬓边有一撮倔强地扭曲着，是被头盔压得变了形的样子。老张依然没有看见男人长什么样，他只看见一红一黑两个黑影，几乎是挤着进了对面的门，然后，老木门"咔嗒"一声关上了。老张的视线移向对面的窗户，土黄色窗帘和玻璃之间，塑料衣架光秃秃吊在那里，没有红内裤。

天色昏暗下来，冬天，太阳总是很早下山。老张回到母亲床边，新胃管插好了，接下去要给母亲喂晚饭了。一百五十毫升流质，由蛋白粉、橙汁、米糊和肉汤混合而成，用针筒注入，有点慢。老张几次想要去拍母亲的胸口，又想起拍胸口是没用的，就住了手。老张的耐心不如以前好了，给母亲鼻饲，他已经做了三年，没人催工，也不是计件计时的活，急什么呢？可是今天，不知道为什么，他就是有点急。

一百五十毫升流质终于全部注入母亲体内，老张又注了十毫升温开水清洗胃管，最后，用止血钳把胃管开口夹住。母亲平静地躺着，自始至终，好像，她很享受六十多岁的儿子对她这般无微不至、皮肉相触的孝顺。

老张没有给自己做晚饭，他不饿，他不想吃饭，他就站在窗前，看安静的后弄。后弄里没有声音，也没有人迹走动，直到天完全黑下来。

这一夜，老张睡得不太踏实，迷迷糊糊刚睡着，一个抽搐又把自己惊醒。他想不起来有没有做噩梦，只是，感觉屋里的温度正在下降，他想，他是被冻醒的。可空调一直开着，"嗡嗡"声持续不断，大概坏了，明天要打电话叫人来修。

直到凌晨五点，温度计上的红柱已经跌到七度，老张再也无法入睡，干脆开了灯，穿戴好，下床，他要看看母亲有没有被冻着。

老张走到母亲床边，白炽灯微黄的灯光下，床上的人平坦坦躺着，被子盖得好好的，一截微微隆起的躯体，拳头大的脑袋露出被子，鼻翼上贴着胶布，一根细管从鼻孔里拖出，细管顶端，止血钳拦截住无孔不入的空气，床上的人，没有起伏，没有鼾声，睡得很是安然。

老张习惯性地吸了吸鼻子，一股冷气钻进鼻腔，干干净净的，很是清爽。没有煤球炉、半馊隔夜粥、DDT 药水的气味，也没有新陈代谢作用下半发酵的蛋白质和汗腺分泌物混合而成的，带点孜然抑或咖喱之类西域香料的气味，连惯常的医用酒精棉、中成药，和未及挥发的排泄物的气味，都好像被渐冻的空气凝固，任凭老张用力闻，也闻不到了。

老张的心跳开始加速，他要掀开母亲的被子仔细闻闻，只有闻到那股代表着生命机器依然运转的温热气味还在，他才能放心。他犹豫了五秒钟，伸出手，很轻很轻地拨开围着母亲脖子的被口，然后，把脑袋凑到母亲枕边，用力吸了吸鼻子。依然是一股凉薄的冷气，像早年他在农村插队，冬天的早晨，醒来后吸进的第一口空气，没有食物的油烟气，没有暖意，没有欲望，没有香或者臭的人间百味，什么都没有，真空般纯净。

熟悉的气味消失了，来自母亲身体的气味，几十年来总是让他情绪突然亢奋却又莫名厌恶的气味，一丝都闻不到了。老张只觉胸口一松，仿佛有一把剪刀在他捆绑已久的心脏上挑了一下，绳子断了，心脏松绑，血液刹那间流动起来。

老张深深地吸了一口气，想象中，他完全打开了自己胸腔里的肺叶，通透感顿时涌遍全身。

七

天已大亮，老张已经在窗前站了三个小时。听见警笛声在后弄里响起的时候，老张回头看了一眼床上的母亲。一切还是老样子，拳头大的脑袋，脆纸般的灰白皮肤，脸上没有皱纹，一根拖出鼻腔的胃管连接着她的身体，微微启开的嘴角边和贴着胃管的鼻孔边，糊着一些凝结的白沫，远看，却是洁净的样子。

屋里很冷，空气干净而纯洁，没有任何异味。老张等待着越来越近的警笛声，他没有想过要怎么向警察解释，那根细细的胃管是如何进入气管的？他已经记不清过程，他只记得，插完管子，他没有像往常那样拿一碗水来测试一下开口端是否冒气泡。他自己也不知道，那究竟是失误，还是谋杀。他只是准备好了，他们来了，他就跟他们走。

玻璃窗像一面电影屏幕，老张站在屏幕前静静地等待。一辆蓝白色警察专用摩托车飞驰而入，在屏幕里戛然停下，两名警察飞身下车。老张咬了咬牙，准备开启他那扇通往后弄的门。然后，他看见警察转过身，把后背对向他，一步跨到对门，在那扇老旧的木门上狠敲一阵，同时高声喊叫：开门开门！

对面的老木门启开了，刚开了一条缝，老张忽然转过身，似侥幸逃脱的罪人，隐藏起自己的脸，把后背朝向窗外。

老张听见警察的声音：接到举报……跟我们走一趟……

警察说得太快，老张没完全听清。老张还听见那个熟悉的脆亮尖锐的声音：是我男人……孩子在老家……过年了……

老张居然听懂了好几个词，太奇怪了，虽然断断续续，但他听懂了，声音的确是她的。可是，到底是不是她啊！她可不是一般的女人，怎么可以有男人，有孩子呢？

外面一阵嘈杂，男人辩解的声音，女人哭求的声音，警察呵斥的声音，隔着一堵单墙，就像发生在老张屋里。他很想回过头去看一眼，看看女人是不是穿着红衣服，看看男人到底长了一张怎样的脸。可他始终背对着窗户，直到二十分钟后，后弄安静下来。

老张再次看向窗外时，后弄里已经没有人。对面的玻璃窗里，土黄色窗帘背景下，一条红色的内裤壮阔而端正地挂着。

老张没有心思研究红内裤的新旧成色，老张的脑子里闪过昨天下午看见的那只毛绒狗熊，婴儿般大小，塞在塑料袋里，被黑衣男人载走了。快过年了，老张想，他没有孙子，一直没机会买那样的玩具，真是遗憾。

这么想着，老张拿出手机，犹豫了一会，给儿子豆豆发了一条短信：奶奶没了。

发完短信，老张像是脱了力，浑身软绵绵的，眼睛望出去，竟是两泓眩晕。也许是缺氧，或者低血糖，他拖着两条腿挪到窗前。他要吸一口窗外的新鲜空气，便伸出手去拔窗户的插销，然后，在窗框上轻轻推了一把。那扇整个冬天没打开过的玻璃窗忽地崩开，冷风砰然刺入。老张只觉脸庞一阵裂痛，仿佛小时候不当心摔了父亲留下的那只骨瓷汤盅，被母亲狠扇了一耳光。老张下意识地收手去捂脸，却捂了一手湿漉漉，他没发现，眼泪早已爬满了他的脸颊。

这就是它的命——这么想的时候，她突然有些怀疑，这棵树，会不会已经成了精？

一

老廖生前种在阳台上的五盆绿植，只剩下一盆还活着，就一株栽在中号紫砂盆里的小树，树干有点歪，浓密的叶瓣簇成小脸盘般的树冠，满盆翠绿油亮。梁一倩不知道它叫什么名字，问顾品芳，也说不知道。

老廖是梁一倩的继父，九个月前体检，查出肺癌晚期，三天前去世。告别仪式结束回家，顾品芳把老廖的照片供了起来。没有挂在墙上，也没有设灵台供桌，而是，在门厅的壁橱里理出一个空格，摆上相框，左边一碟水果，右边一碟点心，中间坐一只小香炉。顾品芳起床第一件事，就是给老廖上一炷香。香点完，橱门一关，阴阳两隔，各过各的日子。

顾品芳这么做，梁一倩觉得挺合适，这样既可以祭奠死去的人，又不至于随时要与黑白照片里那张憨厚的笑脸对视。梁一倩难得赞同母亲，也仅是心里想想，并未说出来。顾品芳做事向来实用为上，没什么可圈可点的深意，梁一倩一般不评价，不批评也不赞美。她不想像老廖那样惯着她。

梁一倩已经在母亲家里住了三天，继父刚去世，她理应陪陪母亲。她对吴劲松说了：给你一个礼拜时间，请认真考虑，等我回来，我们离婚。

梁一倩和吴劲松结婚六年，第一年到处游玩尽享蜜月生活，第二年开始备孕，锅碗瓢盆、鸡毛蒜皮接踵而至，五年过去了，依旧二人世界，却吵吵闹闹了五年。那天梁一倩加班，回到家已是晚上八点半，灰头土脸，又累又饿，进门就见男人躺在沙发上刷手机，饭也不做，净水桶空了也不打电话叫人送，脱下来的袜子卷成两个团，扔在相距五米的地板两端，只要深吸一口气，嗅觉就能感知到若隐若现的汗脚味儿……梁一倩头皮一阵发麻，脱口说：我们离婚吧！说得不假思索。

梁一倩不记得自己说过几次"离婚"，说多了，仿佛成了夫妻间的打情骂俏，吴劲松听见了，只"嘻嘻"地笑，人还躺在沙发上，眼睛看着手机，嘴里像唱山歌似的念叨：理由，请你说说理由。

理由，说出来肯定会让人笑掉大牙。脱袜子一撸到底卷成团，扔在地板上，东一只西一只，死也不肯拉直抻平放进洗衣桶；吃饭的时候捏着筷子在菜盘子里挑，挑两下也就算了，起码挑五下，找虱子呢？没教养！一天到晚不是坐在电脑前，就是捏着手机不断刷，和老婆说话眼睛全程盯着手机，心不在焉，毫无诚意，蹲马桶也刷手机，占着茅坑不拉屎，久久不肯起来，一年中有半年因为痔疮发作而无法平躺只能趴着睡觉，就这样还想备孕生孩子？做梦吧……这些，算不算理由？可是不上档次，没有核心矛盾，缺乏说服力。要是再拔高一些，那就是：中科大毕业，那么好的条件，工作了十年，至今还是一家 IT 公司的基层技术员，没有理想，没有追求，满足于安逸的生活……够有说服力了吧？可是平心而论，梁一倩并不在乎吴劲松是不是升官发财，他哪怕一辈子做技术员都没关系，让她无法忍受的是，他们的小家庭已然接近中产阶层，可他硬是把日子过成了粗制滥造的底层生活。当然，这理由，更不能说出来，会被谴责看不起底层劳动人民。梁一倩只能说：三观不合，性格不配，这个理由可以吗？

吴劲松终于把自己从沙发里竖起来，慢条斯理地说：当然不可以，你这是精神洁癖，一种心理疾病，除了我，还有谁能忍你？你不能总想要别人按着你的心思过日子。

恰在第二天，顾品芳来电，告知老廖去世的消息，梁一倩便扔下"离婚"的话，只身去了母亲家。

早上起床，梁一倩先去开阳台门透气，再给唯一一盆绿植浇水。梁一倩问母亲：姆妈，这盆植物叫什么名字？开花吗？

顾品芳正给老廖上香，她站在壁橱前，双手合十，郑重地拜了三拜，扭头回答：我也不知道，从来没见开过花。

顾品芳上完香去洗漱，梁一倩进厨房做早餐。烤完面包，正煎鸡蛋，听见顾品芳在身后说：我不吃早饭了，要出门一趟。

顾品芳已经穿戴整齐，藕色无领冰丝薄风衣，咖啡色真丝萝卜裤，脖子里系一条米色几何图案小丝巾，配上棕色焗油短卷发，完完整整一个魔都时尚大妈。

梁一倩眉头不自觉皱了起来，她不喜欢母亲打扮得这样山青水绿，尤其是在她的丈夫刚去世三天的时候。然而，从小到大，顾品芳在为她提供充足的物质保障之余，确是从不干涉她的精神生活，包括学业、婚姻、工作，梁一倩自知没有权利反过来干涉她。于是松了松面部表情，放柔声音问：姆妈，什么事这么急出去？

顾品芳嘴角微微上扬：橄榄油用完了，要去麦德龙买，西班牙原装进口的那种。

梁一倩拿起手机：天猫超市也有，今天下单，明天就能送到，我帮你找。说着迅速点开淘宝 App，很快搜索到西班牙进口橄榄油。梁一倩把手机屏幕凑到顾品芳面前：姆妈，你看看，是不是这种？

顾品芳闪开脸，嘴角依旧上扬：不是我要的那个牌子，吞拿鱼罐头也没了，早饭的生菜色拉，不加吞拿鱼不好吃。还有，水电煤气费要交，证券交易所也要去一趟，那个小张，基金经理，约好的，一直没时间去。

梁一倩说：水电煤气、证券交易，都可以在手机上操作，干吗要亲自跑？

顾品芳不置可否，脚步已移到门口，换鞋，开门。梁一倩追着说：跑腿的活我去办就行，昨天你血压那么高，还心悸，麝香保心丸要随身带……顾品芳跨出家门，回身说：带了的，放心好了，再会啊。本就上扬的嘴角再往上翘了翘，算是微笑，眼睛却始终不与梁一倩对视。

顾品芳年轻时长得好看，年纪大了依然不丑，眉眼粗重圆大，是那种浓墨重彩的美女。梁一倩长得不像她，小鼻子小眼，没有母亲百花争艳般的五官。顾品芳的面相，可说喧闹，唯其嘴巴长得克制，嘴唇薄薄的，两角超过鼻翼半厘米，不大不小，与夸张的眉眼平衡下来，略微降低了喧闹感，甚至藏了点优雅。她似乎很愿意把自己设造成一个优雅的人，便常常用她的嘴替代别的器官表达情绪。嘴角总是上扬的，仿佛随时在微笑，即便悲伤或愤怒时，也不曾把嘴角往下撇过。然而，这并不表示她没有悲伤和愤怒，看嘴角上扬的角度就知道。比如此刻，顾品芳微笑着说"再会"，嘴角上扬的弧度很微弱，在梁一情看来，就是敷衍和逃避。

门"咔嗒"一声闭上时，梁一情有些生气，为了陪伴母亲，她特意请了一周假，不去出版社上班，任凭校样稿堆成山；不回自己家，任凭吴劲松把卷成团的袜子丢得满地都是；不管自己的离婚大业已提上议事日程，并拉开了宣战的大幕……当然，梁一情没在顾品芳面前提过要和吴劲松离婚，想当年她嫁给老廖，也不曾和梁一情打过招呼。她们母女，属于"开放型"亲子关系，彼此从不干涉对方的私生活。

看来，顾品芳是要用出门的方式逃开"监视"，是的，梁一情感觉到了，母亲不需要她的陪伴。

老廖去世，顾品芳前后一共哭过两次，一次是在告别仪式上，没有号啕，只红着模糊的泪眼，嘴角微微上扬，与亲朋好友一一握手致谢，悲痛得十分克制，显得相当有教养。之后又哭过一次，是昨天晚饭时。饭菜是梁一情做的，清蒸鳜鱼，清炒鸡毛菜和菌菇汤。顾品芳小口抿饭粒，食不下咽的样子。梁一情问：姆妈，是不是太淡？不合你胃口？顾品芳忽然抽泣起来，眼泪扑簌簌往下落，说：我想喝罗宋汤。这一回哭得真实而朴实，只不过哭的理由令梁一情颇觉奇葩。

梁一倩不会做罗宋汤，清蒸鳜鱼也是上网查菜谱对照着做出来的。顾品芳这般矫情，她是有些看不惯的，但是，老廖刚去世，心情不好可以理解，便和颜悦色道：明天我去买罗宋汤的材料，姆妈教我做好不好？

顾品芳红着眼睛摇头：我不会做的。

会做罗宋汤的人是老廖，顾品芳大概想念老廖了，梁一倩便在心里默默地原谅了她的矫情。就这么一次，她算是看见了顾品芳真正悲伤的样子，更多时候，她只是坐在沙发上看电视。梁一倩陪在旁边，戴着耳机读电脑里的稿子，顾品芳捏着遥控器频繁换台，家庭剧、谍战剧、纪录片……一不小心调到东方卫视的"笑傲江湖"，贾玲一出场，宋丹丹张开大嘴一笑，顾品芳上扬的嘴角就失控般咧开。还没等发出笑声，仿佛突然想起自己是新做了寡妇的人，不该大笑的，便立即收拢嘴巴，扭头看一眼梁一倩，迅速换到别的频道。

没有人规定刚死了丈夫的女人不可以看喜剧频道或者听搞笑段子，顾品芳的表现令梁一倩既觉反感，又有些自责。她本意是为了陪伴母亲，可是她的牺牲并未换来母亲的欢喜或感念，抑或，她伸出的是橄榄枝，母亲却把它当成鞭子，心里不禁涌起悲凉感，眼圈刹那红了。坐在沙发上的顾品芳瞥她一眼，嘴角往上扬一扬：倩倩，不要再伤心了，你廖伯伯生前过得很幸福，他没有遗憾……

这种时候，梁一倩就一句话都说不出了，只能站起来，打开阳台门，拿起洒水壶，在仅剩的那一盆绿植上淋一遍水。

二

老廖生前并不是绿植发烧友，那些盆栽植物都是他去逛菜场时顺便抱回来的。他也不是养花高手，经常搬回来三盆，养死两盆。顾品芳常说：阳台那么小，还养花，脚都插不进去，看我哪天给你扔掉……

顾品芳说归说，倒没真的把盆栽扔掉，只是从不插手帮老廖侍弄一回。她不爱养植物，也不爱养宠物，凡是活的，她都不爱养，连女儿梁一情都不是她养大的。

老廖养盆栽不拿手，买盆栽却不厌其烦，直至九个月前，他同时养活的盆栽数量达到史上最高记录，狭小的阳台上铺排了大大小小五个花盆，每一盆都郁郁葱葱，生机盎然。

老廖养的植物正值生命巅峰，自己却查出肺癌晚期。医生说，即使手术，也只能维持两三个月，意义不大，建议姑息治疗，减少不必要的痛苦……顾品芳拍案反对，得了癌症怎么能不开刀？难道等死？老廖脾气好，顾品芳说一，他基本不说二，可是在看病这件事上，老廖却态度坚决：不手术，不住院，回家，我要享受生活！

老廖说到做到，除了隔几天去医院做一次姑息性放疗，别的都和往常一样，早睡早起，逛菜场，去咖啡厅喝下午茶，看电脑里的股票指数，用喝剩的茶水浇花，去襄阳公园跳晚场交谊舞……老廖真是一个热爱生活的人，可是，四个月后，他养的蟹爪兰死了，又是一个月后，他养的文竹和芦荟也先后死了，再然后，连最不容易死的仙人球也死了，它们和老廖心灵相通呢，现在，只剩下最后一棵树了……老廖过世后，有过几拨来访的亲朋好友，顾品芳每次都要说起那几盆植物。带点神秘感的叙述，给老廖生前最后九个月的生活染上了一丝魔幻色彩，并且，以追忆植物的方式来怀念一个人，这让逝者已然终止的生命拥有了某种隽永的意义。

顾品芳的叙述，每每都会把听者打动，梁一倩第一次听的时候，鼻子都酸了。听的趟数多了，她才略微感觉上当。顾品芳不是祥林嫂，她把自己关照得很不错，睡前的面膜和牛奶，早餐的营养米糊和吞拿鱼生菜色拉，没有一天将就的，去殡仪馆做告别仪式，出门前她都没忘了抹防晒霜……她保持着精致的生活，却从不给阳台上的植物浇水，也不会想到要把花盆移到有阳光的地方，哪怕是最后一棵树，她也没动过一次手。这让梁一倩颇不理解，她甚至怀疑，之所以母亲要频繁地提及老廖和他那些盆栽，只是因为那样显得比较深刻，比较高级，她要以此宣告和自告，除了物质生活，她对精神生活也很有追求。

这么想的时候，梁一倩觉得自己实在是过于刻薄了。可是顾品芳的状态，确是不像一个刚丧夫的女人，她不应该因为悲伤而忘了修饰自己吗？她不应该郁郁寡欢、足不出户，整天以泪洗面吗？事实上她没有，她在她的丈夫去世后的第三天早上就迫不及待地出了门，并且直到中午还没有回家。

手机响，吴劲松打来电话，问"马应龙"药膏在哪里？梁一倩脱口说：痔疮又犯了？壁橱中间的抽屉，黄色纸盒，找不到？我回去找吧，等会儿我回家……吴劲松说：哎哎，找到了，明明是咖啡色的纸盒……你说什么？回家？和你妈不开心了？我就担心你又要犯"精神洁癖"的毛病。你不是去陪老太太的吗？什么叫陪伴？别要求老太太依着你的心思过日子……梁一倩说：她可不是老太太，她年轻着呢。

电话挂断，梁一倩才想起她正和吴劲松闹离婚，这哪像是要离婚的夫妻？于是发了一条微信给吴劲松：不要忘了离婚的事，四天后给我答案。

吴劲松回复：你知道我们的房子现在值多少钱？一千万啊！拆成两份，不如一起拥有全部。好好陪你妈，别瞎想了……后面居然跟着三张笑得极其犯贱的黄色大圆脸。看来他还是没把离婚当真，于是再发一条微信：你觉得你很幽默吗？我和你说的是我深思熟虑的决定——离婚！

吴劲松没再回复，他最厉害的一招就是无视。

梁一倩纠结了一番，决定暂不回家。这几天和母亲住在一起，她所有的看不惯抑或责怪、原谅、试图理解、再次责怪，都是在心里默默地纠结、挣扎、忍受，顾品芳未必感觉到。吴劲松说她"精神洁癖"，她承认是有点，可是决定不回家，不等于她赞同吴劲松，而是，说好了陪母亲一周，才三天，就半途而废，这三天都白陪了。她要的，就是一个问心无愧，她们母女，日常已是疏离，大事当头，尤其不能失了礼数。

从小到大，梁一倩几乎没和母亲一起生活过，在她还没记事时，父母就离了婚，是外公外婆把她带大的。那些年，顾品芳生意做得风生水起，与人合伙开公司，常年在深圳。梁一倩长到七八岁，一度怀疑过自己是不是顾品芳的亲生女儿，要不然，为什么母亲是大眼睛，自己却是小眼睛？为什么母亲不把女儿带在身边而是托给外公外婆养？这样的疑惑终是不经推敲，外公外婆家底丰厚，顾品芳又是他们的独女，没有别的孙辈和梁一倩争宠，母亲远在深圳，还频繁寄来市面上最时髦的礼物给她，传说中单亲家庭孩子的凄惨生活，梁一倩从未体验过，没受过虐待，没遭过冷落，要什么有什么。虽然每次学校开家长会都是外公去，但梁一倩从未觉得不妥。外公显年轻，又帅，老克勒的样子，连老师都说：梁一倩，你外公是电影明星吗？是不是《保密局的枪声》里的刘啸尘？

梁一倩没看过《保密局的枪声》，但她在家里一堆旧《大众电影》杂志里看见过那个叫陈少泽的演员，她还指着杂志上的海报问外公：这个刘啸尘，是外公的弟弟还是哥哥？

外公大笑，得意极了，梁一倩便也跟着笑，有点小狡猾。那一年她十二岁，已经学会讨好外公外婆，但她从来没有想过要讨好母亲。

后来，顾品芳与合伙人闹翻，离开深圳回到上海，不久就嫁给了老廖。那时候，梁一倩已经在一所市重点高中住读，周末依然回外公外婆家。说实在的，顾品芳赚钱多少，倒还有可能对梁一倩有那么一丁点儿影响，比如刚回上海那会儿，顾品芳投资金融产品，效益还未产生，便收紧用度，梁一倩连续一年没收到礼物；一年以后，顾品芳给她买了一个当时最新型号、最高配置的笔记本电脑，不过年不过节，也没过生日，毫无理由，梁一倩知道，母亲的投资有回报了。诸如此类，总之顾品芳的存在是锦上添花，而非必不可少。至于个人问题，就一丝都干扰不到梁一倩了，顾品芳嫁与不嫁，她完全无感。有外公外婆，她不缺爱，也不缺陪伴。用一句烂熟的话说，梁一倩无忧无虑地长大了，长到了如今的三十六岁。

三十六岁的梁一倩从未在母亲家住过，确切地说，是顾品芳和老廖的家。现在老廖去世了，梁一倩要履行她作为女儿的义务，陪着母亲守在家里，陪她扮演一个丧夫的新寡，陪她一起不看喜剧频道、不逛街购物、不说笑话、不抹粉底不擦口红，甚至不吃大明虾和活螃蟹。一个刚死了男人的女人，一切奢靡的生活享受，都是有失尊严和操守的。可是，梁一倩还在勉为其难地继续她的角色扮演，顾品芳却好像扮不下去了。

下午三点多，顾品芳终于回来。果然带回了两瓶西班牙进口橄榄油、四个马来西亚吞拿鱼罐头，还有两瓶红葡萄酒。顾品芳喘着粗气放下购物袋：麦德龙搞活动，法国葡萄酒打对折，可惜拎不动，要不然多买几瓶，放着慢慢喝，对了，你要不要带一瓶回去给吴劲松喝？

梁一倩随便撒了一个谎：我们正在备孕，我好像告诉过你。备孕这事儿，她的确对顾品芳说过，备了好几年了，梁一倩自己都快忘了她还有一个生孩子的人生目标未完成。顾品芳似也想起来，重重地拍了一下脑门，发出"啪"一声脆响：哦哟，忘记了，你们要准备生小孩，不可以喝酒的。拍脑门的动作和说话的口吻，竟有些难以抑制的欢乐。梁一倩想：出去足足八个小时，满血复活归来了？

顾品芳好像感觉到自己有些兴奋过度，嘴角朝上微微一扬，这回是真的笑了笑，带点自嘲："我是不是变啰唆了？哎呀，我老了！"说着双手捧住面孔，瞪着本来就很大的眼睛以示惊恐：人变得啰唆了就说明老了，我在你这个年纪的时候，也是整天闭着嘴不肯讲话的，你外公还说我，三拳打不出个闷屁。本来我是要早点回家的，没想到今天张江高科一路上涨，我就等着时机，果然，最高点抛掉，一千股，你猜我赚了多少……

顾品芳已然忘我，生活很平凡，可是令她快乐的元素远比悲伤多。多么乐观的女人啊！梁一倩从心底里佩服，同时感到呼吸有些困难，像溺水的人，挣扎着从水里顶出脑袋努力喘气，却挡不住水流持续灌进口腔。

老廖从查出肺癌到去世，比医生预言的"三个月"多活了六个月，顾品芳一定是在心理上做足了准备，她是看着老廖按部就班地走向预见的人生终点，坦然接受了吧。可梁一倩还是觉得，那是性格使然，她自觉洞穿母亲，顾品芳就是个实用主义者，往好里说，是坚强，是心理健康。

一个心理如此健康的人，真的需要陪伴吗？梁一倩只是想尽责，却没料到，从未一起生活过的一对母女，突然住在一起，竟是如此拘谨和尴尬。要不要提前结束？她再次犹豫，说不定顾品芳也正盼着她走呢。

晚上，母女俩坐在沙发上看电影，梁一倩下载在电脑里的片子，接到电视机上播放。刚获了柏林金熊奖的《天长地久》，苦哈哈的，十分应景。看到最伤心感人的桥段，顾品芳一边吸鼻涕，一边抽纸巾，啜泣了好一会儿，肩膀一耸一耸，止都止不住。

梁一倩又一次原谅了母亲，还是住满一周吧。这么想着，竟开始讨厌自己。每天都在嫌恶与原谅的情绪中不断摇摆，如此烦躁不安，这还是她吗？她可是干练的职场女精英，出版公司副主编。

三

早上，梁一倩起床，发现顾品芳不知所终。看手机，有微信留言：倩倩，我去证券所了，中午不回来。梁一倩从鼻子里喷出一记冷笑：比我还忙啊！这么早，证券所开门了？

梁一倩走到门厅，打开壁橱，一股檀香味扑面而出，老廖正冲她憨厚地笑。小香炉里留着三支香尾，顶端的三截烟灰随着开门的震动断落。梁一倩拈起一点点香灰，是温热的，说明顾品芳刚出门不久。再一抬头，发现老廖的笑脸比刚才开阔了一些。梁一倩一激灵，心想：不能再住下去了。随即快手快脚从纸包中抽出三根香，按打火机的时候，手有些抖。香点着，梁一倩冲着相框里的老廖拜了三拜，喃喃道：廖伯伯，不是我不想陪姆妈，是姆妈不要我陪。拜完迅速推了一把橱门，动作太急，壁橱门发出"嘭"的一声，老廖憨厚的笑脸被关在了门内。

梁一倩到阳台上，离门厅和壁橱最远的角落，给顾品芳发出一条微信：我回闵行了，明天出版社有会。

顾品芳和老廖住在市中心，长乐路上的老房子，沿街，二楼，有一个小阳台。楼下是一家本帮菜馆，阳台的栏杆外侧挡着一块巨大的广告牌。如果站在长乐路上抬头仰望，可以看见黑底红字的店招，是一个英文单词，HOMES。HOMES 的每一个字母都有半人高，字母背后就是老廖和顾品芳家的阳台。广告牌遮不住早晨从斜上方射来的阳光，却阻挡了二楼住家观赏长乐路街面风光的视线。据说，HOMES 的老板补偿给住家一笔费用，这笔钱，顾品芳和老廖早已回馈 HOMES。据说，HOMES 里的醉蟹、上汤干丝和开洋海苔粢饭糕，是沪上千万饭店找不到的绝味。所有的据说，都是据顾品芳所说，梁一倩没有品尝过 HOMES 的饭菜，但顾品芳女士和廖玺昌先生是 HOMES 的铁粉 VIP，HOMES 几乎是他们的食堂。

梁一倩发完微信，收下自己晾在阳台上的换洗衣服，转身进屋，不小心踢到脚下的花盆。就是那棵小树，茂盛得近乎傻不愣登，它不晓得它的主人已经不在人世，也不会伤心委顿，毕竟是植物。梁一倩拿起洒水壶，想想临走前再给老廖留下的最后一盆绿植浇点水吧。这活儿，以前都是老廖干，老廖不在了，梁一倩以后也不会常来，没人浇水侍弄，真不知道它的命运会如何呢。

梁一倩住在远离市中心的闵行区，自从外公外婆十年前相继去世，她与母亲见面的机会就少了，只逢年过节去看看她，买两盒当季水果或时令糕点，仿佛是去探望远房亲戚。老廖刚查出肺癌时，顾品芳给梁一倩打电话，声音带哭腔，说了好几遍："怎么办？怎么办啊？"

顾品芳很少主动给梁一倩打电话，偶尔联系，多半是要和老廖出国游玩，问梁一倩是否需要带东西，包包啊，化妆品啊。顾品芳向来是以送礼物的方式来表达对女儿爱的，一般梁一倩会照单全收，以示她领情。除了送礼物，顾品芳从不来烦她，恐怕也是希望不要被烦，这也没什么不好，梁一倩早已习惯。可是老廖病了，从不来烦她的母亲居然在电话里哭，显然是求助的意思。梁一倩从小有事都不会求助母亲，突然被母亲求助，心里竟升起隐隐得意。得意劲儿一过，却是难以言说的心酸。那会儿，梁一倩正在开编辑会，接完电话直奔长乐路。

进门的一幕，令梁一倩无比惊异，她看见老廖在厨房里择菜切肉，红黑格子衬衣的背影依然壮大，一回身，红脸大耳依旧。看见梁一倩，老廖出来打招呼，满脸笑容：倩倩来了？正好吃饭，我在炖腌笃鲜。说完回厨房忙碌去了，一点儿都看不出病人的样子。倒是顾品芳，蜷缩在沙发里，脸色灰暗，双颊凹陷，与梁一倩视线一对上，顿时泪眼婆娑，好像，患肺癌的人是她，而不是老廖。

梁一倩在母亲身边坐下，想安慰她两句，刚开口喊了一声"姆妈"，顾品芳的脑袋就砸在了她的肩膀上，"呜呜"哭起来。梁一倩的身躯本能地往后缩了缩，然后，犹豫了一下，伸出手，落在顾品芳背上，轻轻地抚了两下。只是两下，没有抚第三下的动力和勇气。其实，她很想对母亲说几句安慰话的，比如：放心，有我在呢。或者：姆妈，我会照顾你们的。这样的真心话，只在心里滚了一遍，她连半句都说不出来。

本以为老廖去世，顾品芳肯定要哭得昏天黑地了，事实上，她统共才哭了两次，其中一次，是想吃罗宋汤，哭点比较奇怪。相比哭泣，她似乎更最愿意提那几盆死去的植物，提归提，却从未见她侍弄仅剩的那棵树。倒是梁一倩，住在这里的第一天，就往洒水壶灌了大半壶水，听说自来水不能直接浇花，要放一段时间，等水里的氯气跑走了才可以用。梁一倩猜测，老廖临终前已经没有力气给他的植物浇水，那些蟹爪兰、文竹、芦荟甚至仙人球，更可能是旱死的，而非如顾品芳所说，它们与老廖心灵相通，要随着他一起去。至于这盆不知名的小树，竟活得这样郁郁葱葱，梁一倩不认为这是顾品芳的功劳，一点可能性都没有。这就是它的命——这么想的时候，梁一倩突然有些怀疑，这棵树，会不会已经成了精？

梁一倩给最后一棵树淋了一遍水，那些和指甲盖儿一般大的硬质叶片上沾了水珠，更显鲜嫩翠绿，涂了蜡似的闪光，看起来，像是多肉类植物。可是，它究竟叫什么名字？死掉的那四盆植物，每一种都被顾品芳提到过名字，就这一盆，她只称之为——最后一棵树。

梁一倩想知道最后一棵树的名字，并非要以此纪念亡人或者怀念继父的意思，她从不否认自己对母亲的感情近乎淡漠，对继父更是仿如邻居。只不过，这棵树的生命力这么顽强，在缺水少肥的环境下，别的植物死了，它却长得这么好，甚至没有丝毫病态，这就让梁一倩颇觉敬佩了。她甚至想到了自己，于是又生出些许惺惺相惜的怜爱，便想认识一下，这到底是一棵什么树。

梁一倩想起一个手机软件，可以识别植物。有一次和吴劲松吵完架又和好，他被她逼着不准刷手机，晚饭后和她一起出门散步。走过街边花园，看见很多爬藤的黄色小喇叭花，梁一倩随口说了一句：这是什么花啊？吴劲松正在挣表现，很难得地，连她的自言自语都听见了，当即拿出手机拍照，一分钟后，她认识了一种叫"金钟花"的植物。可是，吴劲松的手机在完成植物识别后，再也没有被他收起来。他一手拉着梁一倩，一手刷着手机，完成了散步的后半程。回到家，两人又吵了一架。

梁一倩给最后一棵树拍了一张照片，她想，回去叫吴劲松用软件认一认，哦不，应该在自己手机里下载一个识别植物的软件，不求他，不想让他感觉她有妥协的意向。

四

梁一倩把衣物用品装进双肩包，检查了一遍有没有遗漏充电器之类的东西，刚要走，听见叩门声，轻轻的两记"通、通"。她想，大概是顾品芳回来了，忘了带钥匙？幸好还没离开。打开家门，门外没人，探头四顾，走廊里空荡荡，什么都没有。刚缩回脑袋，又听见两声"通、通"，发自门厅、壁橱。她看了一眼紧闭的橱门，米色油漆合成板，老廖一定在里面持续憨厚地笑着。梁一倩心里一阵发毛，背起包，一步跨出顾品芳和老廖的家，"嘭——"一声摔上门，逃也似的飞奔下楼。

出楼道，站定在街边，急剧的心跳才渐渐平息下来。梁一倩不是迷信的人，但是敲门声她真听到了，两次，确定不是幻觉，便忍不住想，会不会是老廖的灵魂向她发出了某种信号？可是，什么信号呢？会不会，老廖知道顾品芳不会去侍弄阳台上的绿植，他请求梁一倩替他养活最后一棵树？想想又觉得自己可笑，甩了甩脑袋，准备招出租车。

HOMES 店长骑着电动车停在梁一倩面前，矮胖中年男人叉着两条腿，腿中间的踏板上堆着大包蔬菜鱼肉。店长冲梁一倩点头：廖小姐早啊！去上班？你爸妈很久没来吃饭了。

最近几个月老廖生病，梁一倩去长乐路比过去密集。店长每次遇见梁一倩都叫她廖小姐，他知道老廖姓廖，但不知道老廖和顾品芳的女儿姓梁。有一次在附近的出版社开会，散会正好是午饭的点，梁一倩在"妈妈菜"打包了一份葱烤鲫鱼和一份扣三丝，提着打包盒到长乐路，却发现家里没人，打电话给母亲，说在楼下的 HOMES 里吃刚上市的清蒸大闸蟹。

梁一倩下楼找到他们，只见老廖和顾品芳相对而坐，一人一杯加了姜丝的黄酒，面前四只红亮的螃蟹，两人正剥得投入。梁一倩不禁怀疑，老廖到底有没有得肺癌？哪里见过这么洒脱的癌症患者？顾品芳也完全不似刚获悉老廖患肺癌时那样悲悲戚戚，看见梁一倩进门，大声招呼：倩倩快来，大闸蟹，正宗阳澄湖的，肥得一塌糊涂……

店长摆着胖手对老廖说：这是你女儿？照理外带菜是不可以进店的，不过，都是老客户了，以后多多关照生意就好啦！说完还叫服务员拿来两个盘子，把打包的葱烤鲫鱼和扣三丝装上。

梁一倩没有坐下来一起吃，只说下午还有事，要赶回出版公司。其实，她就是做电灯泡，两个性情太过投契的人，他们的餐桌，不适合有第三个人。

小时候，梁一倩是做过很多次电灯泡的，那时候顾品芳和老廖新婚燕尔，每个周末都要来外公外婆家接梁一倩出去吃饭。九十年代，普通人家哪有经常吃馆子的？梁一倩跟他们去了几趟国际饭店、梅陇镇酒家、红房子西餐厅……梁一倩不是没见过世面的孩子，从小外公带她几乎吃遍上海滩，却也不似老廖这般频繁上高档饭店。梁一倩问外公：老廖这么阔气，他比我们家还有钞票吗？

外婆说：哦哟，小姑娘，不可以这样叫的，老廖老廖，是你叫的啊？

外公说：我看叫老廖蛮好，难道叫小廖不成？说完哈哈大笑，又说：老廖怎么会比我们家有钞票？他这个人，挣一块花一块，脱底棺材，人倒是爽气，只要待你姆妈好，别的无所谓。

有一回，梁一倩跟着老廖和顾品芳去绿波廊吃点心，蟹粉小笼上桌，老廖就说起自己年少时的事：那时候，我爸妈都被关在牛棚里，家里被冲击，金银细软都被抄走了，吃饭的钱都拿不出来。中秋节那天，我阿哥问我想吃什么？我说想吃蟹粉小笼，阿哥说，蟹粉小笼有啥好吃，中秋节，要吃就吃烤鸭。烤鸭谁不想啊，问题是没钱，蟹粉小笼都吃不起。后来你们猜怎么样？我阿哥出去了一趟，两个小时后回来了，拎一只油纸包，拆开来一看，是烤鸭，整整一只。哪来的？放心，不偷不抢。阿哥把爹爹留给他的一块梅花表拿去"淮国旧"卖了。这天晚上，我们吃了一顿烤鸭，过瘾啊！那时候，国际饭店和人民饭店有烤鸭卖，三块八角一只……

说到这里，老廖夹起一只小笼包，蘸了蘸醋碟，在包子顶头咬出一个小口子，"滋——"一下吸掉包子皮内的肉汤，咂了咂嘴，一脸满足的红润。

梁一倩不忍卒视般低下了头，老廖吃东西的享受劲儿，每每溢于言表，令她尴尬不已。吃饭的礼仪，也是外公外婆教的，优雅与粗鲁的区别，尤其在饭桌上显现。那时候，梁一倩不太理解，母亲怎么会爱上这个吸包子里的肉汤都要发出满足的"嗞嗞"声的男人？那一年梁一倩十六岁，十六岁的高中生，对母亲有一万个看不上眼，却也不失礼。

吃完绿波廊，梁一倩从顾品芳手里拿过账单看，说：一客汤包要十二块八？才四只，也太贵了吧！可以买三只国际饭店的烤鸭了！乔家栅的大排面可以吃两碗，还可以加一只酱蛋和一块素鸡。

顾品芳嗤之以鼻：小气巴拉的，像谁啊？国际饭店的烤鸭现在是六十八元一只。

老廖小时候，一只烤鸭三块八；二十年前，梁一倩小时候，一只烤鸭六十八元；去年，梁一倩和吴劲松去北京，吃过一次全聚德前门店的烤鸭，二百六十八元一只，酱饼还要另点，吃是吃了，还是觉得不值。梁一倩的确有些小气巴拉，也不知道像了谁，没遗传到外公的豪放性格，也没有遗传到母亲的败家型脾气。她从小就是小管家，属于自己的玩具、图画书、零花钱，样样保管得妥妥帖帖，别人轻易碰不得，也骗不走。她的自我管理能力似乎与身俱来，大学三年级，去新加坡做交换生，独立在外生活，她把自己安排得井井有条，还省下不少生活费和奖学金，毕业前夕，已经攒了一笔不大不小的存款。

也许，是随了亲生父亲？梁一倩依稀记得父亲的样了，是在上幼儿园之前，似乎是瘦高的人，吊儿郎当地站在外公外婆家门口，像一根无所事事的电线杆子。她仰头看他，略觉眩晕，只是一个模糊的影子而已，并没有亲近的欲望。后来，就断了关系，也不来看看女儿。梁一情也不惦念父亲，她压根就不认识他，面对面走过都不会认识，又有什么好惦念的呢？真是一脉相承的决绝。所以，很有可能，她的性格，就是随了父亲。她也一直不知道父母为什么离婚，外公外婆和母亲从不提及，她也未曾有兴趣去了解。

直到渐渐长大，梁一情才有些明白，这世上，大概只有老廖能和顾品芳过到一起，说得俗套一点，那叫缘分。他们俩，就是一块馒头一块糕，搭好的。一度，他们还想把梁一情也搭进去，可是进了高三，梁一情要专心准备高考，就不跟他们出去吃饭了。梁一情不和他们生活在一起，也就很难和他们混搭成一家人了。

不过，HOMES 店长只以为他们就是一家三口。可是，老廖生了九个月的病，一周前去世，店长好像不知道，不然他怎么会说"你爸妈很久没来吃饭了"？

梁一情没有回答店长的话，只是笑笑说：谢谢你关照啊！再见。

店长提着两大袋蔬菜鱼肉往玻璃门里挤：哪里哪里，廖小姐常来啊！

梁一情回答：好啊，谢谢。心里却想，有理由常来吗？来干什么呢？

梁一情站在街边等出租车，抬头即见 HOMES 招牌上巨大的英文字母。招牌后面就是老廖的阳台，她用肉眼测了一下，最后一棵树的位置，应该在字母 E 后面。

可是，世上大概没有一个人会在看到字母 E 的时候，想到字母的背后藏着一棵树吧？

梁一倩拿出手机，翻出相册，又看了一眼刚才拍的照片。最后一棵树歪着脖子立在紫砂花盆里，枝繁叶茂的，一点儿都看不出衰败。对于一棵盆栽树来说，老廖的确是它唯一的依靠，可是在这个世界上，老廖只是一个微不足道的人，他去世了，地球依然旋转，世界依然喧闹，连他的妻子顾品芳都活得好好的，更不要说 HOMES 店长没发现世上已经没了老廖。少一个食客而已，不影响营业额。

五

晚上，梁一倩接到顾品芳电话：电视机上连着一根线，是不是你忘了带走？我怕你急用找不到。

梁一倩离开时检查过随身物品，还是忘了一根电脑线，看《天长地久》时接上的。只因为两次诡异的叩门声让梁一倩慌了神，逃也似的离开了。

梁一倩说：不急用，吴劲松还有一根线……接下来，就没什么话好讲了。梁一倩一如既往对母亲的动向无甚兴趣，譬如一早出门去了哪里，干吗去了，什么时候回来的，她一概不问。准备挂电话时，母亲却吱呜着说：嗯，倩倩，我想问你一件事，其实不重要的，就随便问问。

什么事，说嘛！

你今天走的时候，有没有动过壁橱？

梁一倩背脊一凉：怎么了？

我拉开壁橱的门，照片就掉了出来，相框摔碎了。一直是靠在壁橱最底部的，怎么可能跑到门边上，一开就掉下来……

梁一倩想起并非幻觉的"通、通"声，没敢告诉顾品芳，只说：我早上给廖伯伯上过一炷香，照片的确靠在壁橱最里面。姆妈你别瞎想，有可能隔壁邻居在墙上打钉子，把照片震下来的。也有可能我上完香，关橱门的力气大了点……

梁一倩在分析多种可能性的时候，自己也很是狐疑。好在顾品芳没有追问，更没有提出请她回去再住几天的希望，只说：那你早点休息，再会。

吴劲松刷着手机，趔趄着两条腿挪到梁一倩面前：老婆，马应龙，在哪里？

梁一倩斜了吴劲松一眼，开始了她驾轻就熟的连篇谴责：一个犯了痔疮的人，刷着手机找马应龙，真是令人佩服。昨天说找到了，明明是黄色的纸盒，你说是咖啡色，好，咖啡色就咖啡色，你都用过了，为什么又找不到了？是，你是 IT 技术员，电脑是你的饭碗，可你不是抱着电脑就是捧着手机，你对我们这个家有什么用？你和洗衣机比比？和脱排油烟机比比？你连垃圾桶都比不了，家里的东西，样样有用，只有你，废物而已……

男人从手机屏幕里抬起头，推了推眼镜：哦对，昨天洗完澡在卫生间用的。说完撅着屁股拐着腿，继续盯着手机往卫生间挪。

吴劲松再次用"无视"来应对梁一倩的讨伐，以前梁一倩会追着他责问，追到他跳起来反驳，而后大吵一架。接下去，就是半小时左右的冷战，再接下去，吴劲松会找梁一倩说话，没事人似的：老婆，我那件绒睡衣在哪里？天气冷了，要穿厚睡衣了。梁一倩只能铁着脸替他找出绒睡衣，几乎是扔到他身上的，结果多半还是不了了之。就这样反反复复，每一次从争吵爆发到战火熄灭，都是一样的过程。梁一倩烦了，不想再重复了，既然说了要离婚，那就付诸行动吧，于是抱着被子去客房，分床睡，以示离婚的决心。

吴劲松在卫生间里久久不出来，一定又坐在马桶上忘乎所以地刷着手机呢。梁一倩心灰意冷，靠在床上也刷起了手机。想起白天给最后一棵树拍的照片，便进应用商店搜索软件，关键词是"识别植物"。跳出来好多个，浏览了一遍，挑了一个叫"识花君"的App，觉得名字好听，不知道好不好用。下载后，按照要求输入最后一棵树的照片，果然神速，一分钟都不到，新页面跳出，梁一倩拍的最后一棵树，在屏幕里绿油油地招展着，图下有一行字：咦，我居然不认识你耶！后面跟着一个表情图，大圆脸摊着两只无奈的手，委屈撅嘴。

梁一倩忍不住笑出来：居然不认识我，还有脸叫"识花君"？白瞎了这么好听的名字。梁一倩放大图片细看，只看见肥厚多肉的小叶片们茂密簇拥着。她对植物没有经验，看不出什么端倪，可是连"识花君"都不认识它，真是奇怪了。

老廖生病的九个月，梁一倩两三个星期去一次长乐路。最初，看不出老廖有什么不一样，见了梁一倩，总是笑呵呵说：来啦！姆妈说你今天要来，就不要来了嘛，你忙来分，我们都蛮好的……

后来，老廖渐渐消瘦，精神却还不错，梁一倩去，他会和她聊两句阳台上的绿植。有一次，正值仙人球开花，长满尖刺的粗糙圆球上顶出一朵鲜嫩得掐得出水来的黄花，独独的一朵，花蕊一丝丝的红，细看，竟有些妖冶。梁一倩和母亲坐在沙发上喝老廖做的手磨咖啡，老廖自己不喝，说最近吃的药和咖啡相克。他就站在阳台上，指着仙人球对沙发上的母女说：养了五年，第一次开花，好兆头……

当时梁一倩心里"咯噔"了一下，她想起小时候唱过的一首歌：竹子开花喽喂，咪咪躺在妈妈的怀里数星星，星星啊星星真美丽，明天的早餐在哪里……那一年四川山里的箭竹大片开花，都知道竹子一开花就要死了，然后，熊猫的粮食就没了。那次，为了拯救熊猫，梁一倩把自己的十元压岁钱捐了出去。

仙人球开花，不知道算不算珍贵，总之老廖养的盆栽，大多不开花，还有一盆文竹，一盆芦荟，也只是绿着而已。最令人惊异的是那盆蟹爪兰，长得像大号仙人掌，宽长肥厚的枝叶，有一天，突然就顶出很多很多花苞，几乎是一夜之间，开出了满盆痴头怪脑的桃红花朵，连着开了一个月，亢奋得停不下来。可是花一谢，蟹爪兰就死了，先于其他四盆植物死了。紧接着，文竹和芦荟也死了。直到仙人球死的时候，老廖已经瘦脱了形。

老廖没法给顾品芳炖腌笃鲜、做罗宋汤了，每天就在藤椅上坐一会儿，靠近阳台，晒一会儿太阳。老廖伸出手，指指阳台上最后一棵树，顾品芳就会走到阳台，袖着手，蹲下身看看花盆里的植物，说一句：蛮好，长得蛮好。塑料洒水壶就在边上，她也不会拎起来。这样的情形，梁一倩见过几次。只要她在，她就会顺着老廖指点的方向，拿起洒水壶，为最后一棵树浇点水。这棵小树，长势一直缓慢，养了那么久，没长高，也没长大，却也始终保持着茂盛。

那些日子，是梁一情与母亲来往最频繁的时段，前所未有。直至最后，老廖几近昏迷，住进康复医院，两周后去世。老廖的身后事，大多是梁一情去处理的，顾品芳只是坐在家里，嘴角微微上扬，以缄默表达沉痛。虽然梁一情从未唤过老廖一声爸爸，但客观地说，老廖对她很不错，她上大学、去新加坡做交换生、结婚，一系列人生重大事件，老廖都慷慨解囊了。他不能如同亲生父亲一样在女儿考上大学的时候给她一个满怀的拥抱，这工作，是由外公做的。他也不可能在她出嫁的时候牵着她的手交到另一个男人手里并落下不舍的眼泪，他没机会演这一出，梁一情结婚没办仪式，只是用婚假和吴劲松去了一趟法国。所以，老廖能做的，就是一次次掏钱，越爽快越能表达他对继女的关爱，哦不，应该说，越爽快就越能表达他对妻子的爱。

顾品芳被老廖惯坏了，梁一情总是这么想，她有些同情老廖，甚至为他感到略微不值，尤其在他患病之后。然而，有时候，看到老廖已然病入膏肓却还乐呵呵的样子，她又突然疑惑，鞋子穿在脚上，合不合适，只有脚知道，不是吗？

四十五分钟后，吴劲松捏着手机推开客房的门：老婆，换床睡了？好吧，我去把我的枕头拿来。说完趔趄着两条腿出去，一会儿，抱着枕头回来，往梁一情身边一躺。

梁一情不理他，翻过身，把后背对着他。两人躺在一张床上的一个被窝里，各自刷着自己的手机，谁都不说话。

这是吴劲松的第二招，若即若离的求和，并没有妥协的意思。

六

顾品芳没有再找过梁一倩，那根电脑线，她也一直没去长乐路拿回来。两周后的一个上班日，午饭时间，梁一倩肠胃不太舒服，喉咙口总有种梗着的感觉，不想吃饭，于是到公司楼下的便利店里买了一杯新鲜的柠檬茶。回办公室，就接到顾品芳电话，神秘兮兮地问：倩倩，你是不是怀孕了？

梁一倩一惊：没有啊！怎么忽然问这个？

顾品芳说：昨晚梦见你廖伯伯，他说留我一个人冷清，他派个童子来陪我……

梁一倩心跳加速，嘴里却还说：做梦罢了，不要瞎想。

挂掉电话，急速的心跳还平复不下来，算了算例假时间，的确已经过了一个多星期。正疑惑着，忽然一阵反胃，想呕吐，可是什么都没吃，怎么会要呕吐？难道真的怀孕了？

梁一倩心中滚过一阵窃喜，当即请假，离开单位，去药店买了电子验孕棒，然后打车回家。到家直冲卫生间，照着说明书一步步操作，三分钟后，结果显示：怀孕，2-3周。梁一倩鼻子一酸，眼睛湿了，心里忽然有些感动和愧疚，却也并不清楚为什么感动，又是对谁愧疚，随即又生出一丝后怕，幸好，每次她说要离婚，吴劲松都不会同意，要不然她早就是单身女人了，哪还能怀上这个孩子？这一次，她又提离婚，要是知道肚子里的种子已经发芽，她就不会提了。

吴劲松下班回家，梁一倩已经做好饭菜，餐桌上还摆了一瓶葡萄酒。职场女精英很少不加班准时回家，今天居然做了饭菜，还准备了葡萄酒，吴劲松的脸色就有些紧张了：你，不会真的要离婚吧？这是，最后的晚餐？

梁一倩横了他一眼：这回便宜你。然后，她轻轻拍了拍自己的腹部：宝宝来了，从现在开始，你要再让我生气，随时休了你，我是说真的，别以为我开玩笑……

吴劲松反应过来，眼眶红了。

晚饭，吴劲松高兴，喝了好几杯葡萄酒，饭后围着梁一倩转，一会儿问要不要把客房改成婴儿房，又问这个孩子会是儿子还是女儿，起什么名字好，还把书柜里那本买回来后从没翻过的《诗经》找出来，说要想一男一女两个名字备用，最后哼着《亲亲我的宝贝》呼呼睡去。这一晚，吴劲松没刷手机，一分钟都没有。

梁一倩有些兴奋，一下子睡不着，想要线上预约妇产科医院的检查，还想在网上查早孕注意事项，又怕手机辐射影响胎儿，不如明天直接去医院，再让吴劲松去书店买孕期保健书。转头看床上的男人，睡得一脸醉红，半张的嘴里喷出带酒味儿的鼾声，床沿边的地上，卷成团的臭袜子东一只、西一只，马应龙药膏躺在床头柜上，盖子都没拧上。梁一倩习惯性地想张嘴斥责，却看见两卷臭袜子的边上，趴着那本摊开在某一页的《诗经》，意欲燃起的斗志霎时松懈下来。梁一倩抬手抚了抚自己还未隆起的腹部，现在，除了肚子里的宝宝，天下无大事。

其实，"离婚"两个字说得轻巧，一定不是真的要离婚吧？梁一倩几乎是在说服自己。吴劲松说过：你不能总想让别人依着你的思路过日子。好像，她也一直觉得这话是有道理的。那么讨厌他，可又那么容易原谅或者妥协，还是因为有爱吧？

梁一倩想到了母亲，果然如她所说，怀孕了，要不要告诉她？或者，过几个月再说？现在就说，岂不等于证实了她那个梦？梁一倩还是不想惯着顾品芳，她就是不愿意让母亲哪怕有一丝居功自傲的得意。可是，也太巧了吧？老廖派来的童子？想想就好笑。无论如何，怀孕总是好事，周末还是去一趟长乐路吧，给最后一棵树浇点水，两个多星期了，不知道是不是还活着，活得怎么样。再请母亲去HOMES吃个饭，老廖不在了，没人陪她下馆子了吧？

比起母亲，梁一倩似乎更牵挂最后一棵树。她有种奇怪的执念，老廖留下的最后一盆绿植，一直顽强地活着，是不是有着某种象征意义？或者，一种提示，抑或征兆？

周末上午，吴劲松开车送梁一倩到长乐路：和你妈说声抱歉，下次请她去上海中心吃饭，你走路慢点，下午等我来接你啊！吴劲松还要去公司，新开发的软件正赶进度，这个很少愿意加班的人，最近工作劲头高涨。

梁一倩先到HOMES订了一个二人桌，再上二楼，敲开门，露出顾品芳显然经过精心修饰的淡妆脸，嘴角微微上扬：倩倩来了。梁一倩叫了声"姆妈"，进屋，先去阳台。

最后一棵树好端端地立在紫砂盆里，树干歪着，小圆叶片依然茂密，簇拥出近乎浓郁的树冠，没有一丝缺水的迹象。梁一倩拎起洒水壶，沉甸甸的。她猜测，顾品芳终于学会给植物浇水了，还知道提前把自来水灌入洒水壶，以便让水里的氯气跑掉。老廖不在了，没人惯着，她倒贤惠起来。这么想着，梁一倩问：姆妈，这棵树，你几天浇一次水？

顾品芳说：没啊！我哪有工夫弄它？不浇水不也长得蛮好？

梁一倩怔住，拎着洒水壶抬起头。顾品芳刚换上一条黑白斜纹连衣裙，正在穿衣镜前扭着身子自我欣赏，嘴角上扬的角度比适才大一些。即便餐馆就在楼下，她也要郑重打扮一番，她还是她，没变化。

梁一倩明白了，洒水壶里的水，还是两个星期前她自己灌的，顾品芳压根就没动过。可是，最后一棵树居然还能活得这么漂亮，果然是成精了。

梁一倩蹲下身，她想看看，它到底是棵什么树精，居然在这么恶劣的条件下也可以活着，还活得这么滋润。树精很配合地立在盆里，一动都不动。梁一倩伸出手掌抚了抚树冠，凉凉的，厚厚的，手感柔软且扎实。有一片树叶的梗快断了，她伸出大拇指和食指去掐，就那么一丁点儿连着，却连得很牢，橡皮筋似的，手指甲用足了力，还是掐不下来。梁一倩用力一扯，"哗啦"一下，竟把整个花盆扯翻了，紫砂盆一个跟头倒地，盆没碎，盆里的黑泥和沙砾却撒出大半，埋在土里的树根几乎全部裸露了出来。梁一倩惊异地发现，那根褐色的树根，只是独独的一条主根，上面没有一丝根须。

梁一倩惊叫：姆妈，你看——

顾品芳闻声跑到阳台门口，探头一看，怔了一小会儿，忽然抿了抿上扬的嘴角，"扑哧"一下笑出来，随即张开嘴，"哈哈哈"地大笑起来，笑着笑着，眼泪淌了一面孔：你廖伯伯，顶顶幽默了，人都不在了，还和我开了一个玩笑。

梁一倩捡起歪在地上的整棵树，枝叶连成一体，很完整，褐色的树根上还带着些许泥土，没有根须，也不干枯，不腐烂，被梁一倩扯翻了，却一片树叶都没掉落，浑然一体的树冠保持着葱郁油亮。

梁一倩终于看出来，它就不是一棵真的树，而是那种由玻璃钢树脂、环氧树脂和塑料做成的、不浇水也能常年翠绿的仿真植物。怪不得，"识花君"都认不出它，不过，它真的很像很像一棵活着的树，每一片叶子，每一道叶脉，都栩栩如生。它还煞有介事地插在一盆真的黑泥和沙砾混合的土中，仿佛，它是借着土里的养分活着。它无数次地接受老廖抑或梁一倩的浇灌，却也在没日没夜的缺水中继续它虚构的生命，一副宠辱不惊的样子。谁又能看出来它是假的呢？

梁一倩问顾品芳：姆妈，廖伯伯买回这盆植物的时候，知不知道是假的？

顾品芳想了想：不晓得啊！阳台上的每一盆植物他都给浇水，也从没提起过哪个是真哪个是假。

老廖即便不是"识花君"，也不太可能看不出这棵树的真假吧？他天天侍弄那些植物，会不知道？可是，他居然给它浇了两年水，究竟是真的不知道，还是假装不知道？梁一倩满心狐疑，再看顾品芳，低头看着地上的假树，嘴角上扬，似笑非笑，仿佛一个藏着天然智慧的蒙昧之人，不用别人告诉她，她也知道最后一棵树就是能活下去，哪怕不浇水也能活得很好。她才是"识花君"呢。

梁一倩这么想着，觉得这事儿真的蛮好笑的，便咧开嘴笑起来。顾品芳跟着梁一倩再度发笑，笑得眼睛里又冒出一层水雾。母女俩的笑点不一样，却也一起笑了好一阵。正笑着，梁一倩突然问了一句：姆妈，你和我爸爸，我说的是亲生父亲，为什么离婚？

顾品芳停了笑，脸上忽然飞起一片红云：这个，怎么想到问这个？其实，告诉你也没什么，你都长大了。不过，你听了不要生气，也不要怪我……当时，肚子里有了你，我就想生下来，其实，没结婚……哎呀，反正就是，没想结婚，但是，不等于你没爸爸，可是，等你长大了问起来，我怎么回答？就告诉你，离婚了……说完，瞥了梁一倩一眼，目光惶恐，随即垂下了眼皮。

梁一倩看着顾品芳，一时不知道说什么。顾品芳以为她会生气，会责怪她，可是没有，梁一倩自己也没料到，这么令人惊异的答案，她居然没生气，一点点坏情绪都没有。她甚至感觉到，她有些喜欢顾品芳现在的样子，真是前所未有。

顾品芳耷拉着长睫毛，抿着微微上扬的嘴角，肌肤依然光洁，身材依然匀称，这样的年纪，穿连衣裙竟没有一丝违和感。梁一倩发现，其实自己很幸运，母亲把她交给外公外婆，即便是无奈之举，也是在客观上给了她最好的环境。她不是"最后一棵树"，缺水少肥也能长这么漂亮，她无忧无虑地长大，只是因为他们为她阻挡了纷扰。

顾品芳原地站着，嘴角扬了扬，很尴尬地笑了笑，好像要找些话题来缓解眼下的冷场：至于，为什么不结婚，这个就有点复杂了……

梁一倩打断母亲：没关系的，姆妈，不要说了，现在，听我告诉你一件事，我怀孕了，你做梦的第二天查出来的。

顾品芳抬起头，眼睛瞪得很大，突然伸出手，朝自己脑门上拍出一记清脆的声响：真的？真的吗？倩倩，是不是？我说是不是？你廖伯伯怕我冷清，派童子来了吧！说着，走到梁一倩跟前，张开双臂，一把搂住了她。

梁一倩习惯性地缩了缩身躯，想摆脱，却还是任由母亲的手臂环绕住自己的肩膀。她从不记得和母亲有过如此亲密的动作，别人家母女手挽手逛街，她们没有，别人家女儿钻进母亲的被窝求发嗲，她更没有。她甚至从不为此感到遗憾。现在，她依然觉得被母亲搂住，有着浑身的尴尬和不适。自己与母亲之间的距离，她从来承认，并坦然接受。现在，她想，她是不是也应该学会坦然地接受亲密，像顾品芳那样？

午饭时间到了，梁一倩和顾品芳下楼，进 HOMES。白衬衣黑领结的店长捧着厚厚的白肚皮朗声招呼："廖师母好，廖小姐好！廖先生怎么不来吃饭？"

顾品芳嘴角往上扬了扬，以示微笑，梁一倩冲店长点了点头，两人径直走向订好的餐桌，谁都没解释为什么老廖没一起来吃饭。好像，她们不约而同地要保守一个秘密，只为等到答案揭晓的那一刻，说一句"开玩笑啦！"然后，引爆一阵释然的大笑。

辛邪

现在，她就要搬走了，什么重要的事她都不需要知道了。有时候，知道得太多反而没好处。

搬进新家的第二天早上,甘霖就找不到手机了,"苹果6",用了不到一年。诡异的是,她怎么都想不起来手机是什么时候不见的,依稀记得最后一次用手机是昨天下午一点多,许伊周打电话给她,说已经到了,正上楼呢。

甘霖是站在两个拉杆箱和三个纸板箱中接的电话,那是她打包的全部家当。电话刚挂掉,许伊周就出现在了门口。两人分两次搬箱子下楼,装进许伊周的汽车,告别旧家,开往新家。那以后,手机就再没出现在视野里。直到第二天早上起床,甘霖准备去卫生间,她拿着一盒"蓝双喜",去找手机,却怎么都找不到。

甘霖吸烟,却从不在公共场所吸烟,她唯一的吸烟点就是家里的卫生间,并且只吸"蓝双喜",天蓝色外盒,白色海绵嘴里藏着弹珠,带薄荷味,上海烟草集团的新品,著名的"红双喜"最小的胞弟。甘霖之所以选择"蓝双喜",是因为它焦油含量超低,吸过后嗓子里不会积痰,并且,身上也不会留有浓重的烟味。甘霖吸烟的时候总是先打开排风扇,然后坐在马桶上,点燃一支烟,一手夹烟,另一只手刷手机。

甘霖想联系许伊周,问问他手机是不是掉在车上,可自从用上智能手机后，甘霖就记不住任何电话号码了，只能坐等许伊周找上门来。要是手机没掉在车里呢？也许是便利店？昨天晚上她去小区门口的便利店买过烟，鬼使神差的，没刷支付宝，而是付了现金。那时候手机也许已经丢了，可直到第二天早上她才发现。

甘霖是一所少儿艺术培训学校的键盘老师，为了上班方便，她咬牙租下了这个新家，黄金地段的房子，月租金两千五百元。说新家，其实是旧小区，一梯三户的老式公房，阳台公用。甘霖租的是靠小区围墙的37号，五楼502，两居室。左隔壁的501和右隔壁的503都是一居室，中介向她介绍，501房东出国了，空屋没挂牌。503一直有人住，很多年的长期租户，没接到过群众负面反应。中介只是例行公事，甘霖不觉得邻居和她会有什么关系。

等到下午五点，许伊周也没来，甘霖断定手机丢了，于是出门，去最近的手机店买了一个新的。这回是小米，刚付了三个月房租，手头不宽裕。新手机一开通，就有电话打进来，是许伊周，问为啥一整天都关机？

甘霖说忘了充电。她不想把丢手机的事告诉他，她怕许伊周像父亲一样数落她丢三落四，然后又像兄长一样告诉她其实可以买最新的华为，虽然是国产的，但质量好过苹果……事实上许伊周既不是甘霖的父亲，也不是甘霖的兄长，他是她的大学同学，他们的关系，怎么说呢，很亲密，也很疏离。

许伊周在电话里问：新家还缺什么吗？

房东留在里面的家具挺齐全。甘霖答。

许伊周又问：我给你的那张画，贴在门上了吗？

那种东西，贴在门上不会被邻居笑话？甘霖心里想，嘴上没说出来，却听见门外的公共阳台上响起喊叫声：张文权——吃饭啦——

是女人的嗓音，沙哑毛糙。甘霖握着新手机开门，探身看了一眼。阳台上，一个矮个瘦女人踮着脚尖扒着栏杆，顶着一头油腻短发的脑袋冲着楼下，再次发出大喊声：张文权——吃饭啦——

甘霖想：从今以后，我要和这个女人做邻居了。

女人也看见了甘霖，女人的眼睛亮了一亮，张开嘴，好像准备说话。甘霖没等女人把话说出口就缩回脑袋，关闭房门，把那张尖瘦的脸屏蔽掉了。电话里，许伊周问：什么人大喊大叫？

甘霖说：503的女人，喊老公回家吃饭。

许伊周又问：那你呢？你晚饭吃什么？要不要我去接你外面吃？

甘霖说：我还要备课，不去。

许伊周总是不失时机地邀约甘霖，有时候甘霖会接受，更多时候拒绝，要看心情，或者邀约理由。比如，许伊周主动请缨帮甘霖搬家，甘霖就会接受，当然，她要是心情很坏，也有可能不接受，直接请搬家公司好了。甘霖一直觉得，对于女人来说，男人就是日常用品，而不是必需品，好比洗衣机、微波炉、电水壶，可以有，也可以没有。而粮食、水、盐，这些是必需的，无可替代。它们的区别就是，可替代性。在甘霖眼里，男人是可替代的。

甘霖挂掉电话，找到那张"门神"图，昨天搬家的时候许伊周带来的，红彤彤的画面，一个留黑髯穿盔甲提大刀的古人，像关公，也像张飞，又都不是。她记得小时候在老家，她奶奶在家门上贴过这种图片。许伊周竟这么老土，难怪没法对他有感觉，甘霖扯开嘴角无声地笑了笑，把图片揉成纸团，扔进了垃圾桶。

二

甘霖在新家住了一个星期，现在她完全知道了，右隔壁的503室住着一户三口之家，她还知道，邻居家的男人名叫张文权，或者张文全？因为每到饭点，短发矮个瘦小的邻居女人就会在阳台上大喊：张文权——吃饭啦——张文权——吃饭啦！十分钟后，那个不到饭点不会回家的男人就会从楼梯拐角处施施然折身登上五楼。

甘霖在楼梯上遇到过男人几次，他总是笑眯眯地冲她点点头，起初她觉得奇怪，又不是熟人，冲她笑什么笑？后来发现，男人饭后站在阳台上独自冲着天空笑眯眯地吐烟圈，才明白不是他要冲她笑，而是他长着一双每时每刻都笑眯眯的弯弯的细长眼。不过，甘霖至今不知道隔壁的女人叫什么名字，尽管她几乎每天都会逮着机会问候甘霖。

那天，甘霖把积累了好几天的衣服洗好拿出去晾。邻居女人正在阳台上刷一双儿童帆布鞋，一个六七岁的女孩也在阳台上玩，像只猴子一样上蹿下跳、左冲右突。甘霖躲着女孩，走到晾衣竿边，邻居女人熟人似的问候她：饭吃了吧？

甘霖垂着眼皮"嗯"了一声。女人又问：还住得惯吧？甘霖依然是淡淡的"嗯"，眼皮都没抬。仿佛是为吸引甘霖注意，女人忽然说：我想来想去，还是要提醒你一下，你搬来才一个礼拜，有些事情你不晓得。

女人成功地让甘霖停下了手里的活，抬眼看向她，然而她却话锋一转：对了，你老公是做啥的？

甘霖怔了怔，搬家那天许伊周来过，她看见了？不过甘霖不想满足女人的好奇心：怎么不先问问我结婚了没有？

甘霖说话有点呛人，也不够聪明，有老公的女人是不会这么回答的。邻居女人显然猜出了底细，甩甩手上的水，大笑一声：哈！问你老公是做啥的，不就等于问你结婚了没有吗？不过你一个人住，其实可以租501的，省一千块洋钿呢。

中介说过，503在这里住好几年了，她不会不知道501房东没挂牌租屋吧？她只是没话找话，甘霖想。不过，自己一人住两居室，邻居一家三口住一居室，的确招人嫉妒。可甘霖不觉得自己有义务去安抚别人，这会儿，她很想撤回屋里，躲进卫生间抽支烟。但是衣服还没晾完，盆里还有两条内裤、一条裙子和一件吊带衫没挂上晾衣架。甘霖不进屋，女人就接着问：那你，你是做啥的？

甘霖说：在学校里上班。甘霖没说自己是少儿艺术培训学校的键盘老师，她不想让这个看起来近乎粗俗的邻居女人太了解自己的底细。女人却追着问：那你是老师了？

甘霖看了一眼在女人身边转来转去的女孩：算是吧。

貌似六七岁的小姑娘围着两个成年女人跑来跑去，一刻都没停过，一会儿踢翻一盆将死还活的含羞草，一会儿蹦上一只瘸腿的方凳做栖鸟状，一会儿又单手抓住不锈钢晾衣竿荡秋千。女孩长得像母亲，黑瘦黑瘦的，尖鼻头、白仁眼，小脑袋上覆盖着厚厚一层粗硬的短发，天生粗鄙相。不像张文权或者张文全，那男人倒是慈眉善目，弯弯的细长眼总像在笑。

很少有小姑娘这样顽皮的，甘霖几乎怀疑她有多动症，心里默默地扪了个五十分。甘霖习惯了，甘霖一看见学龄期儿童，就会在稍事观察后给孩子打个分，然后决定是不是招收这个学生。甘霖毕业于师范大学艺术系，在培训学校教钢琴、电子琴、手风琴等键盘类乐器，她收过很多学生，从五岁到十五岁，她以自己从事艺术教育多年的经验判断，邻居家的女孩缺乏艺术细胞，用她的话说，"没灵气"。甘霖是不会喜欢一个没有灵气的孩子的，当然，这个孩子不是她的学生，邻居女人也没说要让孩子学钢琴。也就是说，对一个和自己毫无关系的孩子，甘霖没有喜欢，也没有必要不喜欢。

衣服全晾好了，甘霖含混说过"再会"，端着空塑料盆闪身进了自己屋，拿出手机、烟盒、打火机，进卫生间。阳台上的女孩开始亮起嗓子唱歌，几乎是喊出来的歌词，"一闪一闪亮晶晶，满天都是小星星……"跑调得厉害，果然没灵气，甘霖想。她母亲沙哑的呵斥声随后响起：唱死啊唱，又唱不出钞票的喽！

甘霖想起，刚才隔壁女人说有事要提醒她这个新租户，到底什么事？她是忘了说，还是卖关子？

甘霖坐在马桶上吸完一支烟，同时下单买了一套厨具。烟头扔进抽水马桶，按下冲水键，开门出卫生间，一抬头，感觉卧室内一个斜向的影子忽闪而过，一阵轻小的"悉索"声从里面传出。进小偷了？大白天不会吧？甘霖有些害怕，退回卫生间，抓住一个拖把，盯着卧室敞开的门。窸窸窣窣的声音更响了，还伴随着哼哼唧唧的唱歌声，细细分辨，却是童音。哼歌的童音在卧室里移动，渐渐靠近门口，然后，顶着一脑袋粗硬头发的尖鼻头黑瘦女孩出现在了门框里，怀里还抱着一个毛绒熊：阿姨，它叫泰迪熊，不是维尼熊，我知道的。

这只毛绒熊是一次过生日，许伊周让快递送来的礼物，甘霖知道这是一只有名字的熊，但她没问许伊周关于这只熊的任何问题。以前也有过这样的事，情人节，或者七夕，甘霖会收到同城快递送来的鲜花、蛋糕、香水、巧克力之类的礼物，只要甘霖不问，许伊周是不会主动提起的。每次签收快递时，甘霖都要在心里笑话一下许伊周，发货人的名字写得龙飞凤舞，她就猜不到是他了？这么幼稚又脸皮薄的，除了许伊周没别人了。多年来，他们一直这样，看似心照不宣，又像是谁都怕捅破那层窗户纸。有时候甘霖会想，倘若许伊周向她表白，那她是答应呢，还是拒绝？不过到目前为止，许伊周并没有要表白的迹象。

小女孩站在别人的家里，抱着别人的玩具熊，顾自玩得投入，没看一眼甘霖愠怒的脸色。家门直挺挺敞开着。刚才晾完衣服进屋明明记得关了门的，甘霖缓了缓气息，放下拖把，问女孩：嗨，你，叫什么名字？

女孩抬头说：苗晶晶。

为什么不叫张晶晶？甘霖想，那男人不是叫张文权吗？甘霖又问了一句：你爸爸呢？上班去了？

女孩反手一指：那里。甘霖顺着女孩手指的方向看，沙发背靠的墙壁，墙壁的那边是无人居住的 501 室，房东出国了，中介说过。小孩子不靠谱，甘霖想再问一句"那里，究竟是哪里"，女孩却发现新大陆似的指着桌上的一包烟，惊喜道：阿姨，我爸爸也抽这种烟的，我知道，叫蓝双喜。

甘霖已经没兴趣追问什么了，她想打发女孩走，却听见门外传来呼喊声：张文权，吃饭啦——女人毛糙的嗓音适时响起，女孩蹦起来，抱着"泰迪"熊朝门外冲去，把自己消失在门口前还不忘提醒甘霖：阿姨你钥匙插在门上没拔掉。

甘霖吓了一跳，跑到门口去看，果然，一串三把钥匙，其中一把插在锁眼里，另两把吊在钥匙圈上摇头晃脑地摆动。甘霖赶紧拔下钥匙，转身进屋，关紧了家门。

甘霖不打算去把那只毛绒熊要回来了，就当送人了吧。她不想和那个擅自拧开她忘了拔掉的钥匙、进入她家门的、"没灵气"的女孩有过多交集。

<h2 style="text-align:center">三</h2>

甘霖一直想买一架钢琴，有了钢琴，就可以收学生来家里教。可居无定所，买钢琴是自找麻烦。许伊周说：你现在算是

有了固定住所，是不是考虑买一架钢琴？雅马哈比较好。

甘霖说：雅马哈买不起，国产的就很好。

国产的，喜欢星海还是施特劳斯？许伊周说着话，把锅里的虾盛进盘子，端到餐桌上，又去洗黄瓜。

这是甘霖搬进新家的第三个星期，她请许伊周吃饭，感谢他帮她搬家。网购的厨具都到了，锅碗瓢盆挺齐全。许伊周来的时候拎着一个大马夹袋，袋里装着油盐酱醋各种调料。甘霖这才发现自己买了鱼、虾和蔬菜，却忘了买调料，许伊周真是太了解她了。明明是甘霖请客，许伊周却反客为主，一来就把自己扮成一个大厨，并且出手不凡，很快做出几道菜，白灼基围虾、清蒸鲳鱼、凉拌黄瓜、清炒杭白菜。两人在餐桌边坐下，许伊周从马夹袋里掏出一瓶红酒：有杯子吗？

甘霖没有喝红酒用的高脚玻璃杯，只有一次性纸杯。纸杯就纸杯，许伊周说，又摸出一只开瓶器，三下两下起出软木塞，给纸杯倒上酒。一阵凉风拂过，男人心满意足地大叹一声：好啊！祝贺乔迁之喜，来，干杯。

纸杯碰纸杯，没有声音。然后就是吃菜，剥虾壳，剔鱼刺，牙齿切割黄瓜的清脆咀嚼声，偶尔说一句：料酒下多了。那是许伊周说的。也有甘霖的回答：不多，蛮好。

不知不觉，红酒瓶里的液面下降了一半，许伊周的话多起来：甘霖，我们认识多少年了？

甘霖想都没想：十年。

对，大学毕业都六年了，真快，我们，都三十岁了。许伊周又喝了一口红酒。

甘霖说：哪里有三十岁？你到底几岁？想想清楚。

我六岁。不知道什么时候，邻居家的女孩出现在门口，穿一件黄不拉几的汗衫，怀里抱着泰迪熊，脑袋靠在门上，满头粗硬的黑发被门框挤得乱糟糟，一眼看去不像个孩子，倒像个袖珍版的不修边幅的下岗女工。甘霖吓了一跳：你怎么进来的？

甘霖的口吻不太友好，许伊周像是要缓和气氛，冲女孩说：你的熊，叫什么名字？

它叫泰迪熊，它是阿姨的，不是我的。女孩大概觉出甘霖不欢迎她，又说：阿姨你家门没关，我就进来了，妈妈让我来还泰迪熊。

女孩把毛绒熊放在沙发上，空手折回门口，看着许伊周说：叔叔，你们家要换个门锁，上次阿姨把钥匙插在锁眼里忘了拔掉。说完一转身出了门，负气似的。甘霖跟过去，把门关严实，抱怨道：隔壁人家的小孩，总是自说自话开我的门，很讨厌。

许伊周解释道：是我把门打开的，想通通风，刚才做饭有点热。

已是九月，初秋的天气的确还有点热，许伊周额头油光光，脖子汗津津，衬衣袖子高高撸起，活脱脱一个完成后厨工作直接坐上餐桌的厨师样。甘霖还在数落邻居家的孩子：别人家的门开着就可以随便进吗？上次我钥匙忘了拔掉，她自己拧开门锁进来，还进我的卧室，今天又是，没家教真可怕……

许伊周说：你不喜欢小孩，你要是自己有了小孩，就不会这么说了。

许伊周这么一说，甘霖也觉得，虽然自己和那些学琴的孩子日日相处，但她从来没有真正喜欢过孩子，她对孩子更多的是挑剔，手指的长短，乐感好不好，有没有灵气，然后提各种要求，布置各种练习作业。

小孩子很讨厌的，我真怀疑以后我连自己的小孩都不会喜欢。甘霖说。

许伊周却说：我一直很喜欢小孩子的，邻居家的、亲戚家的，都喜欢，所以，所以，我想和你说件事。

甘霖心头一紧，这是要表白了？她调整了一下视线，郑重地看向许伊周。男人微胖的脸上浮着红晕，嘴唇竟也是润红的，眼睛眯缝着，两颊上有微微笑意。甘霖太熟悉许伊周了，她从不觉得需要仔细打量他，一个平凡的男人，不帅也不丑，不高也不矮，没有任何鲜活的特征。可现在这么看着他，忽然觉得这个男人倒也有点暖人的温厚相。于是拿过红酒瓶，给许伊周倒上半杯酒：什么事？说吧。

许伊周努努红艳艳的嘴唇，刚要说，又尴尬地笑笑：让我想想。

甘霖心跳有点加速，脑子里滚动着各种假设：假如他表白，该怎么回答？同意？拒绝？还是考虑考虑……

像是要给自己增加勇气，许伊周端起纸杯，一口喝光半杯酒，很重地放下杯子。遗憾的是，纸杯碰到桌面，什么声音也没发出，一点都没有击鼓助战的意思。许伊周的勇气也没被调动起来，依然犹犹豫豫，说了半句：甘霖，我们都三十岁了，你，打算什么时候成家？

许伊周的情商太低了，表白这种事情，有这么说的吗？甘霖有些不耐烦，说实话，他要是趁热打铁，说不定她脑子一热就答应了，可他这么吞吞吐吐，真是败兴。甘霖说：你管我什么时候成家，先管好你自己吧。

许伊周微胖的脸上露出真诚的笑容：是的，我就是想告诉你，下个月，国庆节，我要结婚了……

四

甘霖趴在桌上哭，她自己也不知道为什么，明明没有爱上人家，明明想好的，倘若许伊周表白，十有八九她是要拒绝的，可还是哭了。许伊周坐在餐桌对面不知所措，喃喃说"对不起"，趴在桌面上的脑袋里闷闷地传出几个字：你没对不起我。

许伊周说：那，怎么办嘛！

甘霖抬起头：没什么怎么办，吃好了吗？吃好了你就走吧。

许伊周站起来收拾碗筷，甘霖坐在椅子上，与端坐在沙发上的浅灰色毛绒熊面面相觑。许伊周没送过戒指或者手镯之类的定情物给甘霖，可甘霖还是想要归还一点什么给他，以表示她与他决裂的彻底性。便站起来，抓起毛绒熊的一条腿：许伊周，别收拾了，拿着你的泰迪熊走吧。

许伊周很是讶异：我的泰迪熊？刚才隔壁小姑娘拿来还给

你的，你忘了？

我什么时候喜欢过这种幼稚的东西？甘霖没好气地说。

"好吧，就算是我的。可是，我没有……"许伊周一脸无辜。

许伊周是帮甘霖把碗筷洗涮干净了才走的，那会儿甘霖正坐在马桶上吸烟。甘霖一下子吸了两支烟，吸第一支的时候听见碗筷的碰撞声，水龙头里冲出的水声。点第二支烟的时候，听见许伊周在卫生间门外说话：甘霖，那我走了，有事给我打电话。

甘霖吐了口烟，鼻子里"嗯"了一声，然后是开门和关门的声音。

甘霖从卫生间里出来，洗好的碗筷都归拢在架子上，灶台和水槽都擦得干干净净。许伊周还是很会过日子的，甘霖想，有点可惜，可惜而已。听见敲门声，开门看，还是许伊周，拎一个工具箱：我买了一把新锁，帮你换一下吧，就现在。

有必要吗？甘霖说话冷冰冰，很刻意。许伊周说：你钥匙插在门上有多久？不换行吗？

这么一问，甘霖想了想，很有可能那天她把钥匙插在门锁上整整一夜，直到第二天女孩提醒她才发现，要是半夜有人拧开钥匙进来……想想都后怕，便软了语气：哪里来的工具箱？

小区外面街口有个五金店，锁、工具箱，什么都有。许伊周说着，像个锁匠一样熟练地拆下旧锁，安装上新锁，又用三只新钥匙一一试开，完了把钥匙交给甘霖：下次不要忘了拔钥匙。

　　许伊周没再逗留，这回真的走了。餐桌边，泰迪熊乖乖地坐在刚才许伊周坐过的椅子上，靠背上还挂着那只许伊周拎来的马甲袋，调料拿出来用了，葡萄酒喝了，袋子里还有东西，打开看，是两条烟，天蓝色外壳的双喜。许伊周知道甘霖抽烟，但他从来没有送过烟给她，看来今天他是打算好了来和她了结的。甘霖伸出手，在泰迪熊身上猛推了一下，熊仔很配合地往侧面一倒，四仰八叉地躺下，一副破罐子破摔的赖相。

　　甘霖收拾散落在地上的螺丝、旧锁片上的零件，心里一样样地数落着许伊周的优点和缺点。是的，他替她搬家，他会做家务、会照顾人，过节时还会让快递给她送礼物，可是，他有什么魅力？和她一样师范大学艺术系毕业，现在只是一家音像公司的销售，算白领都勉强。送女人礼物都那么小家子气，鲜花、巧克力、泰迪熊，都是学生仔送的东西，没创意，也没价值，说到底，就是"没灵气"。没灵气的成年人比没灵气的孩子更不讨人喜欢，怪不得她爱不上他。正因为没爱上他，所以她在他面前简直是肆意妄为，穿睡衣、蓬头垢面、跷二郎腿、去洗手间抽烟，她不在乎他怎么看她。可现在他要结婚了，她却莫名其妙地生出了几许失落，居然还在他面前哭。甘霖很后悔刚才没控制好情绪，她近乎怨愤地把装旧锁和残破零件的小纸盒重重地扔进垃圾桶，"扑通"一声，仿佛扔掉了许伊周身上所有的优点和缺点，心里还想：今天是和许伊周最后的晚餐，没有以后了。

　　入夜，甘霖躺在床上，脑子里乱哄哄的，辗转反侧了一个多小时还没睡着，干脆下床，带着烟盒开门到阳台上，点燃了一支烟。

　　甘霖从不会在公共场所吸烟，家里的阳台算不上公共场所，主要是，她不愿意被人看见她吸烟的样子，连许伊周都没见过。只有一次，在原来的住所，他看见她桌上的蓝双喜烟盒，问烟是谁的？甘霖答：我的，怎么？不可以？许伊周说：不是不可以，尽量少抽吧，对健康不利。从那以后，许伊周知道甘霖抽烟……难道是，他不喜欢她抽烟，找了一个不抽烟的女人做老婆？或者，她不喜欢孩子，那个女人和他一样喜欢孩子？可是，为什么否认泰迪熊是他送的？难道要和新人结婚了，就连曾经钟情于旧人的事实都不肯承认了？这么想着，心里咯噔一下，顿时生出更多的怀疑。是不是，以前收到的礼物，都不是许伊周送的？他从来就没有钟情于她，她从来都是自作多情？可是，在这座城市里，除了许伊周，还有谁会这么持之以恒地送礼物给她？她一直认为，匿名送礼物的目的不是为了匿名，而是为了公布答案时有更大的惊喜。可他公布的答案与她的想象南辕北辙，是她想错了？

　　烟头在夜色中闪烁，分外鲜艳的一点红色，甘霖想得出神，只觉手指刺痛，"啊"地轻叫一声，甩手扔掉燃到尽头的烟，鼻子却莫名地酸了一下。从烟盒里再抽出一支烟，含在嘴上，刚想点火，503 的门"咔嗒"一下开了。甘霖来不及躲避，那个叫张文权或者张文全的男人就站到了阳台上。男人笑眯眯冲她点点头：还没睡呐！一伸手，一苗火焰从他握着的打火机上蹿起。甘霖凑到火苗上点着烟，吸了一口，说"谢谢"。阳台灯浑黄的光下，甘霖看见男人弯月般总像是在笑着的细长眼，和眼角延伸出的几道鱼尾纹。他比他的女人温和、面善多了，甘霖想到了女人尖刻的嘴脸。男人却指了指甘霖手里的烟盒，笑问：我没烟了，不介意吧？

甘霖赶紧抽出一支烟递给男人，慌里慌张的，烟盒掉在地上。男人给自己点上烟，用力吸了一口，笑眯眯说：烟是好烟，劲儿差了点，谢谢，再会。说完转身，"噔噔噔"下了楼。

这么晚了还出门？是去 24 小时便利店买烟？甘霖想，不过，这和她有什么关系？又不是自家男人。甘霖弯腰去捡掉在地上的烟盒，发现烟盒空了，刚才给男人的是最后一支烟。

这一夜，甘霖一直在做梦，应聘一所新的学校，面试的主考官问的问题很奇怪，不是线性代数就是基础物理，念书时，数学和物理是甘霖最差的科目，急得她前心后背一片冷汗。刚面试完，又要去找房子，房东很是刁钻，单身女人不租，没固定工作不租，没居住证不租，一样样证明出示给房东，还缺了一样，结婚证。得去找个男人开一张结婚证，可是唯一的人选许伊周马上要结婚了，怎么办……心急火燎了一夜，早上醒来，摸床头柜上的手机，没有。去卫生间找，也没有。又打开包包翻找，还是没有。

这是甘霖搬进新家的第三个星期，周六的早上。上午九点有一堂电子琴大班课。甘霖并不着急，手机不可能丢，昨天晚上她还在电子琴大班的家长群里发过提醒通知，肯定塞在哪个角落里，或者，掉到床垫缝隙里去了？好吧，先去卫生间，在清空体内垃圾的同时吸上一支烟。昨晚最后一支烟给了邻居家的男人，许伊周送的两条烟，她连着马甲袋扔在餐桌上。

甘霖看向餐桌，没有，没有那个马甲袋，椅子上没有，沙发上也没有……甘霖心头猛地一凛，浑身毛孔"扑棱棱"全张开了。

五

甘霖确定遭了贼，她还记得昨晚在阳台上抽完烟回屋睡觉时快十一点了，小偷肯定是后半夜进的家门，在她睡熟的时候，神不知鬼不觉地偷走了床头柜上的手机，以及餐桌上的两条烟……这是她所有值钱的东西，包里的身份证和银行卡都在，还有几个零钱，小偷看不上。幸好，幸好自己一直是单枪匹马过日子，没人送过金银首饰给她，幸好自己在梦里忙着应聘找房子，要是小偷进来的那一刻她醒了……太恐怖了！甘霖越想越害怕，脚下的步子也越来越快，最后几乎飞奔着进了培训学校大门。

马上就要上课了，甘霖没时间去报警，也不敢缺课，三十多个孩子的家长闹起来，饭碗都保不住。只能借用同事的手机登陆自己的微信，给许伊周留了几条语音。

甘霖是下课后去报的警，两个警察跟着她回到家已是午后。经过公共阳台，邻居男人正冲着天空笑眯眯地吞云吐雾，看见警察，男人笑眯眯地点头：嗨，来啦！好像和警察很熟的样子。警察没理他，跟在甘霖身后往里走。甘霖瞥见男人夹在手指上的烟，白色海绵嘴，隐约闻到薄荷味。她拿出钥匙打开家门，警察鱼贯而入。

　　甘霖像个局外人一样站在门口看着自己的家，她不敢往里多走一步，尤其不敢进卧室，仿佛盗贼正藏在里面等着她。两位警察倒像主人，熟门熟路的，先是检查了门锁，没有被撬坏的痕迹，再是检查了所有房间的角角落落，除了床上的被子没叠以外，别的都井井有条，看不出被翻动过的样子。警察查不出个究竟，在房间里拍了一通照片，说：看起来像是熟人作案。然后拍拍屁股走人了。

　　许伊周赶到的时候，警察刚走一会儿，甘霖站在阳台上，刚才还在这里吐烟圈的张文权或者张文全已经离开。甘霖害怕独自呆在屋里，她想，要不要现在就去中介，换一个小区，换一套房子？可是三个月租期没满，要罚违约金的，怎么办？甘霖忽然觉得很无助，她想，要是许伊周在就好了，他肯定会想办法，不知道他有没有看见她的微信留言……楼梯上有渐渐上升的脚步声，越来越近，越来越响，然后，一个微胖的脑袋出现在五楼楼洞口。甘霖鼻子一酸，眼眶红了。许伊周紧跨几步，走到甘霖面前。她就势往他怀里一扑，嘤嘤地哭起来。

　　许伊周轻拍她的背：进屋吧，进屋再说。

　　有许伊周在，甘霖不再怕进屋，她任凭他拉着她的手往里走。进到屋里，许伊周忽然拦腰抱起甘霖，一脚踢闭家门，托着她进到卧室，抱人的人和被抱的人，一起滚落到床上。

　　直到隔壁女人毛糙的嗓音一如既往的喊响：张文权——吃饭啦——甘霖才被吵醒，她睡着了，睡了一下午，现在已是晚饭时间。甘霖伸手，摸到许伊周，他翻身从背后裹住她，不说话。她也不想说话，不想翻身看他。就这样，谁都看不见谁的脸，就不会想到他是许伊周，他就要结婚了，和别的女人。这是他们的第一次，她不想发生第二次，这不是她预想中的事。

直到天黑，两人才起床，听听外面没动静，开门出屋。经过公共阳台，看见一只显然是刚扔出来没多久的废纸箱，敞开的箱子里躺着一条天蓝色双喜烟外壳，阳台灯光黄晕晕的，照得崭新的烟壳泛出莹莹的蓝光。甘霖看了一眼许伊周，许伊周也看了一眼甘霖，两人仿佛自己做了小偷，竟都放轻脚步，蹑手蹑脚地，几乎要腾空一般，飘过阳台，飘到楼梯口，飘下楼去。

小区门口有一家"伊面如故"，许伊周低着头说，将就吃点吧。甘霖低着头回答好。一进入人头攒动、灯光大亮的地方，两人才自然了一些。许伊周抬起头：等一下吃完，我再去买把锁给你换上。

甘霖扭着头看窗外：有意义吗？昨天你刚换过，半夜小偷就进来了，警察说熟人作案。

许伊周微胖的圆脸莫名腾起一片红云。甘霖没看他，却解释：我不是说你，我的意思是，换锁是防君子不防小人。

许伊周说我知道，想了想又说：你邻居家的小姑娘，昨天提醒我给你换锁，你不觉得奇怪吗？哪个六岁的孩子会想这么多？

甘霖想到的不是女孩，而是阳台上的废纸箱里，一条天蓝色烟壳外包装。你说，小偷不会胆子大到偷了我家的烟，还把烟壳扔在我眼皮底下吧？甘霖问。

许伊周说：障眼法，小偷都知道被偷者的心理，况且这种烟到处有卖，你没证据证明他抽的烟就是你的。小偷还知道，价值不大的案子，公安这边不会花太多精力去破案，除非以后犯了别的大案连带着供出来。

甘霖把视线定定地落在许伊周脸上，看了他好一会儿，说：你怎么都知道？那你说说，我搬进新家第一天就丢了的"苹果6"，究竟是被偷的，还是我自己掉的？

许伊周一怔：这，这我怎么知道？随即皱起眉头：你还是自己去买把新锁吧，叫锁匠来换。说完，几近无声地吁了一口气：那，没事的话，我先走了。

许伊周站起来，转身，背影亦是微胖，挺厚实，挺高大的。甘霖心里有点酸，脱口喊：许伊周！

许伊周回头：还有事吗？

他这么一问，甘霖就打消了所有念头：麻烦你了，以后，不要再来我家了，你安心结婚去吧。

许伊周没说话，走到甘霖身边，伸出手，哥们似的拍了拍她的肩膀，扭头走了。

许伊周不会再来了，甘霖确定，他应该觉出她在怀疑他了吧？其实怀疑任何人，也不应该怀疑许伊周的，认识他十年了，怎么可能？不过，现在她不再害怕独自呆在家里，那张许伊周仅仅睡过一次的床，她也不怕躺在上面挨过整夜了，更不会去想半夜三更会不会有人悄无声息地进来，悄无声息地拿走她摆在床头柜上的手机。现在她觉得，不管那个作案的熟人是谁，都不会是一个可怕的亡命之徒。不过，她想，还是要去买一把新的锁，请锁匠换上。毕竟，现在的门锁，是许伊周买回来替她换上的，他要想留一把钥匙太容易了。

第二天上午，甘霖上完培训学校的课，没有直接回家，而是过小区大门，去路口折角上的五金店买锁，上次许伊周就在那里买的，他说过。走到拐角口，果然，在沙县小吃和好德便利店的中间，夹着一爿五金店，门面很小，不仔细观察看不出究竟是卖什么的。甘霖想着，买一把新锁，问问老板哪里可以找到锁匠，帮忙换一下，一切搞定后，再去买一个新手机。一年内她已经丢了两只手机，第一只是苹果6，是去年年底被现在这所艺术培训学校录取后给自己的奖励。第二只是小米，才用了三个星期。现在她不想买苹果，也不想买小米了，她想买一只华为，许伊周说华为虽然是国产的，但质量很不错……甘霖忽然发现，她的生活里充满了许伊周，不知不觉，她已经对他有了依赖。甘霖晃了晃脑袋，仿佛要把无处不在的许伊周晃走，然后撩开五金店的塑料门帘，一脚跨进窄窄的门。

甘霖闻见一股淡淡的薄荷烟味，坐在椅子里的店主见有客人进来，掐掉夹在手指上的烟，抬起头，弯弯的细长眼笑眯眯地看向甘霖：你好！要买什么？

六

甘霖又要搬家了，三个月合约租期一满，她就去中介，找了一处新的住所，另一条街道的小区，离培训学校稍远。

甘霖收拾出两个拉杆箱，三个纸板箱，还有一堆用过没几回却怎么都装不进箱子的锅碗瓢盆。许伊周已经一个多月没联系她，不出意外的话，他正在度蜜月，不可能再主动请缨帮她搬家。甘霖想着，怎么才能把这些餐厨用具搬走？要不要再去找个纸板箱？却见尖头尖脑的女孩从门缝里伸进黑脑袋：阿姨，你要搬家吗？

甘霖按住心头藏匿了许久的好奇，尽量把语调放柔和：是啊！我要搬家了。晶晶，我知道你叫苗晶晶，阿姨问你，你妈妈是做什么工作的？

钟点工，给人家烧饭。女孩回答得干脆，她还没长大到为母亲的工作羞于启齿。甘霖想了想，打开其中一个纸箱，挖出浅灰色泰迪熊：给你。女孩一把搂过熊仔：哇！泰迪熊哎！然后抱着熊一屁股坐在沙发上，埋头摆弄起来。

甘霖又问：你爸爸是做什么工作的？

女孩要紧玩熊仔，没出声。甘霖推了推女孩的肩膀，再问：晶晶，我问你呢，你爸爸做什么工作的？

女孩抬头看了看甘霖，忽然一脸神秘地说：阿姨，我告诉你，你可要保密啊！

甘霖点头。女孩腾出抱着熊仔的其中一只手，伸出食指，指向沙发背靠的墙壁：我爸爸，他到外国去了。

女孩手指的方向是东墙，501室就在一墙之隔的那边。中介说过501的房东出国了，难道就是苗晶晶的爸爸？可是到外国去又有什么好保密的？还有，那个叫张文权的男人又是谁……甘霖脑补了很多种人物关系和故事线索，包括三角恋、偷情、离婚、出国、未婚同居，于是又问女孩：晶晶，那你爸爸去了哪个国家？

女孩认真想了想，说：我妈妈说过，叫天堂国，很远很远，飞机也很难飞到的地方。

甘霖一激灵，背脊里滚过一阵冷意："晶晶你别瞎说啊！"

女孩鹰钩鼻忽然一皱，几乎是笑嘻嘻地伸出手指：我没瞎说，我爸爸就是在天堂国啊！手指的方向，依然是沙发背后的东墙。

甘霖忽然有种被耍了的感觉，苗晶晶第一次闯进她家时就指着她扔在桌上的烟盒说：我爸爸也抽这种烟，我知道的，叫蓝双喜。可是这种烟是两年前刚出的新品，也就是说，甘霖的烟龄也才两年，如果苗晶晶的爸爸的确去了天堂国，那应该是两年之内的事。难不成，是一只喜欢蓝双喜的鬼魂光顾了自己家？这只鬼魂不仅喜欢蓝双喜烟，还喜欢手机，甘霖搬来的第一晚，它就拿走了她的"苹果6"，后来又拿走了她的小米……

明明知道不可能，甘霖还是把自己吓出了好几身冷汗。但她尽力克制了一下，才回身抓住女孩的肩膀，把她从沙发中提起来：晶晶回家吧，阿姨还有事，泰迪熊送给你了，快回家。

送给我啦？女孩欢呼一声，抱着熊仔一蹦一跳地离开了甘霖家。

甘霖匆匆出门，从公共阳台经过503室门口时，瞥了一眼窗户，灰蒙蒙的，看不出什么动静。又回过头，看了一眼阳台底部的501室，那扇她从未关注过的深棕色屋门紧闭着，一挂细细的蛛网从门框上方垂下，直垂到门锁和把手上。

甘霖加快脚步，像是被什么人追赶一样，飞一般扑下楼，到小区门口喊了一辆私营出租车。司机开车进小区，停在37

号楼下，甘霖说：你跟我一起上楼搬东西。司机说：那要加价的。甘霖：加就加，多少钱？司机：上下一趟五十吧。

这么贵！能不能便宜点？甘霖问。

司机：你这是五楼啊！还有，到新家还要帮你搬上去的，等于打对折了。

甘霖只想立即离开这个只住了三个月的小区，一分钟都不想多停留，便同意了。司机跟着她上楼，上上下下跑了三趟，五个箱子和零零散散的锅碗瓢盆才搬完。

上车前，甘霖看了一眼离 37 号楼很近的小区围墙，灰色的水泥挡住了街面，却能听见街上的车流人声。要是在五楼的阳台上，倒是可以看见靠围墙的临街平房，若不是亲自去买锁，甘霖一直不知道，那排平房里，有一家沙县小吃，一家好德便利店，还有一家五金店。

甘霖忽然很是感慨，也许命中注定她是要过居无定所的日子的，也许，她应该考虑一下找个人结婚，那样才能安定下来吧。想起刚搬来时，邻居女人对她说过：我想来想去，还是要提醒你一下的，你搬来才一个礼拜，有些事情你不晓得……现在，她就要搬走了，什么重要的事她都不需要知道了。有时候，知道得太多反而没好处，甘霖想。现在，她觉得很是庆幸，自己没在更早的时候去问苗晶晶关于她爸爸的问题，此刻，她可以头也不回地离开这个小区，离开 37 号楼 502 室，从此不再与诡异的 501 室和莫名其妙的 503 室为邻。

甘霖把自己塞进差不多已经堆满东西的出租车后座缝隙，关车门的时候，听见一阵沙哑毛躁的呼喊声从楼上扑下：张文权，吃饭啦——张文权，吃饭啦——

甘霖从车窗探出脑袋，抬头看，苗晶晶的母亲，那个矮瘦的女人尖小的脑袋突出在栏杆外，远远看去都能看出那头浓密的黑发上浮着黏稠的油腻。她是做钟点工的，给人烧饭，苗晶晶说的。怪不得头发那么油腻，甘霖想。

黑车司机发动汽车，说：这么早就吃晚饭了，刚到五点，真幸福，哪像我们，起早贪黑，还要被交警赶来赶去，抓到就要罚款扣分⋯⋯

甘霖没和黑车司机搭讪，现在，她很想有一间卫生间，她想坐在马桶上点燃一支蓝双喜，一边吸烟，一边刷淘宝。她要在淘宝上邮购一张门神图，搬来这里时，许伊周送过一张给她，被她扔了。记得小时候，她问过奶奶，为啥要在门上贴门神图？

奶奶说：辟邪。

三圭欠工

她被一双手托着，飘向她那张老式昏暗的木床，一个温厚而低沉的声音在耳畔响起：刚才唱的什么歌？好听！

一

深冬的早晨，冷风撒开了性子席卷而来，它们一股接一股地聚集在弄堂口，转瞬间，又迂回周折着，一股接一股地四分五裂，蹿进了狭窄的弄里。总有这么一两户殷实人家，即便是寒冬腊月，也透着富庶的喧腾味儿。庆祥里的这一家，却是早年里殷实过的，而今已近式微，却还未真正破落到散了魂。好多年未刷桐油的双开木门，门上的铜环，被风吹得"扑棱、扑棱"响。风透过门缝，逼进了天井。天井里有一口石井，井台亦是石板铺就，边沿的积水结成了一圈薄冰。天井里无人，客堂的四扇雕花折门，一扇五子登科、一扇喜鹊登梅、一扇福如东海、一扇寿比南山，开得直挺挺敞展展。广漆八仙桌高高大大地停在客堂中央；角落里的宽板机凳上，横着一支油亮的湘竹"不求人"；高脚几案上摆着一盆水仙，青花瓷盆里冒出绿葱葱的扁叶，几串花苞隐隐绰绰，将开未开；花案后面，是一进狭窄的木扶梯，通向二楼的卧房；退却了光泽的老式红木座钟靠墙站立，钟摆从左到右、从右到左，摇得煞是沉稳，好似这世上最是地老天荒、且永不消逝的，就是时间。

冬天闯进了这户人家的天井，和天井后面的客堂。左边的侧房里，却冒出一阵阵热气。小手小脚小身材的女人从热气中钻出来，左手拎一只还在垂死挣扎的麻毛鸭子，右手提一壶"突突"滚的开水，"噔噔噔"几步，就跨到了井台边。女人边走边喊：卓跃进，脚盆，快点拎出来啊！

女人叫雅红，女人是这个叫"卓跃进"的男人的对象。身穿灰色工作服的卓跃进，左手握一把菜刀，右手提一只红漆木盆，一头撞破白色热气团，大步走了出来。"哐当"一声，红漆脚盆扔在井台上，左手的菜刀换到右手，刀口向着女人手里已被拔掉一撮毛的鸭脖子迎去。这活物的脖子，刹那间被生生地拉了一刀，刀却锈钝，并未切入深处，也未立即见血。这鸭子，却意识到了死神的降临，便垂死挣扎起来，还挣扎出了巨大的力。鸭之将死，力大无穷，它扑腾着翅膀，挣脱了女人小手的束缚。这半死的畜生，居然还有力气跑，脑袋吊儿郎当地耷拉在脖子上，身子却异常敏捷灵活。它抖开翅膀，扑出井台，向着客堂扑去。男人握着菜刀一跃而起，紧追着扑向鸭子。临死的畜生终于记起自己曾经是一只擅长飞行的野禽，翅膀迅速凝聚了毕生的力量，扑棱棱飞了起来。飞行能力的失而复得，使一只充满求生欲望的飞禽激情四溢。它飞到八仙桌上、飞到花案上、飞到杌凳上……飞到之处，淋淋漓漓地洒下一路鲜红的热血——它终于流血了。最后，耗尽血本的半死物，终于筋疲力竭地停在卓跃进的脚下。钝重的菜刀带着男人手上的力，顺势砍落下来，刹那间，麻鸭的脑袋脱离了它细长的脖子，瓜熟蒂落般地，滚到了一边。沾满鲜血的无头躯体在惯性的驱使下往前冲了几步，冲出了一只退化的飞禽活在世上的最后几步，随即绝然倒地，抽搐数下，最后，蜷缩在客堂的青砖地面上，不再动弹。

卓跃进轻声骂道：娘的大头菜，头都落在地上了，还跑！

卓跃进骂鸭子的声音居然是温柔的，好比被自家的小人捉弄了之后，既是尴尬又是骄傲的自我解嘲。他一把拎起鸭子，扔回井台边的脚盆里。雅红提起水壶，朝着血肉模糊的死物，浇下整壶滚烫的开水。浓烈的血腥味随着水蒸气弥漫而上，天井里顿时充满了宰杀动物的腥臊和粪臭。

卓跃进撩了撩工作服的袖口，蹲下身，准备拔鸭毛，却听得头顶上传来一阵"咯咯"的笑声。卓跃进和雅红同时抬头，一张尖瘦的小脸镶嵌在二楼的窗棂里，白皙到近乎透明的皮肤，鼻梁上，毛细血管青色的脉络依稀可见，宽而薄的嘴唇咧开着，笑声，正从这张嘴里持续往外流淌。

"傅雅霜，你这个吃白食的，不帮忙还笑，笑你个魂啊！等一歇，你有本事不要吃老鸭汤！"雅红双手插在腰里，高抬着下巴尖声叫唤。锐利的嗓音和家长式的威风，表示了她在这个家庭中的主宰地位。阳光被冷风吹散了，零零碎碎地洒进天井，有一缕，正落在雅霜黄而稀疏的头发上。卓跃进仰着脑袋，看着木窗棂边独独一张闪耀着光斑的小脸，太阳的碎光便不失时机地落进了卓跃进的眼睛。他合上眼皮，斩断目光，世界变成了血红一片。再睁眼时，两汪酸涩的热水，就逼出了眼眶。然后，他听见头顶上孩童般的嗓音响起：卓跃进，你现在不像铸铁厂的锻工了，倒像肉联厂的屠夫啦。

卓跃进低头，他看到他的工作服前襟上，一摊摊血污在灰色的胸腹处组成了一幅色泽绚烂的抽象画。

雅红尖叫一声：哎呀，你的衣裳全是血啦，下午哪能穿着去上班？快脱下来，我马上给你洗掉！

说着，便动手替男人解棉袄上的纽扣。卓跃进举着沾着几簇鸭毛的双手，任凭女人摆布着自己。头顶上砰然一声，卓跃进梗着脖子再次仰看。二楼的窗口，六块玻璃组成的窗扇依然关闭，适才那张苍白的小脸不见了。

二

雅霜总是呆在二楼的卧房里，一整天一整天地看书。若是夏天呢，她就坐在楼下的天井里看书。现在是冬天，雅霜的脚边，就多出了一个黄铜脚炉。雅霜坐在一张老式太师椅里，成年的女人，身躯却如同未长开的女童一样瘦小，竟填不满宽大的椅子。好在，椅背上搭了一条厚实的驼毛毯，她便时常把自己包在毛毯里，身量，便陡然地壮大了几许。太师椅，便也不再显得空空荡荡。

雅霜看的书，多半是竖版线装的古籍，页面都已发黄，也不知是哪里淘来的，这个月是《红楼梦》，下个月，就是《西厢记》，还总有不同的换来读。现在，雅霜正在读的这一本，是《聊斋志异》。书本摊开在她覆着毛毯的膝盖上，房里昏黑幽暗，她就尽力地勾着脑壳，尖下巴抵着胸窝，面孔几乎埋进了书页里，前额上掉下的一缕刘海，挂到了鼻尖上。

雅霜看书的时候，手里总是做着一件与看书无关的事情。有时候是漫不经心地摇一把蒲扇；有时候是捏一把银质挖耳勺，抬着一条臂，在细小的耳洞里掏了又掏；有时候，是剥瓜子，看三页书的时间，面前就堆了一小撮瓜子仁。这会儿，她捏着一枚纸皮核桃送到嘴边，一侧的大牙轻咬下去，一阵"咯嘣咯嘣"的响声，核桃壳碎了，房中的寂静，被撕开了一个小小的口子。脚炉里的热，也已传到胸口。

木扶梯上响起"嚓嚓嚓"的脚步声，由下而上，急促而细碎，脚步声到达扶梯中段时，雅红尖锐的嗓音随之紧跟而上："这个死东西，又把核桃壳扔在脚炉里烧，一股焦味。"

雅霜偷偷笑，又往青烟袅袅的脚炉里扔了半个核桃壳。

"小霜，吃饭——"雅红站在扶梯上叫了一声，折身下了楼。

雅霜又看了两页书，才灭了脚炉，一步高一步低地走下扶梯。楼下客堂里，八仙桌上摆着一个大砂锅，砂锅里冒出的热气，夹杂着一股葱姜黄酒的鸭膛味。午饭已经开始，雅红正从砂锅里夹了一条鸭腿往卓跃进饭碗里送。雅霜撸了撸鼻子，发出一记不屑的"哼"声，随后，在八仙桌一侧坐了下来。

雅霜端起饭碗，冷言冷语道："卓跃进，我托你的福，今天又有饭吃了。"

雅红就尖起嗓子叫道："你不要没良心！你是神仙啊？你有本事不要吃我做的饭！"

雅霜刚往嘴里扒了一口饭，便停下，把筷子伸进砂锅：哎呀，鸭腿怎么飞了一条？鸭腿是给有良心的人吃的，我没良心，我不吃是应该的。

说完，她兀自"嘿嘿"笑起来，尖小的脸上，五官皱成了一作堆。雅红的尖嗓子更加尖了：你磨磨蹭蹭不肯下来，还要我们等你开饭啊！以后到时间自己下来，谁喊你吃饭谁是猪头三。

卓跃进面无表情地埋头吃饭，吃得很专心，姐妹俩的斗嘴丝毫没有影响他的胃口，只不过，那条炖得酥烂的鸭腿架在碗里，一口也没有动。卓跃进是雅红的男朋友，卓跃进还没有和雅红结婚，照理，他还没有资格在这个家里吃饭的，可他每天都会带着一身生铁气味在午饭时分准时到达这里。从卓跃进上班的铸钢厂，步行到雅红和雅霜的家，只要五分钟。

姐妹俩打嘴仗的工夫，卓跃进已经吃好了饭，那条鸭腿依然毛发未损。他把盛着鸭腿的饭碗往雅红面前一推，又张开手掌抹了抹嘴巴，站了起来：我去上班了。

卓跃进往外走的时候，瘦高的身影挡住了斜入客堂大门的阳光。面对天井坐的雅霜，就隐没在了卓跃进的阴影里。雅霜抬头看了他一眼，垂下眼皮，"扑哧"一声，又笑了出来。雅红白多黑少的眼珠瞪向她，她赶紧收了笑，继续扒饭。她没有说她为什么笑，她把笑声憋进了心里，她还默默地对卓跃进和雅红说：卓跃进，你是一只热水瓶；雅红，你是一个茶杯。你们俩一个高，一个矮，站在一起，像一对唱滑稽戏的演员。

雅霜这么想着，心情又跌到了谷底。她在嘲笑雅红矮小的时候，很自然地想到了自己，她没有忘记，她比雅红还要矮小，并且，她永远无法让自己的身躯变得高挑修直起来。

下午，雅红照旧去杂货店上班，雅霜还是回到楼上，燃起脚炉继续看书。冬天的午后，太阳移到了当空，上午十点过后，雅霜的房间就照不进阳光了，所以，这种季节里，雅霜总是让脚炉持续不断地冒着青烟。雅霜不用上班，她患过小儿麻痹症的两条腿，一条粗、一条细，一条长、一条短，走起路来，是一脚高、一脚低地颠簸，别人走十分钟的路，她要用半个多小时。这样的腿脚，哪能出去上班呢？幸好，雅霜的父母给他们两姐妹留下了不错的家底，日子，才过得不算太窘迫。所以，待在卧房里看书，倒成了雅霜每天的工作。她很少站起来走动，她自知只有坐着，她才和别的女人一样，看起来尚属正常。然而只要她站起来，只要她开出一步，她就完全成了另一个她：跛脚、佝偻、瘦弱、身材超乎寻常的矮小，视任何水平线内的事物，需要仰望。

现在，雅霜就坐在那张铺着厚驼毛毯的靠背椅子里看一本线装旧书。比手臂还细的一条腿搁在脚炉边，另一条腿，垫在那条坏腿的下面。雅霜的脸就像她的名字一样没有血色，青色的血管在皮肤下蜿蜒游伸，游伸出一张密集的细网，脸上的皮肤，便显得分外脆弱，好似用手指轻轻一戳，就能戳出一个洞眼。家里没人的时候，又加上心情好的时候，雅霜就会哼一首歌，一首很老的老歌，那还是父母在世的时候学会的。

天涯呀海角，觅呀觅知音，小妹妹唱歌郎奏琴，郎呀咱们俩是一条心………雅霜边唱边想，那个奏琴的男人，究竟是什么样的男人？雅霜见识过的男人，除了在世时的父亲，就是卓跃进了。卓跃进是铸钢厂的锻工，卓跃进的身上日经地散发出一股生铁气味，卓跃进的手指上、指甲缝里，总是嵌着黑色的铁屑，这样的手，怎么能用来奏琴？可是除了卓跃进，还能是谁呢？谁还能进入雅霜的想象，成为那个奏琴的男人呢？雅霜反反复复地唱：天涯呀海角，觅呀觅知音，小妹妹唱歌，郎奏琴……卓跃进的影子，和着一把二胡断断续续的乐声，若隐若现地在雅霜身周缭绕着，赶都赶不走。

这个叫卓跃进的男人，是雅红的。因此雅霜每每唱到"小妹妹唱歌郎奏琴"的时候，额头上就开始冒虚汗。雅霜唱得很用功，两遍一唱，就浑身乏力，疲惫不堪，心里，又止不住地感到愧疚。没人听见她唱歌，可她依然觉得这歌不该是她唱的。这能怪谁呢？怪父母生下她却没有给她两条健康的腿？怪雅红把卓跃进带回了家？怪卓跃进每天都到这个只有两姐妹的家里来吃免费的午餐？

从那以后，卓跃进每次来吃饭，雅霜就在看他的目光里，添了几许仇视和憎恶。

可卓跃进总是埋着头吃饭，他从来不会多看一眼饭菜以外的东西。

三

那一日中午，卓跃进照旧准时到了。雅红午饭做得马虎，榨菜汤里漂了几朵蛋花、炒青菜自然是没有一丝荤腥的，卓跃进不会有意见，卓跃进白吃雅红做的饭，没有资格说话。雅霜却是要提意见的，雅霜说：雅红你就做这样的饭菜来打发人？爹爹姆妈留下来的钞票，你打算全部用来备嫁妆？

雅红吞下一口汤泡饭，尖声骂道：你坐在屋里享清福，我又要上班又要给你做饭，我是你的用人啊？

雅霜冷笑一声：你是单单给我做饭吗？我看，我是每天厚着面皮吃一口你给人家做的饭。

说完，雅霜斜眼看卓跃进。卓跃进一如既往地埋着头吃饭，不搭腔，也不愤而离席。雅红眼珠瞪得滴溜圆，汤和饭裹在嘴里，噎住了似的，说不出话来。半晌，才缓过劲儿，尖锐的嗓音喷发而出：你是我的祖宗啊，我要巴结伺候你？不是看在爹爹姆妈的分上，我才不会管你！

"是啊，所以呢，你管人家比管我起劲多了。"雅霜的话全是针对卓跃进。卓跃进呢，却像一块木头，一块会吃饭的木头。他一言不发地听凭姐妹俩吵架，雅霜的含沙射影明讽暗刺，好像从不能叫他生过一回气。

雅红不再和雅霜纠缠下去，她三口两口吃完饭，说：我们杂货店来了两麻袋红枣，不晓得哪个走漏了消息，店门口已经排了很长的队。我要快点回去上班，要不然，红枣都给他们抢光了。过春节的时候，蒸年糕、包汤团都要用的。

雅红说话的时候，眼睛看着卓跃进，面孔朝着卓跃进，她完全是对卓跃进说话，好像这个家，就是她和卓跃进两个人的家。雅霜的脸色就有些僵，仿佛开演了的戏，莫名其妙地落了场，落得毫无态势。雅红舀了一勺热水，在天井里洗了一把脸，一边搓着两手，往脸上涂蛤蜊油，一边小跑着出了天井。双开木门"咿呀"合上，把雅红的身影隔在了门外。雅霜心里悠悠然一松，好了，现在，家里只有她一个了，现在可以随心所欲了，可以自言自语、可以唱天涯歌女：天涯呀海角，觅呀觅知音……

雅霜嘴里刚溜出老歌的开首一句，卓跃进就端着一个大瓷碗从天井跨进了客堂门槛，雅霜吓了一跳：你，哪能还没去上班？

"我……我去灶间添汤。"卓跃进闷声闷气地回答。他把满满一碗汤摆在八仙桌中间后，坐下继续吃饭。

饭桌上只剩下卓跃进和雅霜两人，卓跃进低着头喝汤，嘴唇周围的一圈胡子上，浮着摔碎的珠子般亮晶晶的油光。雅霜横着眼睛看他，目光里尽是气狠狠的神。卓跃进"噗嗤、噗嗤"喝了好几大口汤，才发现雅霜呆坐着，她面前的半碗饭，都要凉了。雅红不在，卓跃进就有了主人翁意识，就有责任来关照雅霜的吃饭问题了。卓跃进说：快吃吧，饭菜要冷掉了，冷饭冷菜吃了胃要坏掉的。

雅霜第一次听到卓跃进说这么长一句话，记忆中，他从来没有对她说过多于四个字的句子。雅红第一次带他来家里，他弯下腰俯视着雅霜，打了声招呼"你好！"。后来来得多了，他连招呼都不和她打了，顶多是在雅红的指挥下，要递送个物什给雅霜，说一声"拿着"或是"放桌上了"。除此之外，没有别的话了。倒是雅霜，偶尔兴起，会连名带姓地喊他"卓跃进，把剪刀递给我"；"卓跃进，我托你的福，有饭吃了"；"卓跃进，你变成一个屠夫啦"。

今天，卓跃进对她说了一句破天荒的长话，这句话非但长，而且，还是一句非同一般的话。雅霜想不明白这句话究竟特殊在哪里，她只是忽然觉得有些对不起卓跃进。她很想向他解释一下，怎么解释呢？她可以这么说：卓跃进，我和雅红争吵时说的那些话，不是要故意刻薄你。我只是，只是想……

只是想怎样呢？明明都是奚落人家、嘲讽人家、明里暗里贬薄人家的话，又要来解释，真是越描越黑，连她自己都没办法相信的。雅霜想来想去，也没有开出口来。面前的半碗饭，倒是真的完全冷了。卓跃进埋着头扒完了一碗饭，抬头，发现雅霜还呆坐着，便说：想什么呢？小菜不好吃？身体不适意？

雅红不在，卓跃进也多话。雅霜眼圈一红，很突兀地说：卓跃进，你还没吃饱吧？我给你盛饭。

说着，她站起来，伸手抢过卓跃进手里的空碗，一瘸一拐地走向客堂门口。

卓跃进诧异的眼神毫无掩饰，他看着雅霜像一根长歪了的柳树枝一样一摇一摆地跨出客堂，踏入天井，拐向厨房，才猛然醒悟过来：这是雅霜，不是雅红，怎么可以叫雅霜为自己盛饭？

卓跃进慌忙站起来，追出客堂，追进厨房，便伸手抢雅霜手里的碗，嘴里说：我自己来我自己来。雅霜扭身不给，卓跃进就去拖雅霜拿着碗的手臂。一瞬间，手臂被一握热辣的灼痛环绕，犹如被火烫的电流突然袭击到，一阵发麻，手便松了劲，饭碗，就轻易地落入了卓跃进的手里。

雅霜没了饭碗，只好站在卓跃进身后，看着他舀了两勺白亮饱满的米饭到碗里。她站在他身后，真是像个小孩啊！她的脑袋只及到他的胳肢窝，他若是两手拽住她的肩膀，完全可以把她提起来，像提一个稻草人一样，提到双脚离地。他若是伸开一条手臂，拦腰圈住她，她就完全被他笼罩包围了，就像揽一棵瘦小的幼树。可是，他是卓跃进啊，现在，他磨磨蹭蹭地盛好饭，又磨磨蹭蹭地转过身，然后，他看到，雅霜居然还站在他身后。他愣了一愣，随即绕过她，走出了厨房。

雅霜站在厨房这边厢，远远地看着客堂里的男人。男人坐在八仙桌边埋头吃饭，男人没有再抬头看她，男人连一碗饭都不让她为他盛，男人不再对她说任何多余的话。他的女人雅红不在，他和双腿残疾的小姨子，又有什么好多说的呢？

一股冷风吹进天井，没有关严的大门被风吹得"咿呀"一声，荡开了半扇。雅霜感觉到外面吹进来的冷风，正向她身体里源源不断地逼入。她激灵灵打了一个冷颤，而后，向着客厅后面的木扶梯走去。她踏着一重一轻的脚步，勉为其难地爬上扶梯。最后一级台阶被她踩在脚底下时，雅霜的眼睛里，正好扑簌簌掉下了大串的眼泪。

四

雅霜很少哭，小时候吃过很多药，打过很多针，还动过两次手术，雅霜的眼泪早就在童年时都流尽了，这世上还有什么能让她哭的？雅霜是经历过病痛的儿时、失去双亲的少时，现在，她是自觉无甚理由哭的了。因此雅霜发现，自己坐在垫着驼毛毯子的太师椅上淌眼泪，很有一些可笑：真正是莫名其妙，卓跃进不让盛饭，就让他自己盛好了，有什么好伤心的？

雅霜打开了她的线装书，搞脚劲的眼泪，却"噗落、噗落"的两声，跌撞在书页上，发黄的纸张，便晕出了两三摊深色的印子，几个繁体字，沉没在了水印中，仿佛溺毙的蚂蚁，安静地、摊手摊脚地起伏飘荡着。雅霜泪眼模糊着，那几只黑蚂蚁，便混混沌沌地涌进了眼帘：……望无以非类见憎……

另两摊泪迹上，恰是：……日切怀思……何憎之云……

这是《聊斋志异》里的哪一出？雅霜已不再关切，她干脆合上书，把整个上半身，伏在一双软绵绵的膝头。驼毛毯子绒绒的纤维触到了面庞，雅霜闭上了眼睛。她拱起的背脊，仿如一只因自卫而把身躯缩成弓形的猫，消瘦而紧张。腰间，却露出了一截紧致而青白的肌肤。一丝寒意，正从这里侵袭而上。趴在膝盖上的小脸倾侧，一串歌声溜了出来：天涯呀海角，觅呀觅知音……

木楼梯上响起了脚步声，脚步轻柔均匀，不是雅红的。脚步声由下而上，由远而近，那股坚硬冰凉的生铁味，也跟随着脚步，一小股，一小股地流进了雅霜的房间。生铁味逼近雅霜的太师椅，生铁味滞留在了脚炉边。雅霜抬起头，卓跃进高挑条立在她当前，她仰着头颅，她看到一个很高的男人，和这个男人棱角分明却阴影深刻的脸，那张脸在昏暗的房间昏暗的影下，愈显狭长瘦削。

雅霜的身躯漂浮了起来，她不知自己是在梦里，还是回到了遥远的童年。无数次的梦境中，她被父亲用两条结实的手臂托着，在医院或者回家的路上行走。一路的摇晃让她昏昏欲睡，她的半边脸庞贴着父亲咔叽中山装包裹的胸口，那里有一颗纽扣，正好勒到了她的嘴角。于是她伸出手臂，搂住了父亲的脖子。在手臂的遮挡下，她时不时地努努嘴唇，有意无意地触碰那颗圆润的铜扣。总是在铜扣被她亲吻得湿漉漉的时候，他们就到家了。下了地的雅霜，一瘸一拐地挪到镜子前，她要看看，她的脸是不是红了半边，紧靠父亲胸怀的半边。那是一个什么样的胸怀啊！温暖到催眠，可靠到令她徒增惰性，令她忘却双脚疾痛的胸怀。

雅霜依然闭着眼睛，一缕缕粗重的呼吸飘然而至，她闻到了榨菜汤的辛辣油腻味，还有生铁的冷涩腥气，掺杂在这温湿的气流中。她感觉到半边脸庞紧贴着的，是肌理粗糙的工作服，一颗冷冰冰的纽扣勒在了她的嘴角。于是，她闭着眼睛，伸出她健康的手臂，搂住了紧贴着的胸怀上面的脖子。

雅霜被一双手托着，飘向她那张老式昏暗的木床，她听到一个温厚而低沉的声音在耳畔响起：刚才唱的什么歌？好听！

雅霜蓦然睁眼，蓝花布笼罩的眼前，一片雾霭飞花。雅霜复又闭了眼，轻说：《天涯歌女》。

冬日下午的日头斜到了西边，阳光照不进雅霜的屋子，黄铜脚炉里的烟丝袅袅熄灭的时候，雅霜躺在挂着蓝花布蚊帐的老式床上，看到一只蜘蛛吐出一条很长很长的丝，它正沿着一条透明脆弱的丝线扶摇直上。

雅霜的被子里，还留有一种陌生的体温，一种挥之不去的，带着油腻的生铁气味的体温。雅霜把手伸进被窝，轻轻抚摩着那条细弱的残腿，她想，是不是，这条腿已经被一种坚实的工具锤打过了，从此以后，它就可以与所有健康的腿一样苗壮而漂亮了？这么想着，雅霜尖小的脸上，就竭尽所能地绽开出一朵苍白的花儿。她从被窝里伸出残腿，用那只很小的没有生命力的脚掌，轻轻托了一下渐渐爬得沉重的褐色蜘蛛。她对蜘蛛喃喃诉说着：这么冷的天，你还在忙什么？是不是和我一样，不晓得冷呢？

半年以后，卓跃进做了雅红的入赘女婿，他们在庆祥里结了婚成了家。

后来，雅红和卓跃进有了三个儿女。再后来，雅红和卓跃进的儿女都长大成了人。

阳光照进庆祥里，照进这户人家的天井。好久未刷桐油的大门多半敞开着，于是，庆祥里的街坊，总是看见这户人家的天井里，一个瘦小干瘪的老太太坐在藤椅上晒太阳。人们便招呼道：雅霜姨妈，你好啊！

这个被叫作"雅霜姨妈"的老太太，眯缝起眼睛，看看门外的人，再看看门内在客堂、天井、厨房间穿梭忙碌的人。她并不搭理谁，却顾自启开掉了牙齿的嘴巴，轻轻地哼出一串含混的曲调。

那人听不懂雅霜在哼哼什么，便大声问：雅霜姨妈，你哼啥呢？

正在天井里修剪盆花或者擦自行车的卓跃进却是听明白了。雅霜在唱歌，唱一首很老的歌：天涯呀海角，觅呀觅知音，小妹妹唱歌郎奏琴，郎呀咱们两是一条心……

卓跃进便冲着门外的街坊，笑笑说：她在唱《天涯歌女》。

卓跃进的嗓子依然温厚而低沉，卓跃进的脸上，已布满了似镶嵌着黑色铁屑的皱纹。

万花筒

在万花筒唯一的目光中，世界从完整到破碎，又从破碎到完整。

一

从十年前开始，我就像一个收藏家一样搜集各种各样的万花筒，到目前为止，我已经拥有了一百多只万花筒。这些万花筒来自全国各地乃至世界各地。最远的来自欧洲腹地比利时，最近的来自我老家门口的小摊儿。自从我江南古镇的家乡成为旅游区以后，住在小街边的人家都破墙开店了。我所有的老邻居都成了卖小玩意儿的摊贩，竹制工艺品店的老板阿调送给我一只万花筒，它是用竹筒做的，我叫它"笛子"，我没有花一分钱就让"笛子"来到了我家。

最远的那只巧克力底色撒着很多东倒西歪的木偶的万花筒，是在比利时首都布鲁塞尔的街头小店买的，我叫它"布鲁塞尔小子"。我还记得，那只万花筒的价格是九点九欧元。我没有花方舰的钱，我自己掏钱买下了"布鲁塞尔小子"。

那是一个夏天，八月的欧洲正遭遇上世纪以来百年不遇的热浪袭击，布鲁塞尔当然无以躲避。我和方舰，我们在如同江南古镇弄堂般的欧洲中心无聊地穿梭。阳光迂回穿越众多巴洛克风格的老建筑，照射到鹅卵石或者砖块排布着的街面。游人们穿着短裤背心，以袒胸露肩的方式表达着他们对炎热天气的反应。广场上的露天酒吧生意兴隆，肤色各异的客人坐得满满当当，音乐连续不断地飘逸而出。四人小乐队穿着蒙住全身的黑色长袍，在太阳热烈的照射下，他们把优雅的巴赫《G大调小步舞曲》演奏得激情腾跃。

方舰拉着我拐进一条小巷，一个衣衫破旧的流浪汉抱着一架手风琴跟在我们身后，他一边走路，一边意兴阑珊地拉着琴。风箱在他有气无力的拉动下像折扇一样缓慢地打开，又缓慢地合拢，一开一合之间，《土耳其进行曲》像残兵败将一样溃然流泻。方舰指着流浪汉和他的手风琴问我：苏，你的手风琴呢？我已经十年没听你拉手风琴啦。

我笑了笑：一百二十八个贝司键钮，坏了九十多个，五年前就送到店里去修了。

修好了吗？方舰问我。

我说：娜塔莎等不到瓦西里回来，她妈妈把她嫁给了伐木工人伊凡诺维奇。

方舰歪着脑袋看我，然后咧嘴一笑：怎么不告诉我？我可以为你买新手风琴。

我看了他一眼：没有必要了。

那架手风琴被送回专卖店以后，我就再也没有把它取回来。如果方舰不提，也许我不会想起来，我还拥有过一架天津产的一百二十八贝司的百乐牌手风琴。在我十六岁的时候，那架手风琴从上海金陵路上一家著名的乐器店移居到了我家里。手风琴让我成为当时学校里最著名的女生，我因此而赢得了方舰、阿调等男生们的注视。方舰出国那一年，阿调能赚钱养活自己了，他在古镇上开出了属于他的竹制工艺品店。

后来，手风琴终于坏了。它不是发不出声音，它能发声，并且依然很响，只不过，它发出的是噪音。当一件乐器不能奏出音乐，而只能发出噪音时，这件乐器就不能叫乐器了。

乐器专卖店像一口擅于生产的母猫的子宫，它养育出各种各样的乐器，然后就把它们送到四面八方的陌生家庭中去了。当乐器们垂垂老矣的时候，它又变成了一所养老院。它收容了它们，它让它们在店后仓库里一个巨大的木架子上休憩，并且在它们身上挂一张写着姓名地址的标签，以表示它们的来源。它们中的很多乐器，从送进去的那一天开始，就注定了将在木架子上寂寞地安度晚年。我的手风琴，也是如此命运，现在，它正在属于它的养老院里缓慢而安静地度过它善始善终的一生。它的主人，我，却差一点忘了，在我与方舰的关系中，它曾经扮演过至关重要的角色。当然，还有摊贩阿调。

《土耳其进行曲》继续疲软无力地跟踪着我们，我们已经走进了布鲁塞尔纵横阡陌的小巷，狭窄的街道像蜘蛛网一样连接着这个城市的每一个角落，两边的小店铺飘出一阵阵巧克力香味或者奶酪的膻味。方舰对沿街众多的巧克力商店充满了兴趣，走在街上，可以看见玻璃橱窗里的商品陈列，以及站在柜台后面的营业员女孩。每经过一家巧克力店，方舰就拉着我进去。小店里全都打着充足的冷气，我想，这是因为巧克力需要足够低的温度来维持它们固体的形状。

进入小店，方舰就会伸出他细长的手指，从营业员递过来的小托盘里，捏出一粒不规则的巧克力碎块，然后优雅地笑笑，道一声"谢谢"。接下来，巧克力就进入了他宽阔的嘴巴，再然后，他会无一例外地扭过头来对我说话：你尝尝？味道不错，去年我回上海时，在第一食品商店专卖柜买过一种巧克力，味道和这个差不多，就是南京东路上的那一家。

方舰没有要买巧克力的意思，他只是想通过这样的方式向我表达，虽然他这个人一直在德国，但他的心脏里还流着中国人的血，他关心中国，他对中国依然相当的了解。或者，他只是在和我套近乎。

方舰冲我说完那些话，就把他戴着网球帽的脑袋转回营业员，再次向她们表示了感谢。然后，他伸出他猿猴一样的长胳膊，一把搂住我的肩膀，转身，推开玻璃门，然后，我们就从冷气充足的店里扑到了热浪翻腾的小街上。

欧洲八月的阳光以绅士般明朗无邪的方式逼迫着路人的体力，我的嘴巴里还留有巧克力的余香，方舰的长胳膊已经离开了我的肩膀。他走在前面，他的背影一如十年前那样修长而健硕，宽阔的肩膀上还保存着两隆肱二头肌的轮廓。他站在巴洛克式圆形门洞和廊柱投下的阴影里，像所有欧洲青年一样，他站在街头点燃了一根烟。当我走到他身边时，阳光把烟雾分解成细微的尘埃，烟草气息的尘埃落到我的额头上、鼻尖上、嘴唇上，与此同时，我嘴里最后一丝巧克力的余味终于消失殆尽。于是，我抬起头看着方舰，我说：吻我！

方舰的嘴里正吐出一大团烟雾，我想我的脸庞一定淹没在白棉花般的烟雾中了，我看到他眯缝起眼睛看我，好像看一个初次见面的陌生人，又好像在射击时瞄准远处的靶心。他看着我，然后，他偏了偏脑袋，躲过那团正袅袅上升的烟雾。再然后，他那两片像失水的树叶一样干涩的嘴唇，就堵在了我的嘴巴上。

布鲁塞尔街巷里的阳光充足得四溢横流，我们在泛滥的阳光中接吻。游人从我们身边擦肩而过，他们大多对我们熟视无睹，只有一个背着巨大的双肩包的大胡子白人走过时，用赞赏的眼光看着我们，并且朝我们拍了好几下他多肉的巴掌。方舰的棒球帽帽檐卡在我的额头边，这使我们的接吻受到了一定的干扰。方舰使劲抓着我的双肩，像一个正在努力工作的苦力一样埋头亲吻着我。他低垂着的脑袋稍稍歪斜，这使我的视线并未被他阻挡。我睁大眼睛看着从方舰背后走过的大胡子白人，我看到他鼓掌的双手背部长着浓密的黑色毛发。他对着我的眼睛笑，我慌忙躲掉他的目光，我的视线移到了他的身后，我看到了市政大厅的哥特式屋顶正遥远而尖锐地矗立着。

这个城市最高的建筑物正俯瞰着我们，它不需偷偷摸摸，就可以清晰地观察到一对中国男女旁若无人却又三心二意的接吻。那时刻，我发现，我的嘴巴里充满了某种烟味、焦味、香味和酸味交相混合的气味。我不知道这是巧克力的原因，还是烟的问题，或者，是方舰的吻已经变质。可是不管怎么样，我们还在继续着这个突如其来并且颇有戏剧性的回光返照般的接吻。

我们就这样站在布鲁塞尔游客众多的街上，肤色各异的人们方向却一致，这条巷子的深处，是布鲁塞尔最著名的景点——布鲁塞尔小子——撒尿小孩于连。我的目光越过方舰的肩头，看着人们正接踵而去的方向。就在那时，我发现了一只万花筒。巷子拐角口一家很小的礼品店，它竖立在柜台的一个角落里，它以假乱真地躲在众多巧克力中，正黯然神伤地表现出它与众不同的美艳姿态。

我让我的嘴唇迅速脱离方舰的嘴唇，我拔腿奔向那家礼品店。然后，我就在一堆像巧克力一样的小玩意儿中挑出了它。肥胖的当地女营业员用带着法语腔的英文告诉我，它的价格是九点九欧元。

我双手交错握着万花筒，我把它凑到我的鼻子底下闻了闻，我可以清晰地闻到它身上浓重的奶油和巧克力香味，相比"笛子"，它是一只条件优越而自我感觉良好的万花筒。我拿出一张十欧元的纸币交给胖女人，然后，我把胖女人找给我的一毛硬币塞进钱包的夹层，那里还孤零零地躺着一枚马克时代的五芬尼硬币，现在它们可以做伴了。

接下来，我就抱着万花筒走出了礼品店。我站在台阶边向方舰挥了挥手中巧克力色的圆柱体，我说：你知道的，我喜欢万花筒。

它是我所有万花筒中的第一百零九只，在八月酷暑的布鲁塞尔，我买下了它。

二

从欧洲回来后，我就去金陵路上的乐器专卖店把我的手风琴取了回来。我把它的背带绑在肩膀上，它依然沉重，但不是壮实的沉重，而是，一种因衰老而不再灵活的死死的沉重。我用中指按下左手边的贝司键钮，并且拉动风箱，"嘎——"的一声，它发出一个 C 大调长音，粗哑但准确。它很老了，但它依然音准良好。一百二十八个贝司键钮已经恢复正常，不再是按一个倒下整排。但是它明显老态龙钟，最显著的就是右手键盘中的白键部分，如同使用了一辈子的老牙齿，发黄并且釉质脱落，和布满刮痕的黑色键交错排列在一起，整个键盘如果用一个圆形套子框住，就像老年人残缺不全的口腔。

我想试试左右手的配合，方舰说，他已经十年没有听我拉过手风琴。事实上，这架手风琴在被我送去修理之前，我曾经用它在那一年的元旦联欢会上表演过，我没有预感到它会让我出洋相。那天，我穿着宝蓝色天鹅绒曳地长裙，我还化了淡妆，我背着它走上舞台，就像背着一份沉甸甸的荣耀。然后，我在一张罩着紫红丝绒套子的靠背椅上坐了下来。我的双肩、双手，以及十根手指相互配合，手风琴启动了，转动的风车般的乐曲"吱吱嘎嘎"地流泻而出。那是一首薛范改编的俄罗斯乐曲，不，我记得，是组曲。

我看到俄罗斯郊外的晚上，姑娘羞答答即将向她中意的小伙子表白；我看到白桦树睁着满身眼睛似的结疤，目送黄头发青年去了积雪皑皑的战场；我看到枯叶飘零的季节里，那个叫娜塔莎的姑娘嫁给了伐木工人伊凡诺维奇；我看到在喀秋莎炮火的隆隆声中，一条小路曲曲弯弯细又长，一直通往迷雾的远方；我看到沼泽地里的黎明静悄悄，有线广播告诉村民们前方无战事；我看到姑娘变成了肥胖的俄罗斯大婶，瓦西里身负重伤残疾归来，他黄色的眼珠里落下了清澈透明的泪珠……白帆布风箱完全拉开的那个瞬间，音乐戛然而止，转动的风车戛然而止，爱情戛然而止。手风琴的键钮坏了，音乐变成了噪声。

那天傍晚，我收到了方舰从欧洲发来的邮件，他说，要在洪堡大学毕业，太难了，太难了，马克和欧元正在交替中。苏，放我一马。

他在德国坚持了五年，他坚持不下去了。冬季的黑夜在高纬度的德国北方占据着三分之二的时日，有人躺在被窝里度过整个冬季，有人正逃离柏林菩提树大街上的阴冷和潮湿。

我放行，打下这三个字的时候，正是欧洲冬季的早晨，天空也许正发出黯淡的灰白光芒。从那以后，我在我书房靠墙的整排书橱中开辟了一个专柜，我把我从天涯海角觅来的各种各样的万花筒陈列在里面。时至如今，又是五年过去了，现在，专柜已经是第一百零九号"布鲁塞尔小子"的天下，他以巧克力色的身躯以及木偶图案的包装，在众多的万花筒中昭显着它颇为洋气的身份。目前，他是我宠幸最多的一只万花筒。

几乎每天，我都会像一只懒散的家狗一样躺在皮质靠椅中，我让我的腿架住书桌抽屉，让脑袋搁在皮椅靠背上，我闭着一只眼睛，万花筒扣在另一只没有关闭的眼睛上。然后，我就开始欣赏那个五彩缤纷的魔幻世界，那个随时发生着莫测变幻的世界。

很多飘零的雪花，红雪花、蓝雪花、金雪花…它们以六角的形状在我的一只眼睛里舞蹈，然后，万花筒转动着，雪花开始发生千奇百怪的变化。它们变成眼珠，眼珠变成宝石，宝石变成落叶，落叶变成花朵，花朵变成糖果，糖果变成臭狗屎……蝴蝶的翅膀在我一只单独的眼睛里翻飞，它们翻飞着粉碎，粉碎了凝固，凝固了又分裂，分裂了接着重合……在那里，打碎的鸡蛋可以生出小鸡，摔破的镜子可以变成水晶珠子，在那个世界里，永远不会有不能重生的破碎，任何破碎，都可以幻变成另一种新的完整。

也许，这就是我几乎变态一般喜欢万花筒的原因。

欣赏完"布鲁塞尔小子"的表演，然后，我就把他放回原处。它的左邻，是一只叫"平遥妞"的万花筒，穿蓝布碎花棉袄，粗糙的外衣糊在她纤瘦的身上。她显得营养不良，但她很漂亮，秀气、质朴，土生土长的美妞。我只花费了五元人民币，就把她从古城墙下的老城带到了我的书橱里。她和布鲁塞尔小子站在一起，这让我觉得他们就像我和方舰站在一起。修长而结实，手感沉甸甸的"布鲁塞尔小子"如果可以生出四肢，那么他一定会像方舰一样拥有一对长手臂，它们一旦展开，就可以把我整个地环绕住。说实话，我挺迷恋那种被环绕的感觉，虽然我每次都在方舰用他的长手臂环绕住我的时候不遗余力地挣脱。或者说，我迷恋的，只是努力挣脱的感觉。这让我相信，我还拥有一种力量，这种力量让我长久保持着自由而不至于沦落。

我把平遥妞托在手里反复掂量，她的分量很轻，显然，她是用最劣质的纸张和玻璃片组成。我就笑着告诉她：你可真是廉价！

难道不是吗？如果把九点九欧元折合成人民币，那就是九十九元，平遥妞才五元。就像我母亲骂我的话：你就这么贱？我敢保证他会把你甩了，要不是这样，我倒过来叫你妈。

我说：妈，不要那么不相信人。

我母亲比我还要伤心，好像即将被甩掉的人不是我，而是她，她痛心疾首而泪流满面，她哭着告诉我：我过的桥比你走的路还要长，我吃的盐比你吃的饭还要多。

我母亲不会说出"我不认你这个女儿"那样的话，她只是恐吓我，她用颠倒母女身份这种荒诞的假设来强调她的经验的准确性。她总是认为她以经验做出的判断，无疑将成为不容争辩的事实。

我只是甩了甩满头的"清汤挂面"对她报以一笑，那时候，我还留着清汤挂面的学生头。后来，留学生头的女学生穿着天鹅绒曳地长裙，化着淡妆，在舞台上表演手风琴独奏。莫斯科郊外的晚上，少女欲言又止，淡黄色头发的青年从战场上回来，娜塔莎已经嫁给了留络腮胡子的伐木工人伊凡诺维奇。音乐停顿在白帆布风箱完全拉开的那个瞬间，台下传来一片喧嚣。我抱着手风琴奔向侧幕，宝蓝色天鹅绒曳地长裙拌住了我下台的脚步，在逃入侧幕的那一时刻，我和手风琴一起纵身扑倒在地，我听到台下的喧嚣变成了一片哗然的笑声。

当时，我的脑子里只有一个声音：幸好！幸好方舰不在台下。

方舰有那么重要吗？真的很重要吗？如果没那么重要，我又如何这么容易就打下"我放行"三个字？因为重要，所以放弃。

事实印证了我母亲的经验，她没有倒过来叫我妈，她再也没有提过此事。这个明智的女人，她让我感到无地自容。

手风琴被送去了专卖店，那个对百样乐器都略知一二的男店员帮我拆开黑色的塑胶外壳，他用一把螺丝刀把手风琴大卸八块，他给它作了一次彻底的体检，然后对我说：坏得很厉害，一个月以后来拿。

一个月以后，欧元成为欧洲统一货币，马克被取代。

我找出那枚五芬尼的硬币，黄铜色，面值很小的货币。方舰送给我的时候，用两根手指捏着它。他说：我没钱买礼物送给你，就把这个给你留作纪念吧。

我摊开手掌接住它，它一躺进了我的掌心，就变成了一枚光芒四射的戒指。没有人会送给我这么特殊的定情物，方舰很特殊，五芬尼也很特殊。

然后，他就回柏林了。2002年以后的五芬尼不再是流通的货币，它变成了一枚纪念币。这真是一件神奇的事情，货币本就表示一种价值，可是价值竟也会失去价值。不是仅仅变得低廉，而是失去，完全失去。

我随手拿起一只叫"蓝天白云"的万花筒，我透过它来观察五芬尼。我看不到硬币上的图案，只能看见一轮黑色的圆形阴影，阴影被各种各样的几何图形覆盖得严严实实。它们旋转着，转出一个又一个旋涡，旋涡深处的隧洞里不断探出新鲜的枝丫，它们迅疾而快速地长高、长大，它们以基因裂变的速度成长，因为快，所以，它们总是长得畸形，最后，畸形的枝叶里绽放出畸形的几何花，灿烂而癫狂。

这只"蓝天白云"，是几年前方舰回来度假时，我和他一起在城隍庙的地摊上买的。蓝天白云的价格更便宜，它以批发价四元的身价跻身我的专柜，它的外貌颇似照相馆里的布景：瓦蓝瓦蓝的天，雪白雪白的云，海鸥在天上飞，风帆张得很大，小船在大海里航行……仿佛哥伦布航行在圆形的地球上，从这一头去往那一头，南辕北辙的路途，却终有到达或者相遇的时刻。布景而已，不是真的。

为什么？我好像从来没有问过为什么。仿佛早就知道，不管什么样的理由，结局都是一样的。如同娜塔莎总是不相信，瓦西里会活着从战场上回来，所以，从送走他的那一刻起，她就已经绝望。

三

布鲁塞尔的旅店很贵，方舰说：其实我们可以回柏林，夜里可以睡在火车上，或者，到了柏林，我还能找到廉价的出租房。

我拿出钱包，从夹层里掏出那枚五芬尼，我把硬币递给方舰，我说：我有钱。

方舰大笑起来：苏，傻瓜！

他是用英文说的，他没有思想准备脱口而出的话语，已经不再是汉语。他大概早就忘了他的母语，一如他早就忘了，这五芬尼是他送给我的。他接过硬币仔细端详了一番，瘦脸上露出了惊喜：这是1972年东德版的，值钱。

值多少钱？我问。

他打开电脑，接上旅店的网络线，然后开始查询。五分钟后，他脸上的惊喜变成了沮丧：才值三十元。

我问：是欧元吗？

不，人民币。

那么也就是说，五芬尼的硬币，现在变成了三欧元？

是，差不多。

我就不可抑制地笑出声音来。事情就是这么越来越神奇，失去了价值的货币，因为本身的价值而又有了价值。好比把民国末期的一百万纸币捆扎起来，送去当废纸卖掉，一百万纸币，用称斤量的计价方式重拾它的价值。

我想起那位引领国际时尚的法国女人夏奈尔，她脖子里挂着初恋情人送的戒指，却向世人宣告她这一辈子真正所爱的男人不是那位初恋情人，而是另一个女人的丈夫。戒指是她的爱情信物，而她的爱情，却与信物无关。

我从方舰手里抢回那枚五芬尼硬币，我把它重新塞进我的钱包，然后我说：做爱吧。

窗帘遮挡着半壁江山，哥特式尖顶在雕花窗框围起来的画幅中遥远而朦胧。楼下就是布鲁塞尔的某一条著名的鹅卵石铺就的小巷，游客嘈杂的喧嚷声让我产生某种错觉，欧洲小城像古老东方的江南小镇一样热闹，阿调用嘹亮的嗓音高声呼喊，吴侬软语的叫卖声听起来就像歌唱：竹拖鞋，竹凉席，竹篮竹碗竹筷子，中国竹制工艺品……气压很低，空气中晕染着水分，傍晚的阳光落在白纱窗帘上，规则的几何花纹在夕阳下散发出炫白的光泽，窗前的地面留下它们水一般幻觉的波纹，温暖而湿润。江南古镇的少男和少女习惯于躲在喧嚣市声的背后进行他们青涩的恋爱，那会是一个什么样的地方呢？狭小的、温暖的、激荡的、漂浮的、怀旧的……乌篷船。

我们并排躺在一条乌篷船上，我们仰望着灰蒙蒙的天，雨云正疾速聚集起来。乌篷船摇晃着，狂风袭击而来，激起一波又一波浪潮。巨大的波浪翻卷涌动，小船几欲倾覆，而我们却躺在船舱里忘乎所以，我们对危机的降临熟视无睹，当然，我们总是能够做到安然无恙。小船摇晃得愈发激烈了，可它却依然浮在水面上。那是因为出生于水乡的我们在水的面前总能自由自在、游刃有余。我们临危不惧，我们身手不凡，我们还不忘为自己喝彩。我说：方舰，你真棒！

方舰说：苏，你也很棒！

我说：我们都很棒，是不是？

方舰说：是！

我们一问一答，如同配合默契的话剧演员，我们的舞台狭小而广阔无边，我们的台词简短而无穷无尽。小船继续激烈摇晃，乌云越积越厚，滚雷从远处阵阵轰响着席卷而来。然后，我听见方舰说：给我翅膀，苏！

我说：好的方舰，起飞吧！

暴雨滂沱而下，天光骤明。雨如此密集，水面却已风平浪静。此刻我才发现，我们简单而激情的对话，用的还是英文。

除了方舰，没有人听见我的声音，可我依然怕被谁听见。我想，也许我是怕我的母亲。她像乌篷船上的主妇，随时擦拭着船舱的地板，她不容任何人弄脏她的船，方寸之地，她要让它洁净而一尘不染。我怕被我母亲听见，所以我用英文。我知道，这样即便她听见了，也不懂我在说什么。这样，她就不会骂我"你可真贱！"了。

方舰说：奇怪，布鲁塞尔很少下这样的暴雨。

这句话，他用的是汉语，说完，他就睡着了。他赤身裸体俯卧在柔软的白色棉被上的样子，像某一幅油画中并不标准但被无数世人赞誉过的人体。那具纵欲之后的身体流露出不经意的松懈，腰部肌肉略微累赘，双腿依然颀长而健硕。颜料堆积出来的厚重躯体把床铺压出深深的凹陷，看不见他的脸，性感偃旗息鼓，变成了无以阻挡的慵懒。

天色暗下去了，雨渐渐停歇下来。刚成为我的"布鲁塞尔小子"的万花筒竖立在床头柜上，巧克力底色中横七竖八的木偶在夜色中几乎完全隐匿。我伸手一把抓住它，然后，我在黑暗中起了床，我让自己坐进床前的沙发椅中，我架起腿，闭上一只眼睛，然后，我对着床上的梦中人，举起布鲁塞尔小子，扣在我另一只没有关闭的眼睛上。

黑夜让万花筒里的世界黯然失色，方舰隐没其中，无以辨认。我站起来，走到窗边向外探看。我用我自己的眼睛看着窗外的景色，小巷子里已经人头寥落，楼下有一家酒吧，门廊上的霓虹灯自娱自乐地闪烁着，偶尔，有人推开狭窄的玻璃门，摇滚乐奔涌而出。人进去了，门就自动关闭，音乐被堵在里面，没有一条缝隙可以让它们流泻出来。

寂静的巷尾走出一个人，像一个大肚子木偶一样一步步走来。走近了，我认出他来，流浪汉的怀里还抱着那只手风琴，他像一个悠闲的旅人一样徜徉而来，走过酒吧时，他犹豫了一下，然后放下胸前的手风琴，在门口的台阶上坐下来。他不知从哪里摸出一瓶啤酒，他开始喝酒，我趴在旅店窗口看着他，我的视线就在他的头顶上，我听到啤酒通过咽喉下降到胃里的声音，如同下水道无比通畅的回声，清晰而响亮。

夜晚的布鲁塞尔街头，没有《土耳其进行曲》的乐声。

我对着流浪汉举起布鲁塞尔小子，我看到红色和绿色光影下，炫彩的六角形雪花开始起舞，它们以无穷的变幻昭示着它们不可捉摸的本性，那个世界里的一切，随时都在瞬息万变。在万花筒唯一的目光中，世界从完整到破碎，又从破碎到完整。它总不能让那个五彩的世界定格下来，它又总是把世界拆解成辨别不出各自作用的零部件，它们像一些细胞，一些分子一样分裂或解构，它们变成了千篇一律的单位个体，它们不分彼此，笛子、平遥妞、蓝天白云、布鲁塞尔小子，任何一个万花筒里的世界，都一样。

第二天，方舰回德国了，他回到了柏林的菩提树大街。他的德国老婆不怎么会做饭，但她在五年里给他生了两个儿子，他们正在酝酿生第三个孩子，方舰希望，他的第三个孩子是个女孩。

我回到了我的江南小镇，我把那枚五芬尼的硬币送到铁匠铺里，让铁匠师傅在上面打了一个洞。我在硬币上穿了一根黑色的细绳，我把它挂在我的脖子里。现在，五分尼挂坠每时每刻都垂在我的胸口，它是我的爱情信物。当然，我的爱情与它无关。

周末的时候，乌篷船总是把我家门外的那条河道挤得满满的，游客们在阿调的吆喝下驻足停留。客人在和阿调讨价还价，阿调的声音充满自信：竹凉席三十块，竹拖鞋二十块，竹篮十块，这是我手工做出来的，不能便宜了，我老婆定的价，最公平的……

我就坐在我的书房里，听着阿调满足而幸福的声音，一边打字，或者读书。眼睛疲劳的时候，我就会从书橱里拿出一只万花筒，我把腿架住书桌抽屉，把脑袋搁在椅子靠背上，然后，我闭上一只眼睛，把万花筒扣在另一只没有关闭的眼睛上。

那个五彩缤纷的世界里，演出再一次开始。

黑乞鼠

我们要做邻居了，以后，请多多关照！

半年前，周小姐应聘进我们公司财务部，任助理会计。据说，在一百多名竞争者中，她过关斩将脱颖而出，成为公司在这次社会招聘中唯一录用的人才；据说，目前她是我们财务科唯一拥有国际认证会计师证书的科员。据说……据说，周小姐是一位已婚女士，并且，周小姐的配偶，是一位博士。

之所以用不确定语气来判断周小姐的婚姻状况，是因为她从未在我们面前提过她的老公。可是周小姐办公桌上的电脑，却一直用一张她和一位穿黑红长袍戴黑色四角帽的男人的合影做桌面图案。每当周小姐的电脑处于开启而非工作状态时，她和这个两颊凹陷的瘦男人双双沐浴在剧烈的阳光下眯缝着眼睛似笑非笑的形象，便在屏幕上长久地为我们提供着猜测与想象的素材。于是，我们办公室里的所有人，都对这张照片进行了反复的观摩和研究，最后得出了一致的结论。对，这位貌似博士的男人，我们都认为，他同样貌似周小姐的老公。

我断定，周小姐传说中的老公，身高大约一米六八，体重大约六十二公斤。当然，如果去掉长袍鞋子帽子的重量，这个男人的净重，绝不会超过六十公斤。我想，我的判断八九不离十。这并不是一件困难的事情，只需对比男人身边站着的女人，就可以分析他大致的身高和体重。照片上的周小姐与男人比肩齐高，长度和宽度相差无几。

也许是进公司不久，除了工作必须的交流以外，周小姐似乎不太愿意说话。说话，她会特地走到你面前，认真而专注地看着你。尽管我知道，与人说话需要看着这个人的眼睛，这是礼貌。但我实在不喜欢与周小姐站在同一高度面对面交谈，因为，一旦她站在我面前，我就需要微抬头颅，以仰望的姿势看着她。这让我产生强烈的屈辱感，不知道这感觉是来自她优于我的身高，还是她看我的眼神里总是带着一种毕恭毕敬的不屑。总之，她让我平静或者明媚的心情变得郁闷甚至焦躁。后来，我终于发现，周小姐每天来上班，都穿很合身的职业套装和高跟鞋。合身的着装使她的身材显得修长苗条，当然，关键是她的鞋，她那双跟高差不多有七厘米的皮鞋，与我常穿的坡跟鞋比起来，优势十分明显。不同的鞋子使我们的身高出现了显著的差异，但事实上，如果光脚，我和周小姐的身高，应该是一样的。

从那以后，我也开始穿上了职业套装和高跟鞋。虽然我的脚后跟一度磨出了许多血泡，我的身体也因套装的严密包裹而倍感僵硬难受，但这完全不是问题。人的适应能力是很强的，只要你心里不排斥，你就能做到看似做不到的事情。

有一天，周小姐去了一趟总务主任的办公室，回来后，她特地走到我面前，郑重其事地对我说：小舒，我们要做邻居了，以后，请多多关照！

据说，她一进公司，就提出申请要住家属宿舍，可一直没有空房。最近才有一名员工买了房子，退出了一间宿舍。刚才周小姐去总务部主任那里，办理了宿舍入住登记手续。

晚上，我不无得意地对苗启明说：老公，我们办公室的周小姐，搬到 203 住了。告诉你一个秘密，周小姐的老公，是个二等残废。

苗启明高大的身躯正欲跨出门槛，他要去公共厕所。听我如是说，他回头看了我一眼，然后摇摇头，笑着出了门。因为屋里没有卫生间，所以上床前去一趟走廊尽头的公共厕所，成了我们睡前的必修课。苗启明出去后顺手带了一把门，一股冷风掠过，门上贴了整整一年的大红双喜剪纸挂下一角，像垂头丧气的人懒得梳理的头发，随风飘飞。

结婚一年了，我们一直住在向公司租借的家属宿舍里。苗启明是化工研究所的技术员，我是百货公司的财务出纳。我们努力攒钱，希望尽快拥有一所带卫生间的、属于自己的房子。可是，我们的存款增长速度与商品房价格的涨幅始终不成正比，因此，直到现在，我们依然连首付款都没能攒够。

十分钟后，苗启明夹带着一股有烟味的冷风冲进房间，飞快地钻进被子。房子太小，我从不让他在屋里抽烟。可以断定，两分钟前，他刚掐掉烟头。苗启明从被子里伸出脑袋说：你怎么还没去厕所？快抓紧时间。

我从抽屉里摸出一片卫生巾：来例假，没戏唱。

苗启明嘴角一歪：谁说要唱戏了？

去厕所时，经过 203，看见周小姐撅着小巧浑圆的屁股，蹲在走廊里整理地上的一摊杂物，她身后，203的屋门虚掩着，门缝里透出明亮的灯火。

我对着还未换下职业装的背影招呼道：这么晚了，还没休息啊？

周小姐直起身，瓜子脸上迅速开出一朵微笑，尖俏的下巴使她的面容更显妩媚：哦，是小舒啊，刚搬完家具，还有一些东西要整理。

我学她的样子，也在脸上开出一个微笑，并且说：要不要我帮忙？

周小姐连连摇头：不用不用，很快就完了，谢谢你小舒！

我自觉告退。上完厕所回来，周小姐已进屋，203门口的地面上，堆着几个垃圾袋，右边，一双半新的男式皮鞋，像两只巨大的黑老鼠，安静地匍匐着。这是一双老人头牌皮鞋，黑色，不系鞋带，鞋面用一整片牛皮制成，简洁经典的样式。苗启明也有一双这样的皮鞋，去年结婚时，在港汇广场买的，一千四百八十元，所以我一眼就认出了皮鞋的牌子。我猜测，周小姐的老公一定在屋里。那个照片上看起来挺瘦小的男人，一双脚倒蛮大，门口的皮鞋，足有四十二码。说实话，我很想见一见传说中的博士的真颜，但此刻，显然不是时候。恰在那时，203门里传出一阵拖鞋趿拉地面走向门口的声音。我赶紧拔腿逃跑，窜向207。

我像一条泥鳅一样钻入苗启明的被窝：哎，刚才，你有没有看见周小姐？

"周小姐？我又不认识。"

"笨蛋，你比我出去得早，那会儿她还在屋门口扫垃圾呢。"

"没注意。"

"那你有没有看见她老公？"

"没有，影子也没看见。"

"可她老公是个博士。"

"莫名其妙！她老公是博士我就必须看见吗？"

"哎，你说，穿黑红长袍，戴四角帽的那种人，是不是博士？"

"对了，你刚才说的二等残废，就是他？他不会穿着长袍戴着四角帽站在走廊里等着我们参观吧？"苗启明说完，"呵呵"直笑。

"人家就是个子矮点，可人家是博士啊！"

苗启明止住笑，奇怪地看了我一眼，然后伸手关闭台灯。屋里顿时一片漆黑。走廊里偶尔传来一两记纸箱撞击水泥地面，或者家具摩擦地板的声音。似乎周小姐还没有停止忙碌。

黑暗中，苗启明翻了一个身，把背脊朝向我。我往他身边挤了挤，前胸贴上他的后背。对我的骚扰，他前所未有地保持岿然不动。我伸手摸到他的肚子，拨拉了一下他的汗衫。我贴着他后背的耳朵听到他胸腔里"嗡嗡"的说话声：你不是来例假吗？快睡吧。

门外，搬动家什的声音依然时不时地响起。非常遗憾，周小姐搬进家属宿舍的第一晚，我见到了博士的大皮鞋，却没见到博士的人。那晚，我不知道自己是什么时候睡着的，只记得，我的脸一直贴着苗启明的后背，感觉到他身体里的某个器官正着稳健地跳动，他汗衫上的烟草味儿，也不失时机地钻入我的鼻息。

二

一个月后，我们财务部的老会计退休了，周小姐接任会计职务，并兼任财务部主任助理。主任助理的实质，就是财务部一把手的接班人，也许不久以后，周小姐就是周主任了。办公室里响彻着一片"恭喜恭喜，周小姐请客"的吆喝声，我跟着起哄：对，周小姐一定要请客，叫上你老公，让我们认识认识。

大家一致应和：对，我们都带上家属，周小姐让老公来埋单。

周小姐微笑，等哄闹声平歇，才说：没问题，我请客，都带上家属，时间地点你们定。

这天晚上，我取缔了苗启明收看电视连续剧《天龙八部》的资格。苗启明是金庸的铁杆粉丝，早在初中时，他就看完了金庸的所有武侠小说。结婚一年来，他在每晚的黄金时段持之以恒地收看各种武侠片，并且津津乐道于影视与原著的比较和评论。昨晚剧情发展到关键阶段，大理国王子段誉吞下了毒蛤蟆，今晚将播出峰回路转、奇迹出现的第三十九集。对我毫不留情地没收电视遥控器的行为，苗启明仅能用怒目圆睁表达他缺乏力量的抗议。我说：明天我去给你报"雅思"复习班，三个月后参加考试。

"雅思？我又不出国，干吗考雅思？"

"再这样下去，我们只能一辈子住在家属宿舍楼里。"

"考出雅思就有房子住了？"

"你记住，机会只会给做好准备的人。"说这句话时，我的表情很严肃。

苗启明皱着眉头，虚弱地挣扎："这几年一直没机会用外语，都忘光了。"

"你要是用看武侠片的精神来复习外语，还怕补不回来？"

苗启明无言以对。他一脸沮丧地呆坐片刻，然后站起来走到门口：我去楼下抽个烟。

现在，周小姐不仅是我的同事兼邻居，她还是我的领导，可她进公司才半年。我在公司里干了五年，至今还是一名出纳。我已经输给了周小姐，我不希望我的老公输给周小姐的老公。并未有人为我们设下战场，然而，我还是无法接受在一场无形的较量中夫妻双双全军覆没的结果。让苗启明考雅思，并不是无的放矢。去年我们结婚时，他母亲的表弟，也就是他的表舅，一位英籍华人，正好回国旅游探亲，顺便参加了我们的婚礼。当时，他表舅还送了一个很重的红包呢。既然苗启明的表舅拥有英国国籍，为什么不能想象，有朝一日，苗启明也可以成为英国公民呢？虽然苗启明在学位上已经很难打倒周小姐的博士老公，但是，若能考出雅思，出国在望，这未尝不是一场更大的胜利。

可是，一直让我疑惑不解的是，虽然周小姐的电脑始终以她和博士的合影作为桌面图案，并且，我常常穿着睡衣睡裤在走廊的穿堂风里长久逗留，我不止一次地看到203门口放着一双差不多有四十二码的老人头皮鞋。这种时候，我的情绪总是变得亢奋和激越，我的想象和揣测，也日渐深入和具体。然而直到今天，我们依然未见过周小姐的博士老公。甚至周小姐的身世和历史，我们也一无所知。作为她的邻居，我从未被邀请过去她屋里串门，她也从不向我展示203房里的风景，她的房门始终是紧闭的。有几回上厕所，我故意把脚步放轻放慢，我试图倾听203里面有什么声响动静。通常，周小姐门上的气窗会透出一方晕黄的灯光，黑暗的走廊里，穿堂风总是迅疾而诡异地穿梭游走。而我，像一个偷窥者一样站在邻居门口，乐此不疲于别人的私生活。这种时候，愧疚感会油然而生，于是，我像一只迷途知返的羔羊，义无反顾地奔向厕所，头也不回。可是上完厕所回来，我禁不住又一次被那扇透出晕黄灯光的气窗吸引住，于是，我的脚步重又慢了下来。

不久以后，人事科正式发布了财务部主任助理的任命书。那天，周小姐请我们去美林阁晚餐，带家属。傍晚，办公室里的所有人，都带着老公或者老婆，早早到了饭店。有一位大姐级同事，老公出差了，她就把念初中的儿子带来了，总不能让家属的名额白白空缺。我们在周小姐预订的包房里聚集一堂，同事之间相互介绍自己的家属，并且寒暄问候握手交谈，气氛显得热闹异常。然而，当所有人都就座后，我们才发现，周小姐还没有到。我们不约而同地看了一下手表或者手机上的时间，又不约而同地自我解嘲：哎呀，我们都为周小姐高兴成这样了，来早了来早了，周小姐自己倒笃定得很呐。

接着，我们的话题，就转移到了周小姐的老公身上。大家都对电脑屏幕上的那位博士充满了期待，大姐级同事对坐在她身边已经喝掉一大杯雪碧的儿子谆谆教导：你要好好学习，将来也读个博士回来，让老妈光荣光荣。

男女老少纷纷点头赞同。二十分钟后，周小姐终于姗姗而来。她一进包房，我们就全体起立热烈鼓掌。我们一边鼓掌，一边用目光搜寻着她的身后。可是我们没有看到想象中应该跟在她身后进来的博士，我们看到的，是一个肥胖的肚子首先挺进了门，然后，肚子上面的身躯、肩膀、头颅一应俱全地呈现而出。这个肥肚子的主人，是我们的财务部主任，他雄壮的声音也随之涌进了包房：不好意思不好意思，让大家久等了。

那时候，我们所有人的眼神里，都流露出一丝失望。大姐级同事忍不住叫起来：周小姐，你老公呢？怎么没来？

不及周小姐回答，主任雄壮的声音再次不合时宜地响起：来，让我猜一下，这都谁是谁的家属。

主任指着坐在我身边的苗启明说：你是小舒的爱人，肯定是的，对不对？

苗启明站起来，伸到一半的手被主任一把抓住：年轻有为，年轻有为！

从这一刻起，包房里只剩下了主任的声音。所有人都变得十分弱智，我们在主任道出谁是谁的爱人时抱以钦佩的表情和赞许的声音。然后，我们又在主任的指挥下集体干杯。再然后，菜就一道接一道地上来了，人们的兴趣和注意力迅速转移到了美林阁的菜点酒水上。在丰富的酒菜面前，我们一致地遗忘了周小姐的老公未出席晚餐的遗憾。

那顿晚饭，在主任的安排下，同事们一轮接一轮向周小姐敬酒，直到她把一张瓜子小脸喝得通红。散场时，主任命令我和苗启明送周小姐回家。我扶着脚步微晃的周小姐，苗启明帮忙拎着我们的包。到达203门口，周小姐停住，转过身，笑眯眯地对苗启明说：谢谢你啊，小舒的爱人，你们回吧，晚安！

说完，她摸出钥匙，打开房门，连灯都没有开，就闪进了黑暗中的屋子。油漆斑驳的木门"咔嗒"一声，把面面相觑的我和苗启明关在了门外。她只记得谢"小舒的爱人"，而扶她回来的是我，重色轻友！细想，苗启明不是她的色，我也不是她的友。找不到一个准确的词汇可以描述周小姐的状况，我气恼地横了苗启明一眼，快步回到207。

苗启明似乎也有些喝多，他一进家门，就躺倒在了床上。牙也没刷，脚也没洗，甚至鞋都没脱，当然，他也没有按惯例在睡前上厕所。片刻，呼噜声就响彻在狭小的宿舍里。

我坐在床沿边，替苗启明脱鞋。我从他脚上拔下两只蒙着很厚的尘土的皮鞋，一股浓烈的臭气轰然涌出。男人的脚，怎么可以不洗？我把皮鞋拎到外面，扔在门口地上，黑色的皮鞋便像两只巨大而疲倦的黑老鼠，安静地蜷缩在了墙根边。

那会儿，我被眼前的景象吓了一跳，一个奇怪的念头闪出我的脑子。我蹲下来，抓起一只皮鞋，我要看看鞋肚里的尺码。其实我很清楚苗启明的脚有多大，但我还是忍不住要再验证一下。遗憾的是，因为皮鞋积累了苗启明一年的脚汗，鞋肚里的数字早已洇化，我看见的只是一小摊模糊的黑色。

我不由自主地向走廊尽头走去，我在203门口作了一次短暂的停留，我仔细搜寻，试图进一步验证脑子里某种横空出世的想象。203门口却是干干净净，没有垃圾袋，也没有那双大约四十二码的老人头牌男式皮鞋。抬头看气窗，一片黑暗，亦没有往常的黄色灯光透出。

三

一夜噩梦，我梦见自己变成了一只猫，一只白色的猫。两只巨大的黑老鼠始终纠缠着我，它们以小偷挑衅警察的方式与我周旋。它们跳上我的床，睡到了我的被窝里。它们在床单上撒下一串串老鼠屎，并且把被子撕咬得千疮百孔。我一次又一次地扑向它们，结果是，徒劳的捕捉很快使我筋疲力尽。那时候，它们就爬到我肚子上嚣张地跳起舞来。它们在我肚子上兴风作浪、为非作歹，我的小腹在它们的踩踏下一阵阵胀痛。我使劲蓄积着力量，我拼尽体力，挣扎着一跃而起。霎时，两只黑老鼠变成了两只黑色的脚，它们在我猛扑上去时，一前一后机灵地逃向门外，瞬间无影无踪。我听到它们扬长而去时甩下一路浪笑，它们笑我徒有虚名地占有了猫的名称，笑我的笨拙无能使老鼠与猫的身份在这场较量中本末倒置。它们笑出"吱吱吱"的声音，如同两张晒干的牛皮有节奏的摩擦。然后，我看到无数只巨大的黑老鼠在我面前雀跃跳舞，然后，黑老鼠变成了黑皮鞋，再然后，我被一群黑皮鞋包围了……

清晨醒来，腹部果真阵阵疼痛。苗启明侧身躺在我右边，一条腿压在我的肚子上，右手搂着我的腰。噩梦的产生缘于肢体压迫，虽然出了一身冷汗，但还是为苗启明睡态中不忘与我亲密相拥而颇为感动。我轻轻推开他的手脚，下床出去上厕所。开门，发现被我扔在门外的苗启明的皮鞋，此刻如同两只委屈的黑色大鸟，东倒西歪地趴在地上。心里顿生愧疚，便拾起可怜的大鸟，把它们拎进屋，轻轻放在苗启明睡的那一侧床下。在走廊里晾了一夜，它们已经没有臭味。

不知不觉中，我也变得和周小姐一样，喜欢把老公的皮鞋放到门外去。我并无刻意模仿她的意思，我只是觉得，虽然在公司里，周小姐是我的上司，但在家属宿舍里，我与周小姐是平等的，她可做的任何事情，我亦可做。周小姐住 203，我住 207，我们的房子面积都是十八平方米。周小姐的生活环境与我没有任何差别，她需要买菜做饭，需要洗衣服拖地板。她也会穿着睡衣趿着拖鞋，去走廊尽头的公共厕所排泄体内垃圾。每次看见她拎着超市购物袋拖着疲惫的脚步回家，我便颇觉欣慰。至少，在我们家，买菜的任务是苗启明的。似乎没人替周小姐分担家务，她的博士老公自然是要躲在房里研究学问的。那么，拥有一个博士老公，究竟有什么好处呢？事实上，周小姐并未因此而住上高尚小区的大房子。相反，包揽所有家务的，是周小姐自己。

这么一想，我便发现了苗启明身上优于博士的方面，由此引申，我便也找到了周小姐相比于我的不如意处。于是，我便越发地乐于在家属宿舍的走廊里走来走去，我觉得，这种时候，我和周小姐擦肩交错、点头问候、寒暄聊天，我们所做的一切交流，都是在平等的基础上进行的。

有一回早上，我上完厕所出来，在盥洗室门口撞见周小姐正端着一个绿色塑料痰盂、蓬头垢面走进来。看见我，她抿着嘴点了点头。我向她道"早"，顺便瞄了一眼她手中的痰盂。痰盂里有大半罐黄色的尿水，她一只手端得有些颤抖，看起来挺重。周小姐一个人不可能生产那么多水分，根据绿色塑料痰盂里的水量，我判断，这是周小姐和她老公一夜共同合作的产物。那会儿，我就在心里默默地笑了。

回到房间，苗启明正急急地往身上套外衣。我说：周小姐的痰盂真是货真价实，一夜工夫就满满登登的。

苗启明没理我，他跳着脚奔出门去。我们家没有痰盂，他憋了一夜，起来后的第一件事情就是上厕所。很少有人愿意半夜三更跑公共厕所，所以，住进家属宿舍后，我们就养成了晚上少喝水、睡前尽可能地排掉体内多余的水分、睡中不起夜的习惯。所以，我从不需要在公共厕所被繁忙使用的早上端着装满尿水的痰盂向邻居们展示我们良好的排泄功能。在这个问题上，周小姐显然缺乏一名贤惠的家庭主妇应有的料理家务的能力。

苗启明洗漱完毕回房，眼睛依然处于惺忪状态，看起来睡眠有些不足。在我的逼迫下，他已经报名参加了英文复习班。

雅思考试临近，这些天他很用功，每天复习到半夜，眼眶明显带黑。我心里默默盘算着，下班后去菜场买一只草鸡，晚上给他熬汤喝。

苗启明上班去了，我也换上职业套装，穿上高跟鞋。出大楼时，经过 203，周小姐正好开门出来，浅灰套装的身躯似一片薄叶，几乎是挤出门的。然而，尽管门只开了小半，而且很快关上了，但我迅疾的目光还是捕捉到了门缝泄露的一线风光。双人床的后半部分，床单几乎拖到地面，一双黑色的老人头男式皮鞋若隐若现于床单遮掩下的地板上。那么，周小姐的博士老公还在睡觉？

周小姐见我经过，便叫住我：小舒，我正要找你，临时有些私事要办，你到公司后，帮我向主任请半天假。谢谢你啊！

当然，没问题。可是，周小姐请假还需我转告吗？她直接打个电话给主任就可以。

到公司后，我就替周小姐去请假，却不见主任的身影。这天上午，直到我第五次去主任办公室，那个肥壮的肚子和魁梧的身躯才出现在宽大的办公桌边。彼时，已临近中午。财务部主任对我的造访给予了一个奇怪的问候，他居然说：小舒早，找我有什么事吗？

都快吃午饭了，还早？我几乎笑出来，我垂下眼皮忍住笑，我说"周小姐让我替她请半天假，上午她有事来不了"。

财务部主任点了点头：知道了。

那会儿，我低垂着眼皮的视线，正好看到办公桌底下的空档里，主任灰色的裤管下，两只巨大的黑老鼠交叠在一起，有节奏地轻轻抖动着。我的眼睛顿时一亮，那是主任的脚，脚上穿着一双黑色的皮鞋，老人头牌，不系鞋带，鞋面用整块牛皮制成，简洁而经典的样式。

我的血液流动得有些快，我想起早上经过周小姐门口时，看到瞬间开启小半的203门内，拖及地面的床单下，一双老人头男式皮鞋若隐若现。我迅速在脑子里对比了一下203门口的男式皮鞋和主任脚上的皮鞋，我发现，两双皮鞋的大小似乎相差无几，或者，它们的尺码可能完全相同。因为苗启明的脚也是四十二码，所以我对这个尺码的鞋特别熟悉和敏感。

半小时后，周小姐来上班了。周小姐打开电脑，屏幕上的桌面图案照例显示，那个穿黑红长袍戴四角帽的男人，和她肩并肩站在某所大学的校园里。阳光剧烈，他们眯缝着眼睛，以似笑非笑的表情看着办公室里的人来人往。很遗憾，这张相片只显示了他们的上半身，我无法看见博士的长袍下面的脚上究竟穿了什么鞋，我也无法看见这个瘦小的男人是否长了一双与他的身高不太般配的大脚。

四

傍晚，苗启明下班回到家，我已炖好了鸡汤。晚饭时，我把两条鸡腿撕下来都放在了他的碗里：这是同事帮忙到乡下农民家里买来的，快吃吧。

他把一条鸡腿夹到我碗里，我又把鸡腿还给他，我们就这样推来推去，搞得很是相敬如宾的样子。我说：你要考试了，这是专门给你补身体的。

"要是考不出来,不就白吃了?"苗启明说。

"还没考呢,就说考不出来,你是成心不想考出来吧?"我有些生气了。

"连吃个鸡腿都有目的,太功利主义了吧?"苗启明居然也有些生气了。

"我功利主义?你怎么不说你颓废主义呢?我是为我自己吗?"我完全生气了。

苗启明没再反驳,他低着头大口啃鸡腿,狼吞虎咽的样子。吃完鸡腿,我又逼他喝了两碗鸡汤。给他盛第三碗时,苗启明打着饱嗝说:实在喝不下去了,我还是去背单词吧,要是考不出来,你非让我把吃下去的鸡腿吐出来不可。

苗启明依然对我所谓的"功利主义"耿耿于怀,但正是迎考关键阶段,我不和他计较。他拿着一叠复习资料,坐在角落里埋头看起来。他的学习状态还是很不错的,这让我对他这次雅思考试比较乐观。虽然他一直声称从未有过出国的动机和机会,但我一直认为,动机是可以改变的。机会呢,我相信,当我们做好一切准备时,机会将接踵而至。试想,当苗启明拿着雅思合格证向她母亲提出出国请求时,她母亲一定会不遗余力地与她远在英国的表弟联络协商的。当然,这些想法,暂时还不能告诉苗启明,他死心眼,如若过早把我的打算告诉他,他一定又会把我务实的生活态度误解为功利主义。

睡前,照例去公共厕所。经过203,我习惯性地看周小姐的门口,没有那双老人头皮鞋。抬头看气窗,灯光照旧晕黄两片玻璃，亦没有任何声响传出。不知道此刻周小姐会在干什么，看书？睡着了？无法想象这个从不公开私人生活的女人，究竟是怎样度过工作之余的时间的。在这一点上，周小姐实在是让我既感疑惑，又佩服不已。她居然可以在公开展示一双男式皮鞋的几个月时间里，从未暴露过这个男人的踪影。一个女人，究竟要有何等城府，才能如此沉得住气？

　　想到这里，忽然发现，我像一名业余侦探。我发现了一大堆疑点，又搜集了许多证据，我却无法像福尔摩斯一样把所有的疑点和证据结合起来，推理出可破案的结论。事实上，周小姐的博士老公与老人头皮鞋之间的关系，从未得到过明确的证实。并且这种想象中的关系，正变得日渐暧昧而虚幻。

　　从厕所回来，看见苗启明抱着书背英文单词，高大的身躯蜷缩在角落里，像一只专注的鸵鸟。我的心情不禁大为畅快，我把放在门口的苗启明的皮鞋拿进了屋。从今天开始，我不想在这种事情上与周小姐计较人与人之间是否平等的问题。虽然我当了五年出纳事业毫无进展，虽然我还买不起房子只能住在家属宿舍楼里，虽然我每天在众多人共同使用的厕所里出入，但我不需要用一张与某个男人的合影来宣布自己是有丈夫的女人，我也不需要经常让一双男式皮鞋趴在门口成为"此地无银三百两"的证据，我更不需要把我的丈夫隐匿于众目睽睽之下成为"只见其鞋不见其人的"传说。

　　我打算，等苗启明考试结束，我要陪他去买一双新皮鞋。那双老人头，有些旧了，整张牛皮的鞋面上，已经散布着好几条皱纹。我心满意足地躺进被窝，很快，我就进入了黑甜梦乡。苗启明是什么时候上床睡觉的，我不知道。

半夜，我从一场不断寻找厕所的梦中醒来。也许是鸡汤喝多了，小腹严重饱胀，一年来从不起夜的记录将被破坏。睡眼蒙眬中，我掀开被子，按亮台灯。我发现，苗启明不在床上。环视十八平方米的空间，他亦不在屋里。他鸡汤喝得更多，大概，他也去厕所了。

我披上毛衣出门，向走廊尽头走去，经过 203，发现那双黑色老人头皮鞋端正地卧在门口。睡觉前上厕所时，我还特地观察过，并未见有皮鞋，后半夜，皮鞋居然出现了。我扯开嘴角，无声地笑了笑，然后向厕所走去。

也许是厕所里的臭气把我熏醒了，也或者，是走廊里的冷风把我吹醒的，总之，当我上完厕所出来时，我的脑子里忽然跳出了无数个奇怪的念头。这些念头冲撞着我的心脏，又在我的血管里奔突沸腾。我发现，我变成了梦境中的那只白猫，两只巨大的黑老鼠正肆无忌惮地挑衅着我、戏弄着我。它们甚至威胁到我的地位，它们想让我成为一只枉费叫作"猫"的不明所以的动物。白猫受到了惊吓，白猫向着家门狂奔而去。

207 屋里，台灯照亮了床头一角，被褥依然是适才掀开的样子，苗启明还没有回来。我听见我的心脏正怒气冲冲地撞击着胸腔，发出的"轰、轰"的低吼。两只巨大的黑老鼠依然在我眼皮底下辗转讦问。白猫咬了咬牙关，再一次奔向 203。

那双老人头皮鞋依然安静地端卧在周小姐的门口，我蹲下，拎起一只凑到眼前。尽管走廊的灯火委实过于暗淡，但我还是看见，整张牛皮的鞋面上，散布着好几条皱纹。我试图进一步探看鞋肚的内里，只听得屋里传出一阵轻微响动，似一双穿软底拖鞋的脚在走路，又似被褥与身躯的反复摩擦。我蹲在门口，屏声静气。接着，我听到某种类似流水注入容器的声音，起先淅淅沥沥，随后急切冲刷，然后，又变回淅淅沥沥，最后，水声停止。又是一阵被褥、身躯，软底拖鞋交错纠杂、似是而非的声音。那时刻，我忽然发现，我捏着一只皮鞋的手指，感觉到隐约的潮湿和温度，似某一双冒着热气的脚刚从这双鞋子里脱胎而出。

我跑到盥洗室里，我站在男厕所门口，朝里面小心翼翼地喊：启明，苗启明。你在吗？

没有人回答我，我的轻喊在男厕所里激荡起一阵"嗡嗡"的回声。水箱坏了，流水"哗哗"持续，自动冲刷着男厕所，冲乱了我头脑里疯长的芜杂荒草。

我在男厕所门口站了大约五分钟，确定苗启明不在里面，便走出盥洗室。再次经过203门口，我惊恐地发现，门口的男式皮鞋，竟不见了。

我像一阵狂风般刮进家门，我绝望地看见，苗启明如一根长在屋里的树桩，高大地戳在床边。树桩的脚上，穿着那双一岁高龄的老人头皮鞋。这双皮鞋的后帮，被他的主人压在了脚底下，所以，它们被迫成了两只勉为其难的拖鞋。

我看着苗启明，头脑里发出振颤的轰鸣。然后，我听到一个无辜的声音扑面响起：半夜三更你去哪里了？我在楼下去抽了根烟，回来就不见你了。

五

等不及苗启明考完雅思，我就独自去商店为他买了一双新皮鞋。这回，我帮他选了中国品牌"博步"。傍晚，苗启明穿着博步，在十八平方米的屋里来回走了两圈，说：挺舒适，样子也不错。

然后，苗启明把脚上的"博步"脱下来，想装进盒子。我说别装进大了，明天开始穿新皮鞋吧。

我拿着一只崭新的鞋盒下了一趟楼，两分钟后，鞋盒被我扔进了楼下的垃圾箱。和鞋盒一起进入垃圾群落的，是装在里面的那双四十二码的老人头旧皮鞋。

晚上睡前去厕所，我欣慰地看见，那双老人头皮鞋又出现在了周小姐门口。苗启明的皮鞋已经被我扔进了垃圾桶，现在，我可以心安理得地走过203，步态稳健地走向走廊尽头的厕所了。

第二天上班，主任来我们办公室转了两次。他挺着肥壮的肚子，脚蹬黑色老人头皮鞋，把财务科办公室里的地板踩得"咚咚"直响。两次，我都在留意周小姐的脸色时，撞上她与我对视的目光。她冲我笑了两次，似心照不宣的意思。于是我也还以她两次神秘的微笑。

周小姐的电脑屏幕上，一如既往地不断出现她和博士的合影。在我和她默契地相视而笑时，屏幕上穿黑红长袍戴黑色四角帽的男人，也眯缝着眼睛似笑非笑地看着我和周小姐。这情形，仿佛是我们三个人，在众目睽睽之下，一起守护着同一个秘密。

苗启明终于考完了雅思，我问他感觉如何，他说，好，也不好，说不清楚。我暗暗担忧，凶多吉少。十天以后，我在网上查到了苗启明的雅思成绩，居然都过了六分，平均分是七分。按照这个分数，两年有效期内，可以申请去英国的任何大学留学。我高兴得当场在办公室里大叫一声：谢天谢地！

所有人都惊讶地看着我，包括周小姐。接下来，我在众多目光的注视下，近乎炫耀地把出国的事情说得头头是道，仿佛苗启明明天就要拍拍屁股去英国了。直到我们办公室里的所有人都把惊异的目光转换成羡慕、敬佩，甚至妒忌的目光时，我才停下话题。

下午，我再也没有心思坐在办公室里做账。我向主任请了假，我要去超市买菜，还要买一瓶葡萄酒，我要做一桌丰盛的晚餐等着苗启明回家，我要为老公庆贺雅思考试取得好成绩，当然，我们还要在酒足饭饱后，一起设想一下未来的异国生活……在超市里逛了半天，发现凡是稍有一些档次的原料，都无法在我宿舍里简陋的条件下完成烹饪。于是改变主义，干脆，去苗启明的研究所门口等他下班，他还不知道成绩已经公布，我要给他一个惊喜。然后找一家好一些的饭店，奢侈一回。为了攒钱买房，结婚后，我们从未上饭店吃过饭。今天，这么重大的喜事，理由太充分了。

化工研究所的对面，是一个街心花园，我找了一张看得见研究所大门的长椅坐下。五点，下班的人群准时出现在我视线内，大个子苗启明很是鹤立鸡群地混在其中，我一眼就看见了他。他急匆匆地走到门口，站在街边东张西望，似在等公交车。我站起来，走出街心花园，准备穿越马路。恰在那时，我忽然注意到苗启明脚上的皮鞋。他居然穿着一双布满灰尘的旧皮鞋，可是，他应该穿着我为他新买的"博步"。我的视力很好，虽然我站在街对面，但我还是清楚地看到，苗启明的脚上，确实是一双旧皮鞋，而且，是老人头牌，黑色，不系鞋带，鞋面用一整片牛皮制成，简洁经典的样式。只是覆盖着厚厚的灰尘，黑得不那么纯粹。

我呆呆地站在街心花园出口处，忘了穿越马路。汽车一辆接一辆从我面前驶过，行色匆匆的人们不断从我身边擦肩而过。我低下头，看那些匆忙行走的脚步，我看到很多很多双穿梭而过的脚，那些脚上，大多穿着黑色的皮鞋。我找到了一双老人头皮鞋，我又找到了一双，第三双老人头皮鞋，第四双、第五双……

我看到人行道上、车站上、自行车踏脚板上，一双双接踵而去的男人的脚上，全都穿着老人头皮鞋，黑色，不系鞋带，鞋面用一整片牛皮制成，简洁经典的样式。它们像一群壮硕的黑老鼠，以我最熟悉的姿态和方式，在我眼前缓慢、稳健、急促、慌乱地蜂拥而过。

街对面，两只蒙着灰尘的巨大的黑老鼠忽然起跑，向着一辆挤满了人的公交车飞奔而去……

假如一个女人不愿意好好做女人，而要去做一个诗人，那她就会变得命运叵测。

一

对门搬来了新邻居，入住时间是在今年春天的某个半夜。当时我正在电脑上打字，就听见外面楼梯上响起杂沓的脚步声以及开门、关门、搬动家具的声音。我看了一下挂钟，午夜一点半，这使我警觉起来，难道是小偷光顾大楼并且已经得手，正在往外搬东西？我轻手轻脚走到门口并且把一只耳朵贴在门板上。因为没有装猫眼，我只能听，可是没有人说话，只有家什的挪动碰撞声和上下楼梯的脚步声。

隔着门板听了一会儿，我确定门外不是小偷，因为上楼的脚步声沉重缓慢，下楼却轻捷快速，也就是说，只有把东西从楼下往楼上搬，才会出现这样的情况。由此我判断，有人在半夜搬进了对门。

我们小区的房子是上世纪八十年代初建造的，每层两户，门对门、墙贴墙。当时是本地一家大型国企专门分给职工的住房，质量很一般，墙壁就比纸厚一点，隔音很差。后来市场经济了，单位不再给职工分房，住户折价买下来，就成了商品房，售价很便宜。恰逢当时我正要结婚，于是从国企的某户职工手里买下了现在住的这二室一厅。粗算，我已经在这里居住了五年，遗憾的是，我的前夫在一年前与我解除了婚约，离开了这套我们曾经的婚房。不过虽然我们离婚了，但我们依然像朋友一样经常相互问候，倘若房子里的水管坏了、电源短路了，我只要打个电话，他会立即赶来帮我修理。

申明一下，我并没有对前夫旧情未了，我只是习惯了，习惯有一个男人帮我料理女人无法料理的家务。我没有再结婚，以我长期日夜颠倒的作息以及绝对自我的作风，任何一个男人都会望而却步。当然，在那些劝我再嫁的好心人面前，我总是对婚姻表示不屑一顾：嫁过一次了，不好玩，不嫁了，与其失去自由，不如丢弃男人……不能说我是在撒谎，我相信，但凡结过婚的人大多会同意我的意见，结婚这个游戏，不是很好玩。

我的前夫因为连续一个月等不到与我同床共眠而提出了离婚的建议，他说他没想过要娶一个替他值夜的保安，况且这个保安的自我保护能力都是值得怀疑的，更不要说保护他人了。也许他是想通过"离婚"来威逼我，他一直想要一个孩子，我却对此恐惧不已，和一个男人生活在一起已经让我失去了一部分自由，再有一个孩子参与进来，我的生活将不堪想象。

前夫绝没有想到我会那么爽快地接受他的建议，他骑虎难下，只能离开了这所他生活了四年的房子。临走那天，我很善意地把我们看了四年的那台电视机送给了他，并且微笑着说：以后常来玩啊！

我想我的微笑一定显得真诚而不做作，因为那是我的真心话，只是我把语气调整到了针对普通朋友的格式。我两手交叉抱胸看着他，这个动作表示了我的戒备，也就是说，我已经对他关闭了我的心怀。他收拾完行装，向我表达了恰当的感谢，然后扛着电视机离开了。

从那以后，我过上了自由自在的单身生活，事实上，没有丈夫我也完全能养活自己，虽然我的职业听起来不赚钱。说到我的职业，我有些羞于启口，因为现在很多人根本不承认世上还有这样一种职业，这种职业曾经一度风靡而风光，后来不知道为什么，竟日渐式微、难以维计了……

好吧，我还是说出来吧，我是一个诗人。作为诗人，我每天造出一些叫作"诗"的句子以供自娱自乐。说"自娱自乐"，是因为这个世上没人愿意买诗，假如诗是一种商品，那么它一定是滞销品，诗人无法靠写诗让自己的肉体存活，所以我写诗只为愉悦自己。我之所以没有被饿死，是因为我充分利用诗人的造句能力，为某些纪念日或者庆祝大会编造大量华丽的句子以供应景，人们把这种句子叫串联词。串联词的价格大约是诗的十倍，一般，我为一场区级庆祝会写一篇串联词可以赚到三千元左右。事实上，写一首诗所耗费的精力可以用来写十篇串联词，但我依然不愿意把所有精力花费在写串联词上，因为我确信，诗人的使命让我不能轻易苟同于这个世界，至少不在每一分钟苟同。

这么说有些自欺欺人，我没有为写诗而拒绝一切媚俗的文字创作，但我必须活下去，谁有权利阻止一个人活下去？能够活下去的诗人不可能是一个清白的诗人，这是我每次拿到串联词稿费时沉默的自告。

我的前夫曾经说过这样的话：假如一个女人不愿意好好做

女人，而要去做一个诗人，那她就会变得命运叵测。说这话时，他还是我的丈夫，他指着一张当天的报纸痛心疾首地表达了他的担忧。那天报纸上刊登了一条新闻，一位诗人自杀了，在他老婆为他生下一对双胞胎后，他用一把刀割断了自己的喉咙……

我抢过报纸，一眼看到这个诗人生前写下的充满死亡气息的句子：在这个年龄，诗来找他，像一个送葬的人。面对敞开的坟墓，他醒悟，诗意像一道黑暗。诗人，来自何方，去向何处？他写着遗嘱……

我当时的丈夫如今的前夫不失时机地在我耳畔干扰着诗句的流淌：你看，这个男人连自己的孩子都养不活，百无一用啊！幸好我不是诗人，即使你给我生三胞胎我也养得起。我们生个孩子吧，别写诗了……

虽然我并不认为男诗人是因为生活压力而自杀，我确信大部分人无法懂得，也许诗人本就有着决绝赴死的终极梦想，可自杀事件还是刺激到了我。我看着站在眼前的丈夫，他高大健壮，一表人才，他不是诗人，他甚至养得起三胞胎，嫁给这样的男人我应该感到幸运，难道不是吗？

我开始尝试着把自己培育成一个对锅碗瓢盆以及生儿育女乐此不疲的女人，一个普通女人。

那段日子，我和我的丈夫每天都要在睡觉前做一番造人运动，我在劳作中努力想象儿女绕膝、家长里短的幸福生活。为了获得一次受孕，我们投入了千百次的耕耘，为此我的丈夫还戒掉了最喜欢吃的花椒和辣椒。我无从怀疑这两样辛辣调味品会导致不孕，川湘地区的人口增长率远高于上海，这个他应该知道。可是他太虔诚了，就像一个为了长寿的素食者心里并不是不清楚，长寿与素食没有必然联系。

然而，在我们全力以赴投入耕耘的时候，我却无法阻止一些句子从脑子里跳跃而出。因此，总是在我丈夫往我身体里输送完一拨种子后，我就迫不及待地翻身起床，一丝不挂地跑到写字台边，快速记录下那些像种子一样的句子。那会儿，我听到我的丈夫在我身后的床上唉声叹气：总是这样，这样怎么能怀上孩子？

毫无疑问，造人事业成果惨淡，我们颗粒无收，并且那段日子，我记录下的所有句子都呈现出邋遢丑陋的模样，它们不像诗，倒更像一个家庭妇女的唠叨，这使我感到前所未有的无聊和疲惫。渐渐地，我们开始荒废懈怠，就像勤劳的农人被上天捉弄之后的自暴自弃。

可是邻居老莫却用另一种方式提醒了我们，于是我们把夜晚的造人事业改在了凌晨四点。四点，一个确切的时间，一个大多数人睡觉的时间，我们却随着老莫的起床而行动起来。

二

老莫是我对门原来的住户，一个退休小学女教师，长得瘦小精干，寡居。她第一次敲开我家的门时，手里握着四根发黄的细竹棍。她说看见门上贴着大红喜字，知道我们是新婚，所以送我们两双竹筷。我这才知道她手里捏着的是竹筷，并且是旧的，我立即说"不用了不用了我们有筷子"。老莫却说竹筷是讨口彩的，竹子是节节高，筷子是快乐，两双竹筷就是高高兴兴快快乐乐。她这么说我就不好意思不收了，好吧，谢谢你啊！说完我接过竹筷随即迫不及待地闭了门，老莫意犹未尽的表情被我关在了门外。

我承认我对老莫的态度比较冷淡，但是，谁会把两双用过的竹筷作为礼物送给一对新婚夫妇？想到这两双筷子曾经在老莫那牙齿不全的口腔里出出进进并且沾染了无数层她干燥的口腔里黏稠的唾液，我就无法忍受，于是我转身把竹筷扔进了垃圾桶。正好我的新婚丈夫从书房里出来，他问我干吗把筷子扔掉？没为什么，就是不想要。我不假思索地回答。

后来我一直对老莫避而远之，我不希望一个素昧平生的邻居过分介入我的生活。可她是我们这个楼洞的居民小组长，她可以在任何时候敲开楼洞里的某一扇门，并且告知门里的住户某个无关紧要的通知，或者了解某些无中生有的情况。居委会上次发的环保垃圾袋有没有用过？质量如何？用完了吗？是不是还需要几卷备用……

这个年龄的孤寡女人大多患有窥视癖，她们通过街道委派的义务工作走进别人的家，以调解他人的家务纠纷和家庭矛盾为己任，并且从中获得巨大的乐趣。对于我们这家新搬来的住户，老莫一定产生了开拓发掘的职业欲望。每每在楼梯口不巧相遇，她总是一副意欲搭讪的表情，而我，一般以点点头表示问候然后匆匆侧身而过。我尽量避免与她交流，我也从没让她进过我家，我总是把自己的身躯堵在门框里以阻挡楼层小组长的造访，有时候我听见她在门外呼唤"302，开门！"，我就屏声静气假装不在家。

然而老莫却以无所不在的敬业精神干扰着我们的生活，最执着的就是她的闹钟，它几年如一日地在凌晨四点发出惠及左邻右舍的呼叫声。凌晨四点，大多数人还在睡觉的时候，老莫却起来了，紧接着是马桶的冲水声、洗漱声、咳嗽声，然后，老莫就背着她那把装在红色布套中的木剑下楼早锻炼去了。一墙之隔的我却再也无法接着入睡，我的丈夫也醒了，这个特殊的时段使躺在床上的我们显得无所事事，于是我们就做爱。男人和女人睡在一起却睡不着，除了做爱还能干什么？我们别无选择，于是，中断的造人事业因老莫而得以继续。

可是两个月前，老莫忽然出国了，因为她在美国的儿子给她生了一个孙女，请她出国是去带孩子，据说在美国，请一个婴儿保姆相当于开资一个教授。所以，老莫留下一套不再开启大门的空房子，去美国当婴儿保姆（又称教授）了。

老莫走前并未提起过要出租房子，现在有人在半夜一点半搬进了对门，我却无法探看到蛛丝马迹。虽然我的耳朵异常灵敏，但我不可能仅通过声音来判断真相。对门搬来的是男人还是女人？为什么要在半夜搬家？我无法用听觉获知答案，当然，有些问题用视觉同样无法判断，但我可以通过搬家者的表情或者举动来分析，从而得到更接近真相的答案。

我终于发现没有猫眼的缺点了，对于我这样一个单身女人来说，猫眼是必要的安全设施。我决定天亮以后给前夫打个电话，请他来给房门安装一个猫眼。

三

第二天上午，我的前夫背着工具包准时来到他曾经的家。就像一个为了捉奸而突然提前回家的丈夫，他目光炯炯地闯进门，首先在卧室和书房门口迅速扫视了一圈，然后颇有意味地看着我说：又是一夜没睡？

我不置可否，他接着问：为什么要装猫眼？

为什么不装猫眼？我这么回答，他就无话可说了。

没有安装猫眼本就是他的错，当初是由他负责装修房子的，那时候他还是我的未婚夫。未婚夫说：为什么要装猫眼？好端端一扇门，挖个洞多可惜？再说，门外的人是好是坏，难道通过猫眼就能识别了？我看即使面对面也未必能分辨出来。

我觉得他说得有道理，并且我也从未考虑过猫眼与我之间有什么关系。这套房内的设施，我只对写字台的朝向和大小提出了个别要求，除此以外我没有任何意见。你是一个好说话的女人，一点都不挑剔，我就喜欢你这一点，我的未婚夫这么说。他决定娶我就是因为我不挑剔，他认为和一个不挑剔的女人生活在一起将是轻松愉快的。

我的确不是一个挑剔的女人，我对我的丈夫没什么要求，长相、脾气、习惯，乃至性能力，都没有要求。事实上，我对婚姻并不抱以太过美好的憧憬，从结婚第一天开始，我就感到我的精神不再自由，那几年，我总是梦见被丈夫遗弃并在梦里喜极而泣，我预料到，我渴望的自由终将会来，所以我根本不屑去挑剔我的丈夫。问题是，一个太不挑剔的女人甚至比林黛玉还要可怕。这是前夫在向我提出离婚时对我的控诉，不挑剔使他觉得我不爱他。与我生活了四年后，他终于发现促成他娶我的原因，恰成了离婚的理由。

我们已经离婚一年，现在，我的前夫被我招来安装猫眼，他好像不太情愿为一扇完整的门动一个小手术，可他已经没有资格参与或介入与这所房子相关的任何决定，所以他只能一边打开工具包，一边喃喃自语：挖个洞多可惜，真是搞不懂，干吗要装猫眼……

我指着对门说：昨天半夜搬来一户人家。

那扇灰色防盗门闭得紧紧的，门内毫无动静，走廊的墙角里堆着几个纸板箱，这代表昨夜的搬家并不是我的虚构。前夫问：老莫呢？

老莫去美国带孙女了，我说。前夫点了点头，前夫善于点头，前夫和老莫只是点头之交，我和老莫之间的关系却可以用惺惺相惜来形容。

前夫开始用他带来的工具给我的门动手术，他首先拉开卷尺在门上量了一个合适的高度，然后拿出一把电钻插上了电源，巨大的啸叫声顿时响起，整栋大楼陷入了噪音的污染。高速旋转的钻头渐渐深入门板内部，木屑如烟花般飞溅而出，前夫紧握电钻浑身颤抖着，肩膀在颤抖，脑袋也在颤抖，腮帮子、嘴唇、下巴，都在颤抖。他的额头上渗出了一层细密的汗珠，汗水很快染湿了他的头发，这使他那颗硕大的头颅显得有些荒芜。我站在一边双手交叉抱胸看了一会儿，然后冲着他大声喊：你谢顶了！

他好像没听见，他面朝门板全神贯注地浑身颤抖着。那会儿，我心里忽然生出一丝愧疚，离婚一年了，这个男人有没有重新找老婆？我从来没问过他，他也从不告诉我他的生活状况，我只在需要水电工、泥瓦工或者木工的时候找他，他似乎从来不拒绝我。

他始终认为，作为一名诗人，我最缺乏的就是独立生活的能力。也许他是把自己当成了我的救世主，他曾经想把我从诗歌中拯救出来，他还想通过自己的付出使我从一个女人变成一个母亲。也许他是把生孩子看作女人对自己的救赎了，而世上的女人不可能如同农夫的妻子玛利亚那样幸运地获得上帝的种子，所以，他必须做一个务实的农夫，也就是说，假如没有他至关重要的参与，我就无法完成女人的自我救赎，所以在他与我共同生活的那几年，他始终在为我们共同孕育一个孩子而努力着。他都谢顶了，可他还是没有孩子。

一小时后，猫眼终于装上，前夫收拾着工具问我：还有别的事需要做吗？

我想了想说没有了。前夫又提出要求：那么，能不能让我喝口茶？

我说当然能，不过没茶叶了。前夫说决明子也可以，你手里是什么？我低头看我的手，是一只保温杯，杯中是决明子泡的茶，前夫在干活的时候，我一直捧着它。

我把保温杯递给前夫，他从不嫌弃喝我的杯子，哪怕已经离婚，好像，我也不嫌弃他。他拧开盖子"咕咚咕咚"一口气喝完，才背起工具包跨出了门。我说：谢谢你，再见！他站在门口不走，好像有话要说。我问：还有事吗？

前夫扭头看了一眼对门，忽然回头说：你可以领养一个孩子，不能永远一个人过吧？

我没搭理他，我甩手关闭了家门，用力过大，门框颤抖了一下。前夫被关在了门外，不知鼻子有没有被夹到。据说鼻子的大小与生殖器的大小成正比，前夫硕大的脑袋上恰好长着一个硕大的鼻子。问题是，我讨厌大鼻子男人，他们让我想到淫乱的性爱场面，我怀疑那些白痴或者怪胎，大多是在过度沉溺于性事之后的繁殖，就像一个拖儿带女的女人无法写出好诗一样，人间烟火的混乱和庸俗致使我只能生产出畸形甚至变异的诗句。倘若恋爱、结婚乃至生育是人类的自由，那么拒绝结婚和生育也是一种自由，我就是这么想的。

我想通过刚装好的猫眼看一看门外的前夫，然而我立即发现了一个问题，我够不到猫眼，哪怕踮起脚尖也够不到。前夫是按照自己的身高装的猫眼，那个眼珠子似的小孔在我头顶上方二十厘米处诡异地散发着玻璃的折射光。

我从厨房里搬出一把小板凳，踏上板凳时，我听到门外响起一阵轻碎的脚步声，鞋尖擦着地面快步远去的脚步声。他什么时候变成一个喜欢用小碎步走路的男人了？

我把脑袋凑上猫眼，我看到门外是一个变形的世界，那个世界里空无一人，只有一扇紧闭的灰色防盗门遥远而寂寞地挺立在我的瞳孔里。

四

假如用一般的评价标准，我的前夫大约可以得八十分，良好的出身，良好的职业，良好的长相以及良好的脾气，这样的男人做丈夫是最合适的，他不一定是一个满分男人，但他可以是一个满分的丈夫。遗憾的是，他娶了一个连及格分都不满的女人做妻子，这个女人不热爱家庭，不热爱孩子，不热爱做饭洗衣拖地板，她甚至不热爱作为一名妻子的名分以及幸福的体验。这样的女人自然无法让他拥有一个梦寐以求的孩子，即便曾经有过一丝希望，最后也以破灭告终。

那个秋天，我们凌晨四点的造人事业进行得殚精竭虑而至奄奄一息，内心的抵触使我无法生产出一枚愿意与精子汇合的卵子。或者，上帝让我存在就是为了叫我做一个诗人，而不是一个可以孕育孩子的女人。我几乎认为我是不会生育的了，然而在一个毫无征兆的日子里，我忽然发现了一丝萌芽的迹象。

我独自去了一趟药店，我把自己关在厕所里，用一只一次性纸杯接了小半杯自己的尿液，然后从盒子里拿出测孕棒，小试管……一切就绪，我静静地坐在抽水马桶盖上开始做实验。小试管里的尿液滴进白色测孕棒，尿液瞬间消失，微红的色泽渐渐呈现……我怀孕了。两滴尿液证明了这个事实，仅仅两滴，太可惜了，看着纸杯里剩下的尿液，我不无遗憾地想。

我依然静静地坐在抽水马桶盖上，我试图从心里找出一丝幸福的感觉，或者，我希望念诵出一首有激情的欢乐的诗，可是我的脑子一片空白，微红的色泽从我的目光渗透进大脑，很快，我所有的脑细胞都被微红晕染了。窗外，午后的天空亦是微红，仿佛病人回光返照的脸色。我面对着测孕棒开始哭泣，不知道是因为幸福还是悲哀。

我决定暂时不告诉我的大鼻子丈夫，除非他自己发现。我不敢肯定这是我故意为了让结果恶化，还是作为妻子的撒娇行为。可是我的丈夫太努力了，他在未曾发现我怀孕时依然热衷于做一个种植者。直到三天以后，微红的色泽染到了我们凌晨四点的床单上。我推开丈夫的身体并且起了床，我坐到写字台边，打开了电脑，然后，我欣喜地发现我的小腹正发出剧烈的疼痛。我想，大概我又可以写诗了。

医生说，我怀的是葡萄胎，一场畸形的孕育，手术以后，我被宣告以后再想怀孕的可能微乎其微。我想这是上帝同时把惩罚和奖励加在了我的头上，他为我大逆不道地在力图做一个普通女人的同时不肯放弃"诗人"的梦想而惩罚我，他同时奖励我终生写诗的伟大使命。我不会有孩子了，我不需要孩子，诗人不必有孩子，我疼痛并快乐地告诉自己。

我的丈夫接受了这个残酷的现实，善良的天性使他不好意思抛弃我。可他依然不希望我写诗，他不喜欢自己的老婆是个诗人，他说我们去福利院领养一个孩子吧，你不能整天埋在电脑上打字。

我没有接受他的建议，可是他却乐此不疲地每周去一趟福利院，还带回一沓照片让我挑选一个我喜欢的。我像翻扑克牌一样翻着一叠照片，那些身患白化病、小儿麻痹症或者唐氏综合征的孩子在我手里如风般闪掠而过，一股股凉风轻轻地拂过我的脸庞，就好像一只只冰凉的小手在抚摸我，一下，一下，又一下……我无法辨别那些小手的主人究竟是魔鬼还是天使，可我还是发现我的心脏跳得匆促而急迫，几乎逼下我的眼泪。

我不想要孩子，我把照片还给丈夫并且斩钉截铁地告诉他。他绝望地点了点头：看出来了，你是一个喜欢逃避责任的女人。

也许是他识破了连我自己都不曾发现的真相，我因此而惊异地盯视着他，同时我在想，是我逃避责任，还是逃避爱？假如那些降临到我头上的爱无法让我承受，我是否会像割喉的诗人一样奔赴死亡？我的丈夫被我盯得犹豫起来，他改口道：除非，除非你不爱我。

我爱他吗？或者说，我爱过他吗？我这么问自己，可我找不到答案。

我说过，我的前夫是一个各方面都属良好的男人，他长着一副俊朗的面容，一米八的个头，与人为善亦独善其身，热爱家庭亦尊重女性家人，并且，他专属男性的体能素质可谓上乘。这是大多数女人梦寐以求的优质丈夫典范。然而我却像一个生活在山珍海味中的厌食症患者，严重浪费前夫作为一个丈夫的几乎所有功能。当然，我并不是不需要他，比如在修理水管和短路的电源以及搬运沉重的物件时，我总是首先想到他。

可是这些功能并非丈夫专属，你是把我当修理工和搬运工了吧？他这么质问我的时候，我无言以对。我的确有些暴殄天物，我不能占着茅坑不拉屎，所以我决定把这个优秀的男人退回单身货架。

可是他还想做最后的挣扎，他说他要拯救我，假如我还坚持写诗，那么不久的将来，我无疑会变成一个精神病，或者与割喉男诗人一样主动赴死。有多少诗人自杀了你知道吗？跳楼的，卧轨的，哪个有好结果了？不管怎么样，我们一起来养育一个孩子吧！这样生活就正常了，就健康了。我的丈夫苦口婆心地劝说我，那一刻，因一首难产的诗而一夜不睡的我正蜷缩在白天的被窝里，窗外阳光剧烈，而我的丈夫以矗立的姿势呈现在床头。

我闭着眼睛发出困倦的回答：那一年，一位旅居国外的男诗人杀了老婆然后成功缢死了自己。他们寄养在土著人家里的孩子从此把那些皮肤黝黑、体毛浓密的毛利人当成了他的父母。孩子能让诗人放弃诗歌，但一个真正的诗人，即便放弃了诗歌，也永远不会遗忘诗歌。不能写诗的诗人绝望了，他还能做什么？他别无所求，除了死，并且带着他所爱的人一起死。

黑夜给了我黑色的眼睛，我却用它寻找光明……我睁开眼睛仰望着我的丈夫，口里轻轻吟咏着那个诗人最美的句子。

我的丈夫打了一个哆嗦，这话一定让他想到也许有一天我会跳楼、卧轨、割喉，或者杀了他然后再自杀，作为一个诗人的丈夫，他每天都冒着生命危险与我生活在一起。如此惨烈的结局使他忽然明白，他并无能力把我从诗歌中解救出来。

拯救者开始退缩了，他犹豫了一个月，这一个月里，我从不与他在同一时间的同一张床上入眠。终于，他决定成全我。

我没想过要娶一个替我值夜的保安，既然你要继续做诗人，那我们离婚吧。我彼时的丈夫如今的前夫一脸痛苦地对我说。

五

离婚以后，我自由自在的生活完全从物质渗透到了精神。没有人否认"诗人"这种职业是特殊的，它的特殊性使我有理由纵容自己过随心所欲的生活。我可以连续两天一夜不睡觉，同样我也可以二十四小时待在床上不下地，我厨房的水槽里总是堆积着一个礼拜的锅勺碗筷，我的洗衣机一般要到塞不下脏衣服的时候才启动一次……相比普通女人，人们更能容忍女诗人身上的一些怪癖，比如拒绝做家务，比如抽烟熬夜，比如独生主义，比如同性恋、性冷淡……这样的女人肯定没有一个男人能忍受，为此我只能向曾经对我抱以期望的男人（包括我的前夫以及上帝）表示抱歉，我辜负了前夫试图与我百年好合并且付诸行动与我结婚的善举，我更辜负了上帝他老人家的好意，他赋予女人专属的幸福生活，可我不知好歹地弃之无悔。

我膝下没有一个孩子，可我并不感到遗憾，我是一个诗人，我的灵魂告诉我，我需要的不是丈夫，也不是孩子，而是自由。可以确定，我是一个叛逆的女人，我违背上帝的旨意而听从灵魂的指使，我想，假如我与生俱来的原罪因我的叛逆而无法得到救赎，那么我甘愿下地狱。

可是，上帝究竟是男人还是女人？这个问题我一直没弄明白。也许上帝就是一个妄自尊大的男人，他把女人的苦痛当成幸福，或者把女人的幸福当成苦痛，他赋予女人的一切是否为女人所需？我并不确知，也许我本不是一个正常的女人，所以我的需求并不代表别的女人。那么有没有可能，上帝是个女人？这个我不敢肯定，但我敢肯定的是，上帝绝不是一个诗人。上帝说，女人与诗人不能一体并存，要么做女人，要么做诗人。

我选择了做诗人。

我把写诗的时间改在了半夜，我从半夜十二点开始读书、思考和打字，直到凌晨四点，老莫的闹钟响过后，我才停下手里的工作放水洗澡，然后上床睡觉。

对我的形单影只，老莫似乎有所察觉，那段日子她经常在我门口探头探脑地张望。老莫家突出的阳台侧窗对着我书房的窗户，我整夜不灭的灯火一定让她感到非常好奇。她保持了几天沉默，终于在某个凌晨她刚起床我还没有上床的时候敲开了我的门：没打扰你吧？

我摇了摇头。天色还没有大亮，老莫瘦小的身影在幽暗的楼道灯光中显得轻飘飘。她诡异地笑笑：嘿嘿，我晓得你没睡，你整夜整夜地不睡在干什么啊？

我说：我在工作。

老莫还算识趣，她没有追问我在干什么工作。她以楼组长的身份递给我一个花花绿绿的小纸盒和一本薄薄的蓝色小本子：这是居委会发的，计划生育是我国的基本国策，用的时候先看看说明书，使用不当还是会怀孕的……

老莫趁我接过本子和纸盒的间隙飞快地把脑袋探进我身后的门内扫视了一遍，而后"嘿嘿"一笑，转过身，脚步轻捷地下了楼。我目瞪口呆地看着她渐行渐下的背影，那把红色布套包裹的木剑在她肩头戳出半尺长一截，仿佛一锋匕首正插在她的肩膀上，凝固的血液使金属凶器殷红而鲜艳。

我把老莫发给我的那本计划生育宣传手册和一盒避孕套扔进垃圾桶，然后一头倒在了床上。我很困，我要睡觉，可我疲惫的脑子里忽然跳出一个问题，我还没有孩子，老莫为什么要发给我计生用品？难道她已经看出来我变成了单身女人？那么在她看来，那个让我整夜灯火不灭投入计划生育破坏活动的男人应该使用几号避孕套？

我翻身起床，从垃圾桶里拣出纸盒，找到了上面的尺码标号。令我感到气愤的是，盒子上标的居然是 S。老莫凭什么判断我的男人是小号？我的前夫拥有一个硕大的鼻子，怎么可能是小号？当然，这个非小号男人已经不属于我，并且我讨厌大鼻子男人。但是即便老莫猜出我已经离婚，但无论如何，她凭什么分配给我一盒小号计生用品？

老莫这个寡妇！我怀着悲愤的心情恶狠狠地说出这句在我心里说了无数遍的话。一个没有男人的老女人，无疑会嫉妒世上所有年轻女人和有男人的女人，以及她假想中有男人的女人。老莫想以过来人的身份刺激我，她是要让我更加清晰地明白自己的身份吗？的确，我和她一样，我们都是没有男人的女人，可她还有孩子，她的孩子在美国，而我，除了我自己，没有别人。

这么想的时候，我忽然感到有些悲伤。我很想给前夫打个电话，可是一个女人为什么要在凌晨四点多给前夫打电话？这说明了什么？寂寞了？孤独了？想念了？

我没有打电话给前夫，我把盒子里的三个透明薄膜吹成三个西瓜一般大的气球，而后一个一个拍爆，三声脆响的爆炸声勉强安抚了我焦躁并且悲伤的心。

我终于睡着了……

六

老莫好像立志要查出她的邻居男户主失踪的案情，她经常借故居委会的鸡毛蒜皮敲开我的门并且公然站在我门口朝里张望。我怕她打110报案，因此我在某一天打开家门差点撞上她那颗凑在门板上的花白头颅时主动告诉她：莫老师，我离婚了。

老莫一个趔趄差点仰面摔倒，幸好我及时拉住了她的衣襟。她扶了扶鼻梁上的老花镜，而后伸出两根手指塞进镜片，捻了捻镜片后面的眼睛，张嘴说：我的男人撒手离开时给我留下一个遗腹子，他死了三十多年了，记住，要为自己生活！喏，这是你的选民证，第×次人民代表大会就要召开了，本月十五号下午两点到居委会投票。

老莫递给我一张豆腐干样的纸片，而后扑闪着狡黠的老花眼，堂而皇之地转身进了自家的门。那扇灰色防盗门"咔哒"一声关上时，眼泪"刷"一下涌出了我的眼睛。

我摊开手心里被我揉成纸团的选民证，上面有黑色油墨印的"苏秀秀"三个字。我对着选民证发了好一会儿呆，我反复自问：我叫苏秀秀？苏秀秀是我的姓名？

我拥有两个笔名，一个用来写诗，一个用来写串联词。我拒绝用"苏秀秀"这个俗不可耐的名字给我的诗署名，我同样拒绝用我的真实姓名向人们昭示那些豪言壮语或者假惺惺的辞藻堆砌。我很少有机会做苏秀秀，这个名字几乎被我遗忘。现在，老莫把"苏秀秀"的选民证亲自发到了我手里，并且告诉我"要为自己生活"。也许她想以此告诉我，拥有一张选民证要比拥有一本结婚证更重要，或者说，做一个拥有选举权的公民，远比做一个拥有为人妻权的女人更重要。

我不禁为老莫能如此理解我而感动不已，她只是一个退休小学教师，可她的觉悟甚至比我那位大学毕业的前夫都要高。不，不对，我刚搬进来时老莫还送过我两双竹筷，这说明她不是一个漠视婚姻的人。那么有可能她是在提醒我，你是苏秀秀，你不是那个诗人，也不是那个写串联词的人，你过去的所有生活都不是为了你自己，现在你要做你自己，去参加投票吧！

我承认，那个每天让自己努力受孕的女人不是我，那个写串联词卖钱的女人也不是我，可是难道那个写诗的女人也不是我吗？我是我？我不是我？这是一个问题。

选举大会前一天，老莫提醒我不要忘了明天的重要事，她希望我通过轰轰烈烈的社会政治活动重新建立起生活的信心。她说：相比选举，离婚是多么微不足道，多么轻如鸿毛啊！

在老莫眼里，一个离婚女人怎么可能不失去生活的信心和勇气？好吧，承蒙老莫的关照，我决定去参加选举大会，虽然我并不认为我的选票会对某位政要的上位起到作用。

走进街道会议室，我在众多老头老太以及下岗人员组成的选民中找了一张空位坐下。老莫正帮着居委会干部上蹿下跳地发选票，忙得不亦说乎。她递给我的一张选票、一支笔和两块毛巾，并且叮嘱了一句：认真选，这是你的权利。

我知道，笔是用来在选票上画圈的，可是毛巾要来干什么？选举投票还需要毛巾？

老莫"嘿嘿"笑了笑：怕居民们不来，凡是参加选举的，每人发两块毛巾，看看，都来了，一个都不缺席。

老莫抱着一叠空白选票向我露出胜利的微笑，我也笑了，我想，老莫果真有号召力，连我这样的人都被她劝来投票了，居民们还能不来吗？况且还有两块毛巾奉送。

既是如此，我便在选票上随便挑了一个名字，并在名字下面的空格里画了一个圈，接着把选票投进一只红纸糊的投票箱，然后，我就离开了蔬菜鱼肉、汗酸烟臭以及大宝护手霜等各种庸俗气味混迹一堂的闹哄哄的街道会议室。

我抱着两块毛巾独自走在小区里，深冬的风吹扫着地上的落叶，这让我想起前夫曾经给我看过的那些照片，众多孩子被我握在手里像翻扑克牌一样"哗啦啦"地翻过，风扫过我的脸庞，就像一只只冰凉的小手轻轻的抚摸。阴涩的天空里落下几粒细小的雪珠。下雪了？这将是我独自度过的第一个冬天，不再有人为了繁衍而与我共同战斗在凌晨四点的床上，我的被窝因此而冰冷潮湿。

选举大会并没有使我如同老莫说的那样重新鼓起生活的勇气和信心，我也再没有参加过任何轰轰烈烈的社会政治活动，然而我还是发现，我越来越依赖老莫了，从她凌晨四点响起的闹钟开始：老莫起床了，穿着拖鞋踢踢踏踏进了卫生间；老莫在刷牙，不知道刷的是假牙还是真牙；老莫在洗脸，不是用洗面奶，而是用像猪血一样的深红色上海牌药皂；老莫在换鞋，是那种老式的白色体操鞋；老莫开门，老莫跨出门槛，老莫用钥匙锁门，叮当作响的金属串仿佛正在我家的大门锁孔里扭转；老莫下楼早锻炼去了，身上背着一把装在红布套里的木头剑……

必须承认，老莫的生活状态给了我一定的安抚和慰藉，这世上有人生活得比我更加落寞和无聊，至少我还可以用我的孤独作为思想的动力，但老莫剩余的精力只能用于窥视他人的生活。每每听着一墙之隔的寂寞生活，或者看着无所事事的老莫以繁忙的姿态出现在左邻右舍面前，我就在心里抱以满足的嘲笑，然后告诉自己：老莫是一个寡妇，而我，是诗人。

七

因为老莫的存在，我感到充实和快乐。可我依然拒绝老莫走进我的生活，虽然我的确对她越来越依赖，但我还是愿意与她保持一道墙的距离，这道墙使我感到我是一个自由的女人，而老莫在墙那边演绎着一幕幕情景剧，我在墙这边用听觉观看她，这又使我感到我并不是独自生活在这所房子里。

假如我的前夫当时愿意给我这样的生活，我们是不必离婚的。这么想的时候，我总是自责不已，丈夫与邻居是有本质区别的，我却希望我的丈夫像邻居一样与我相处，那样显然是不公平的。我想，是不是我太自私了？

我与老莫隔着一道墙的共同生活持续了半年，这半年我很少给前夫打电话，因为我的水管老不坏，我的电源也很少短路跳闸。我想，即便出了这样的问题，现在我也可以请求老莫的帮忙，她会打电话给社区的物业修理，五分钟内，泥瓦工、水电工、木工会一呼百应地到位。物业电话我老记不住，老莫却可以倒背如流，况且她与他们相熟，熟人好办事。当然，我会在事后送点小礼品给老莫，比如一块真丝手帕，或者一双羊毛袜子。老莫总是在客气地推让一番后收下，并且给予我往后更殷勤的帮助。

这是我要的生活，我告诉自己，假如就这么生活一辈子，哪怕永远不做一个妻子，永远不做一个母亲，我也不会觉得有什么缺憾。

然而半年以后，老莫忽然要去美国了，老莫敲开我的门一脸喜气地宣布：我儿子给我生了一个孙女，我要去美国带小孩了。

她交给我一把钥匙，说她不在家的日子里，请我顺便关照一下对门的安全：既然你是整夜不睡觉的，那就不怕半夜小偷进来了。

我说：莫老师，千万不要把贵重物品留在家里，要是小偷来了，我是打不过人家的。

老莫狡猾地"嘿嘿"一笑：戆大，我这把年纪了还有什么贵重物品？我的贵重物品在美国，就是我的儿子和小孙女，他们是最珍贵的。

老莫不由分说把钥匙塞进我手里，并且给我留了她儿子的电话。假如你去美国旅游，那你到旧金山来玩。老莫这么说的时候，手里还捏着一张婴儿的大头照。照片上是一头用白色被褥包起来的显然是刚出生的动物，这头动物眼泡浮肿、面皮褶皱，红色的肌肤使它略带残酷的血腥味。我后仰身躯以躲避发自照片的血腥味，老莫却笑起来：苏秀秀，趁着年轻再找一个吧，生个孩子，老了才不会没事干……

老了也可以写诗。我说。

我宁愿听孩子的哭声，也不愿意写什么诗。老莫的论调与我前夫如出一辙，说他们是一对母子我都愿意相信。

老莫走了，她给我留下一段忠告，然后带着那把装在红布套里的木剑去美国与儿子孙女团聚了。从那以后，凌晨四点的隔壁再也没有闹钟响起，我再也听不见一墙之隔的老女人以悠闲的寡居生活告诉我，那正是多年以后的我，哪怕独居，亦不寂寞。

没有老莫的声音，我竟无法如同以往那样在凌晨四点以后安然入睡。睡不着的时候，我就想象一头动物从我身体里爬出来的样子，它会发出一种声音，人们说那是哭声，婴儿总是以哭声来庆祝自己降临人世。可是从我肚子里钻出来的那头动物不会哭，它以大串大串葡萄虬结在一起的丑陋样子滑出我的身体，它似是害怕面对世界，更害怕一旦哭泣便会被我注意到，它不希望被我关注，它知道我并没有打算接受它，所以，我的动物，它没有哭，它沉默着来到世界，它不愿意和我做任何交流和对答，它无声地躲避了我……

日子就这样过着，冬天过去了，春天正在来临。可是就在春天到来后的那个半夜，我听到有人在搬家，老莫的空房子里发出了久违的声音。

八

我给老莫的儿子发了一个短信，我说：你母亲的房子里搬来了新住户，此事我并不知晓，但你母亲曾经把钥匙交给我，现在我掌握着别人家的钥匙，这使我感到自己随时有可能变成一名犯罪嫌疑人，所以请莫老师给出指示，我是否需要把钥匙寄给她。

老莫的儿子用手机给我发了一个冗长的电子邮件，他尊称我"美女作家"，他说美女作家你好，早就从我母亲口中获知您这位邻居，感谢您多年来对我母亲的关照和帮助。房子的事情，我得给您解释一下。我委托中介公司将房屋出租，是为了不浪费空置的房源，上海高昂的房价使很多青年人居无定所，我想，把母亲的房子出租，至少有三方得益，首先是搬进去的那一位因此而有了房子住，其次是我母亲有了一笔租金收入，还有就是您，您不再需要为邻居的房屋安全操心，一举三得，一箭三雕，一石三鸟……我竟找到多个成语来赞美此事，那只能说明此乃中国自古定论的善举和好事。唯一需要美女作家与我配合的是，假如租户需要更换家具或者修理设施，请帮我母亲料理一下。钥匙不必寄来，您提醒租户更换锁芯即可。我会感谢您的，请您把您的地址给我，下个月，春分月圆后的第一个星期日是复活节，我将给您寄一样礼品以表感激之寸心……

　　我没有给他回邮件，我不必把自己的地址告诉老莫的儿子，我就住在他母亲隔壁，他应该十分清楚。至于请对门的新邻居换一把锁，那要看我什么时候正好遇见人家。

　　此后的很多天，我一直没有遇到对门的新住户，这个神秘的邻居好像与我一样，过着昼伏夜出的生活。夜深人静时分，我总是侧耳倾听来自隔壁的声响，有时候是凳子与地板的摩擦声，有时候是瓷器掉落到地板上的碎裂声，也有油锅轰然炸响声，随之飘来辛辣的油烟味。我想，他和我一样是个夜猫子，他半夜搬进来，半夜发出种种声响，甚至半夜炒菜做饭，从我闻到的花椒和辣椒气味，我猜他是一个川湘菜爱好者，那种烟火气息让我对自己的生活产生心虚的怀疑。这种时候，我就很想给前夫打电话，可是我的水管没坏，我的电源也没有短路，我找不到打电话的理由。

　　我想念老莫了，想念老莫的闹钟，想念她装在红布套里的木剑，想念她探头探脑在我门口张望的狡黠眼神……

　　春分月圆后的第一个星期日，我果然收到一个盒子，打开看，是一个涂成红色的彩蛋，蛋壳是活动的，拧开，里面跳出一只小白兔。大老远从美国寄来这么个东西，老莫的儿子真是可笑，复活节和我有什么关系？我把彩蛋连同盒子一起塞进了堆杂物的壁橱。

凌晨，我正困乏无比地坐在电脑前绞尽脑汁而无所收获。电话铃忽然响起，谁会在这种时候打我电话？我拎起电话机，居然听到老莫远隔重洋的声音：苏秀秀，我是莫老师，我在旧金山给你打电话……

我顿时热泪盈眶甚而几乎哽噎起来，我说莫老师我很好，就是没有你的闹钟，我总是忘了睡觉的时间，也不太能睡着。

她说她想我们楼里的邻居了，也想我了，可是要带孙女，离不开。今天是复活节，有没有收到彩蛋？老莫在电话里大声喊：我儿子说的，蛋表示生命繁衍，人都要死的，可是有了繁衍，就等于复活，等于重生，苏秀秀，祝你复活节快乐！苏秀秀，你不知道我孙女有多可爱，会对我笑啦……

我听到话筒里传来婴儿的哭泣声，然后就断了线，不知是国际长途连线不通畅的缘故，还是老莫急于去抱哭泣的孙女而挂断的。

我撩开窗帘，天色还一片漆黑，此时的美国正是复活节庆祝活动开始的傍晚。我看了一眼隔壁阳台的侧窗，一线微光从窗帘的缝隙里漏出来。

我终于无法忍受，我拨通了前夫的电话，我说：你好吗？

前夫问为什么要在凌晨打电话问好？这个时间你不是在写诗吗？他的声音离我很近，又离我很远，就像发自两个音箱的立体声，一个从电话的话筒里传来，一个在一墙之隔的邻屋遥相呼应。

我说：祝你复活节快乐！说完我就挂断了电话。

我从壁橱里找出那枚彩蛋，我上网查了一下复活节的渊源和涵义，我还听了一首与复活有关的弥撒：

玛利亚，请告诉我们，你在路上看见了什么？

我看见永生基督的坟墓，和他复活后无比的光荣，

还看见天使作证，以及汗巾和殓布。

恶魔惊颤而躲避，因你优雅而美丽的繁殖创造了新生命。

我的期望已经复活，天鹅泣血，为生命女神的降生。

过节的人啊！你不须记得耶稣，

却须记得与耶稣一同经历死亡，而后进入复活的荣光……

我在弥撒吟唱声中爬上小板凳，我对着猫眼朝外看。对面那扇紧闭的灰色防盗门缩在尽头远远地与我对峙着，然后，我看见防盗门裂开一条缝隙，我还看见一个用白被褥包裹的红色彩蛋渐渐接近我的门前，它变成了一个巨型蛋，它裂开了，里面钻出一头血淋淋的动物一样的婴儿，它幻化成一缕烟雾钻入我的猫眼，然后像丝巾一样缠绕在我身上，最后它以无比轻捷的姿势悠然钻入我的身体，即刻，我发现驻扎在我头脑和心脏里的诗句如某种气味一般消散殆尽。

我想，我的前夫早已和老莫不只是点头之交的关系了，他们的论调那么一致，说他们是一对母子我都敢相信。

我选择了一个风和日丽的午后把钥匙塞进了对面那扇灰色

防盗门的门缝里，我还留了一张字条，我说假如您觉得有必要，请换一把锁。

做完这些我就去了一趟邮局，我不是给老莫的儿子回寄礼品，我是去领稿费，一场乡镇国庆晚会的串联词，我用那些句子换了三千元钱，这个月我又可以埋头写诗而不做别的了。

能够活下去的诗人不可能是一个清白的诗人。拿到稿费时，我又一次这么告诉自己。

女人其实卡邦

我是一个喜欢做游戏的女人，那就当我与你一起玩了一场游戏。游戏而已。

一

　　午夜，小区里的灯火渐次熄灭，万籁俱静，虫蛙的混声低唱给沉寂的深夜铺就了一层底色，夜却并未因此而嘈杂。长时间的打字，让我的眼睛处于严重的酸涩中。我伸了一个懒腰，顺便看一眼屏幕右下侧的时间显示，那个不断变化着的数字正跳跃至午夜十二点三十五分。困顿的心神忽然一振，屏幕上右上角的 QQ 里，"缱绻夜风"闪烁着他的企鹅头像，跃然而出。

　　我习惯性扭头看窗外，对面大楼三层第三个窗口，已经亮起了橘黄的灯光，薄纱窗帘上印出一个人影，端坐的身型，极短的寸头。那应该是一个男人，且是一个正在操作电脑的男人，因为，他的面前，有一方荧光正闪烁跳动。他喜欢在午夜之后工作，他的工作需要一台电脑，需要一个安静的环境，当然，还需要整夜的时间。他和我一样，完全一样。

　　搬到海棠小区半年有余，我的房子卡在十一号楼第四层的第三间。小区坐落在 S 城最新的开发区，地段偏远，但安静，没有城市惯常的嘈杂喧闹，清晨可以听到鸟雀的鸣叫，入夜，千百只青蛙在小区后的农田里发出此起彼伏的歌唱。购买这所房子，其一是为价格便宜，我的稿费只能维持衣食平凡的生活，市中心的住房我望而生畏；其二，这个正日益繁华的地段令我欢喜。这里并非穷乡僻壤，出门就有超市、菜场，甚或入夜后闪烁着荧荧灯火的酒吧和咖啡馆。

可是，喜欢一个地方，原因并非如此简单。

我犹豫，是否需要袒露至今隐藏的秘密。我当然无需用嘴巴说那些羞于启齿的往事，但仅仅打字，已让我感觉被剥去外衣，疼痛和羞愧相继袭击。不说罢，崭新的生活，半年前已开始。

我的书房朝南，竭尽简单的陈设，不需任何累赘，生命已是疲惫，尽力不让心神劳顿，这是我的原则。我的写字台面对窗口，抬头即可见窗外巨大的泡桐树，树冠探伸，几抹绿意轻摇。春天开紫花，阳光温绚的午后，花穗扑簌簌落下，沉甸甸无以抵挡，紫影闪动，眼前便已茫然混沌。最多的，是月光下，黑黢黢的树影，让夜色更具神秘。

S城靠海，终年不缺水，但种植最多的，却是泡桐树。这种树，适宜于生长在陕西或者甘肃正被沙漠吞噬的地区，它们竭力用根须抓住日渐消失的泥土，它们生来需要为生存的寸土竭尽所能。而S城的泡桐树却如农人移居城市，营养良好，高大粗壮，几近被误认栋梁之材。

我无意渲染窗前那棵高大茂密的泡桐树，我只是被泡桐树遮挡着的那扇窗户吸引。午夜刚到，我从电脑屏幕上抬头看向窗外，视线穿透枝叶，直射到对面第三层第三个窗口，橘黄灯火适时亮起。这恰是我入夜后的写作时段，薄纱窗帘使对面窗内的景致隐隐绰绰，我无法看清那个正操作电脑的人。只是我确信，他是一个男人。

一方橘黄灯火与我的午夜生活相伴，直到天色微亮。结束写作，关闭电脑，抬头看对面，灯火亦已熄灭，窗帘后面的影子不再于我眼前显现。这样的凌晨，我便睡得踏实之极，影子成了我的伴侣，我们日出而息，月升而作，共同，一起。当然，那是我的想象，事实上，我从未真正见过窗里的男人，我不知他的年龄、长相、身高，甚至他究竟是否男人。可我依然坚信他是一个男人，一个留极短的板寸发型的时尚男人。我们的作息相同，在最安静的时刻，他需要在电脑上做某一项工作。或者，他仅是无业，有大把时间，在午夜的电脑上玩一种无聊的游戏，如此而已。

缠绕夜风的企鹅头像在QQ上发出呼叫：今夜依然写作？

我简短回答：是。你呢？

他给我一杯咖啡，话语亦是简洁：陪你。

顿时心生温暖，于是给他一个微笑的脸蛋：只是为陪一个虚拟的网络ID？

他并未正面回答，只一如既往地说他想说的话：这个季节，泡桐树开花了，紫色花穗挂到我的窗前，油腻的香味，熏得我头晕。

我抬头，看一眼窗前的泡桐树，一串串花朵悬挂枝头，沉重饱满。月光下，花儿纠结成团，花粉弥漫鼻息。我的视线穿越树影，直抵蔓蔓枝叶掩隐的对面窗口。橘黄灯火下，影子正端坐，我仿佛听见键盘的敲击声从白纱帘后传出。微风轻过，有一串花儿脱离枝头，不堪重负的生命终归难逃陨落，是因为过于沉重。可它还是在夜风中散碎飘零，无以寻踪。我收回视线，给企鹅打上一句装腔作势的话：你孤独的窗口透出橘黄的灯火，泡桐树把你的影子遮挡在花叶之后。

企鹅大笑两声：哈哈！岂止是我？你亦如此，不是吗？愿你笔润。

然后，长时间沉默。也许他和我一样，聊天只是消遣，偶尔之为。我们每天闪亮着各自的头像，我们只是愿意把自己点燃，让虚拟名字下的身心燃烧，照亮黑夜里一段寂静孤单的时光。

从那以后，我把影子，也叫作"缱绻夜风"。

现在，我有两个可通外界的窗口。其中一扇窗，是我书房的南窗，窗外是高大浓密的泡桐树，树后，是二十一号三层第三个窗口，一窗橘黄灯火下的影子，成了我意欲探究的未解之谜。另一扇窗，是我的电脑。每夜，缱绻夜风亮着他胖企鹅头像憨然微笑，他予我一种无知的向往。除此，我便是一个完全封闭的女人。除了睡觉和写作，我外出的理由仅是购买生存物资。我没有女人的嗜好，亦没有朋友，我是一个靠文字为生的S城新移民。唯一直接称呼我名字的人是邮递员。穿绿色制服的年轻人偶尔在楼下大叫"403沙米，汇款"，这名字如此陌生，竟让我怀疑是否真实。但沙米确是我的姓名，我没有笔名。我捏着身份证趿着拖鞋下楼，取回了属于沙米的稿费。

二

我总是怯于把移居S城的真正原因公布于众，遗忘，是我力求追索的目标。往事不堪回首，远离人群，是惧怕被人认识乃至熟稔，这会让我自觉是一只无处藏身的老鼠。是的，我是一只老鼠，我在阳光明媚的白天睡觉，入夜后，伸展困顿的身心，我开始一天的工作。

这些天，我的新小说开了头。故事是这样的，少妇芝兰发现丈夫有情妇。那夜，男人从欧洲考察两周回来，在他迫不及待地去浴室洗去异国他乡的满身尘土时，芝兰翻看了他随身携带的提包。提包夹层里，她发现一枚蓝色天鹅水晶胸针，经典造型，奥地利名牌施华洛世奇。她自作多情地认为这一定是丈夫预备送给她的礼物。为了使赠礼场面更显浪漫而出其不意，芝兰把胸针塞回了原处。她调整了一下情绪，想象着接受礼物时，自己应该表现得惊讶加之欢喜。

芝兰激动不安地等到丈夫从浴室里出来，她力求镇定地看着他。他打开箱子，拿出一个盒子给芝兰，是一双意大利皮鞋。芝兰表示了适当的幸福，然后有所期待地看着丈夫。丈夫笑笑说：好累啊，倒时差真够呛，睡吧，明天还要去公司。

丈夫没有提蓝水晶天鹅胸针。第二天晚上，芝兰乘丈夫睡着后再去翻看他的提包，天鹅不翼而飞。芝兰如丢了魂魄的惊弓之鸟，从此以后，开始对丈夫的一切活动展开严密的监视和窥察。最后的证据是她发现连续三天，丈夫的内裤上有明显的白色斑痕，而那个星期，她正值红灯期，禁止房事。显而易见，丈夫有别的女人了。

芝兰开始变被动为主动，向丈夫公井叫板。男人居然供认不讳，但明确表示不抛弃结发妻子。芝兰一哭二闹三上吊，全部试来却一一失效。痛不欲生的日子过了几个月，她开始拯救自己。男人可以对女人不负责，女人就只能为自己负责。芝兰并不缺钱，丈夫虽然把部分金钱花费在野女人身上，但男人对结发妻子出手还阔绰。芝兰的目的仅为自身的快乐，当然，如果有一到两位男士为她折服，亦不妨交往。这样，她就和丈夫扯平了，也可算是报复不忠的男人。对，报复世界上所有的男人。世俗的女人与旧时文艺作品里的女人无甚区别，丈夫背叛她，仇恨便牵连至所有男性。

现在，芝兰怀揣各种消费卡，去美容院做皮肤护理，去小剧场看话剧，去音乐厅听歌剧，去女人俱乐部跳有氧瘦身操。最时髦的发型顶在她头上，名牌服装全数来自巴黎春天或美美百货，脖子、手指或者耳垂上的饰品是货真价实的钻石白金，奥地利名牌施华洛世奇算什么？仿水晶而已。芝兰重量级的打扮并未使她的相貌气质有所提升，相反，她像一只气喘吁吁的老母鸡，在华丽羽毛的覆盖下，身心的疲惫不可阻挡地流溢而出。

开放性的消费，总是能让芝兰遇到形形色色的男人。确有几位慧眼识美的成功人士常常给她赞美，比如：芝兰，你的美丽，是由内而外，轻轻流露。虽然你不是一个青春十八的少女，但你温柔、体贴和善解人意。

在书写这一段时，我的脑海中是很久前的一个广告，短发美女手持某一种保健品，一脸甜蜜笑意地告诉广大电视观众：朵尔胶囊，由内而外的美丽。

少妇芝兰开始相信自己的美丽的确是"由内而外"的，她甚至忘了最初的出发点是报复男人，她差不多真的要爱上这种奢靡的生活了。既然男人们认可了她的温柔体贴和善解人意，那她是绝不能辜负自己的这份美丽的。只可惜，这些男人不是她的丈夫，而且，这些男人似乎并未要与她真的发生点什么。

写到这里，我停止敲击键盘。我在想，芝兰会不会醒悟？什么变故能让女人清醒，并确认世上的男人都与她的丈夫如出一辙或者截然不同？我并未想好故事如何发展。当然，芝兰绝不人老珠黄，少妇的风韵和美丽依然夺目光鲜。而芝兰的丈夫是好人还是坏人，我亦无从说起。大凡男人，都很难确定他的善恶。有时，大恶即大善，从不同的对象及不同的角度而言。我自认为透悟，因为我相信，生活给予我的，已是终身的经验。也许我不会让芝兰实现报复男人的目的，我知道那是我的怯懦，我不敢把内心深处真正的痛楚袒露于文字，这就像公寓里的抽水马桶总是以洁白光亮的外表呈现于人们的眼前，没有人会看到连接着洁白的瓷马桶的粗大管道里，充塞着肮脏恶臭的污秽之物。而这些污秽之物，是从我们的身体里排泄而出的。我看不见光洁的抽水马桶下那根管道里的东西，想象力所到，仅此而已。

我承认，我不是一个洁净的人，虽然这并不是我故意的。我的坦然和诚实只在独自面对自己时才拥有，S城里没有我的朋友，他们在另一个城市的另一个太阳底下回忆着曾经的沙米忽然消失无踪，而我，正在S城海棠小区十一号楼四层三号里，独享自我解剖的快感。袒露，是一件快活的事情，哪怕仅用文字。

可芝兰不是我，她不可能像我这样因独处而粗鲁放肆，因独处而桀骜不驯。也许，我和芝兰的相同点，是我们都如鸵鸟，一头钻进沙堆，露出丑陋光秃的臀部招展于众目睽睽之下。只是芝兰这只鸵鸟之所以一头钻进沙堆，完全是为自身安全的生理性行为。而我，绝不如她那样纯粹。我同样要把自己具有思考能力的头颅藏匿起来，但我在做鸵鸟的时候又惧怕别人说我是鸵鸟，于是我向自己宣布：我要做鸵鸟了。一个喝醉的人是不会告诉人们他醉了的，而那些自称我醉了的人，其实很清醒。我就是那个假装醉倒的人，我自欺欺人地告诉自己我要做一只鸵鸟。我以为，这样，就没有人叫我鸵鸟了。可我还是如芝兰一样，把丑陋的臀部裸露在外。

我和芝兰，是一样的女人，而我，却文字解剖着芝兰。这等同于自我解剖，只是，我在自己的躯体上套了芝兰的表皮，我把细胞组织骨骼肌肉神经血管合成的女人形状叫作芝兰。我不可能把她叫作"我"，怎么可能呢，否则，那就是自杀。

三

夏季很快到来，城市的炎热不分昼夜，空气里弥漫着滚烫的尘埃，从清晨持续到夜晚。泡桐树在艳阳下踔然独立，枝叶自是繁密异常。我关闭窗户，开着空调，烈日和蝉鸣被玻璃阻隔在外，安睡的白天便这样过去，一切如故，没有什么可打扰我如常的生活。书写依然从午夜开始，凌晨两点左右，我关闭空调，打开窗户，让密闭整日的屋内透入新鲜的空气。对面的窗户并未因炎热而拉开窗帘，灯火依然酝染着一片橘黄，影子一如既往地端坐在闪烁的屏幕前。我的 QQ 上，缱绻夜风几乎每夜陪伴着我，憨厚发呆的胖企鹅让我抬头即见，心里便有暖意轻轻流过。

几个月前的一个接近凌晨的午夜，正是我写到满脑昏眩的时刻，想找人说话，QQ 里所有好友的名字无一例外地呈现一片灰暗，没有人在线。恰在那时，一个叫"缱绻夜风"的 ID 请求加我为好友，我毫不犹豫地点下了"确定"。

企鹅头像闪烁着登上我的屏幕。他开口即问：你住 S 城？

我说：这不重要吧。

他回答：我喜欢感同真实的谈话。

看来他也是 S 城的公民，他的表达坦率而直截了当，并不拖泥带水，有新鲜感。我说：我的确住在 S 城。

他的欣喜流露得无所阻挡：太好了，我找到一个同城网友。

只是他怎么知道我与他同城居住？他似是了解我的疑惑，说：我查了 QQ 资料。

我回答：原来如此。不过，若是有见面企图，那你会失望。

他打上一张不屑的笑脸：我绝不贸然邀请，请放心。

一瞬失落，但强撑面子：这也是我的原则，认识你很高兴。

对话窗口里跳出一个举手作 V 字的小孩，以示庆祝我们的认识。

我们果然信守原则，三个多月，仅是聊天，从未说出各自居住的具体地点，更是未曾发出见面的提议，虽然，也许我们离得很近。我们像两个需要在午夜到凌晨时段加班的面包房工人，戴着口罩，各自看不见对方的面孔，同处一室，却又相互隔离，在城市的夜色里忙碌于各自的屏幕前。

从那以后，陪伴我午夜写作生活的，除了对面那抹橘黄的灯火，还多了一个叫"缱绻夜风"的网络 ID。有时候，写到思路枯竭，我会打扰一下发呆的企鹅，甚或如献殷勤，我捧出一罐百事可乐，当然，只是一个图案。屏幕那头的人便跳出咧嘴露牙的笑脸，然后，我会收到一个叼着香烟的坏小子头像。我知道，他在向我表示，此刻，他正点燃一支烟，工作期间的稍事休息。

我说：来个笑话吧，写困了。

他便随口编造：一只狗在网上非常潇洒地聊着天，一边聊天一边对它的狗兄弟们说："上网聊天的好处就在于，他们谁也不知道我是一条狗。"

我大笑：一直以为你是一只企鹅，现在才知道，原来是一条狗。

他反问：那么你呢？你究竟是不是一只兔子？

我的 QQ 头像是一只红色的兔子，我编造不出笑话，只能回答：我的确是一只兔子。

他打上一个怀疑的脸蛋：为了证实你是一只兔子，我请你喝咖啡？认识几个月，也该撩开面纱了。

我大惊失色：我们有过约定，何必破坏。

他回答：约定只适用初识阶段。我们同住 S 城，见面不需太大成本。

我不置可否，内心蠢蠢欲动：你把我当一头狐狸，我也不会介意。

说完，情不自禁抬头看一眼对面窗户，橘黄灯光依然如旧，窗帘后面，影子站起来了，他离开一方橘黄的空间。窗口里只有昏暗光晕，无人操作的电脑闪烁着荧光。片刻后，影子回到窗下。我松了口气，莫名其妙。

企鹅沉默良久，我打字发问：怎么不说话？

他回答：对不起，刚才离开电脑去倒水，现在回来了。

我的眼睛再次穿过泡桐枝叶，影子已完全恢复端坐姿态。刚才，他站起来，离开窗口片刻。正是倒一杯水的时间？

企鹅继续说话：周日下午三点，蓝山咖啡馆，如何？

送上一张笑脸，并未即刻应答。有些惧怕与网友见面，但网友是每夜陪伴我的"缱绻夜风"。的确有好奇心，这个网络 ID 后面，究竟是怎样一个人？如果有一挂窗帘遮挡住他，是否即如对面窗户里那一抹橘黄灯火下的影子？

想了想，然后打字：蓝山咖啡有好几家，你说的是哪家？

企鹅回答：临园路，离我住处更近。或者，你来选。

我回答：就临园路。

他打上一枝玫瑰，是送我的礼物，他经常采摘 QQ 图案里现成的玫瑰送给我。在我情绪低落的时候，他也会让一个伸手作拥抱状的小男孩跳上我的屏幕。我因此而对这只胖企鹅心存感激，即便并不清楚他究竟是一只企鹅还是一条狗，我依然感觉温暖。

他继续确认：周日下午三点，不要忘记。我会手拿一份《青年报》，坐在临园路蓝山咖啡馆靠窗的第三个座位上等你。

我问：有暗号吗？

他回答：请问你是兔子吗？

我们同时大笑，屏幕上留下一长串"哈哈哈哈"。

我居住的小区正在临园路上，小区出门左拐一百米即蓝山咖啡馆。企鹅头像已变灰暗，他下线了。抬头看对面窗口，一切如故。我开始胡思乱想起来，不能自控，关于企鹅，关于对面窗口里的影子，他们，被我用同一个名字称呼，我把他们叫作"缱绻夜风"。也许，他们本来就是同一个人。也许，这只是我的幻觉。

四

小说还要继续下去，芝兰的故事。我的思路无法逃脱向来的庸俗，我塑造了一个试图改变生活的怨妇，我等待着一场悲剧性的婚变或者情变的发生，芝兰在我的文字里哭泣微笑、轻歌曼舞。

现在，芝兰的生活俨然进入贵族阶层，她每周去女人俱乐部做有氧锻炼两次，教练是一个身材健美一脸傲气的年轻女郎，暂且把这个女教练叫李菲菲。谦逊的芝兰和骄傲的李菲菲很快成了闺中密友，李菲菲显然要比芝兰年轻，但却比芝兰成熟老辣。每次训练结束，芝兰总是邀请李菲菲去装修精致的甜品店里喝下午茶。这时候的李菲菲就不再像健美教练了，她什么都吃，从不担心奶油和糖分的摄入会影响她的身材。埋单者芝兰却吃得小心翼翼羞怯不堪，甜品店的服务员通常会产生错觉，结账时，她们无一例外地把账单递向发出巨大的吞咽咀嚼动静的李菲菲女士。李菲菲以她上斜的白眼射向服务员小姐，于是芝兰迫不及待地抢过小姐手里的账单，把一脸谄媚的笑容堆放在李菲菲的眼前。为此，李菲菲把对芝兰的友谊迅速升级，直至她们的谈话进入了怎样对付男人的范围。

与李菲菲之间迅速升温的友谊让芝兰十分满意，因为从健美教练的身材容貌以及趾高气扬的态度上，她认定做一个女人，就要做李菲菲一样的女人，她拥有驾轻就熟的掌控男人的武器，而芝兰自认缺乏的，就是这一点。武器，柔弱的女人反复叮咛自己，她缺乏的，就是驾驭男人的武器。

一个月后，芝兰以每周请客两次的代价从李菲菲那里获得了"身体为本"的可致命于男人的武器。李菲菲每次发言都需要大量的甜品和饮料垫底，在消耗完两杯鲜榨果汁和一份栗子蛋糕或者一碗杏仁布丁后，她通常会奉献一到两条秘诀。她说：创造利益的资本来源是你的自身，所以你必须到女人俱乐部来锻炼身体，男人需要的是你的身体，而非你的脑袋，脑袋是属于你自己的。与其在男人面前朗诵泰戈尔的诗，不如在他们面前展露你维纳斯的胸脯和胯骨。

听到这里，芝兰会不识时务地羞红了脸庞，以一个年长女人的幼稚神态对着比她年轻的李菲菲娇嗔喃喃：那多害羞啊！

李菲菲撇了撇嘴角，继续说：羞涩只是一种手段，你不能因羞涩而让男人放弃对你的兴趣。而男人在打开一个羞涩的女人的双腿时，他的成就感会加倍。所以，你要让自己在羞涩之后更为大胆更加放荡。男人迷恋的是征服女人的过程，羞涩无疑可以使征服的过程显得更加曲折。男人都很贱，越难到手的女人，越是不肯丢弃。不过，尺度一定要把握好，过程不能过于艰难，没有一个男人有太大的耐心，对，在他快没耐心的时候，你才可以投身于他，他就会珍惜。

芝兰领受了李菲菲的教导，从此以后开始在男人面前适当表现羞涩，然后竭尽施展她通过锻炼而日渐饱硕的胸脯和扭动越发灵活的胯骨。当然，这些饱视了她的美丽的男人们不是她的丈夫。她的丈夫基本没有空余时间来感受她的羞涩和放荡，她的丈夫正乐此不疲于另一个女人的身体。

书写这一段时，我的情绪严重分裂。在敲下嘲弄芝兰的那些词汇时，我的嘴里发出快意的笑声，内心却感觉到撕扯的疼痛。电脑屏幕右上角，"缱绻夜风"安静地亮着他的企鹅头像。抬头看对面，泡桐枝叶遮掩的窗户，橘黄灯火平静闪亮，依稀可见影子正于电脑前端坐。

五

周日午后，闹钟叫醒了我。起床，刷牙洗脸，清洗长发，然后打开家用吹风机。半小时后，我头晕眼花地看到镜子里的女人顶着蓬松的脑袋满脸倦容地发呆。离约定的三点还有半个多小时，我抱着一本外国文学理论译本，持续我长久以来心不在焉的阅读。书的作者是一个美国人，名字翻译成中文，仅是毫无意义的文字组合，如某种动物的叫唤，让我在反复阅读时一次次过目即忘。我一边翻书，一边在脑海中搜索我衣柜里可怜的服装。

来到 S 城后我没有给自己添置过新衣，因为我不需与人打交道，到超市买东西或者去邮局寄稿子时就穿牛仔裤，脚上永远是拖鞋。更多时候，我套着一件白棉布睡裙，在家里度过打字或者睡觉的时光。找出一件许久未穿的短袖 T 恤，象牙色，套上身，发现胸围过于宽松，足不出户的日子竟让躯体达到减肥效果，虽然我原本不肥。

离三点还有二十分钟，我终于穿戴整齐，走出家门。下楼经过二十一号楼时，抬头看三层那扇窗户，窗帘静静垂挂，一切如故。

我承认，我喜欢那些不可预知真相的探索性游戏，比如对面窗口里的影子，他是谁？好奇心让我意欲了解。比如此刻，我正向着临园路上的蓝山咖啡馆走去，我是去会见一个网友，他叫缱绻夜风。三个多月来，他一直挂在我的 QQ 上与午夜之后的我做伴到天明，虽然我并不知道他的年龄、长相、职业和身份，但我依然对今日的见面抱有不可阻挠的兴趣。这无疑是探险，因这种探险不存在生命威胁，我的精神状态便显健康明朗。现在，蓝山咖啡馆已在眼前，低头看手表，正好三点。

服务生替我拉开玻璃门，一串"欢迎光临"在我身边朗朗掠过。咖啡馆开张不久，装修和摆设流溢着崭新光芒。米色布艺沙发上的花纹让我想到某一个宗教国度，比如印度，或者尼泊尔。墙上的壁画色彩淡雅，灯光柔和细密。扫视大厅，所有的角落在我眼前一览无余。坐在门口的两个中年男人面对面喝着咖啡轻声谈论，也许是在谈生意；角落里，一对男女学生坐在同一张沙发上交颈纠缠，像两只相吻的白鹅；靠窗的位置上，年轻的长发女人正在阅读一本文摘类杂志，展开的封面让人一眼就发现这是一本过期杂志。女人的头发漆黑而浓密，茁壮得像假发。

用眼睛从门口数座位，靠窗第三个，没有一个拿《青年报》的男人，时间已是二点零五分。走过去坐下。面色清白的服务生送来饮料单，我从第一页翻到最后一页，发现所有的饮料小吃都标着超过市价三倍以上的价格。"缱绻夜风"迟到了，他会不会失约？如果会，那么我将蒙受在这家咖啡馆里消费的损失。我未雨绸缪地想到了埋单的问题，于是，我点了一杯标价"十五元"的柠檬可乐，最便宜的饮料。然后，我坐在空寂的咖啡馆大堂里，茫然地看着玻璃窗外行色匆匆的路人和蒙着灰尘的房屋。一小时后，我丢下十五元人民币，离开了蓝山咖啡馆。

晚上，"缱绻夜风"没有上QQ，三个多月来，他少有不在午夜后上网，即便临时决定不上网，他也会给我留言。但这一天，他什么话也没有留，企鹅头像始终保持灰暗，对话窗整夜没有弹出只字片言。我开始嘲笑自己，虽然我们在网上像两个心照不宣的老朋友，几乎每天相伴到黎明，但事实上，我不知道有关他的任何真实信息。我像一个白痴，误以为可把幻想变成真实的生活，我总是犯同样的错误，我已为我的弱智付出很大代价，我甚至丢弃了原来的生活，流浪到举目无亲的 S 城。可我依然没有吸取教训，"缱绻夜风"的失约，让我感到无地自容。

对面窗口的灯火照旧在午夜时分亮起，影子一如既往地整夜端坐。阳光照进窗口时，我的 QQ 依然毫无动静。关闭电脑时，我发誓从此与"缱绻夜风"绝交。

六

夏天过去了，天气迅速转凉。第一阵秋风刮过后，硕大的泡桐叶纷纷凋零，枝丫很快光秃。没有奢望的日子很踏实，每次打开电脑，我只进入 WORD 打字，QQ 始终关闭。尽管我承认，我有强烈的欲望想弄清"缱绻夜风"为什么失约，但我终究还是坚持不去打开聊天窗口。现在，每天伴我到黎明的，是对面的一窗橘黄灯火，和窗下的影子。

芝兰的故事还在继续。在李菲菲从形体到理念的调教下，芝兰的身心健康大有改观。男人们明显发现，最近芝兰变得越发温柔娇媚，本已松弛的腹部亦日渐紧凑。芝兰已不以漂亮衣着和贵重首饰作为提升身价的诀窍，她正在学会真正的"由内而外"。当然，男人们在欣赏了芝兰的美丽后还是会说：你的美是发自内心的质朴之美，外表再是改变，你还是我喜欢的芝兰。

谁能说好色的男人都是坏男人呢？比如那些给予芝兰毫不吝啬的赞美的男人，虽然他们有的拥有一家规模不大不小的公司，有的拥有一辆档次不高不低的座驾，大多拥有一个相貌不美不丑的老婆，当然，他们也许还拥有一个不知比老婆漂亮还是丑陋的情人。但很难说他们没有真情对待女人，不管是老婆还是情妇，他们都发自内心地关爱和欣赏她们。这样的男人，算好男人吗？芝兰发现，她甚至是喜欢那些男人的，至少，她从他们那里得到被欣赏的快乐。这种时候，她又会想，自己的丈夫是否也和他们一样，被一些女人喜欢着？现在，她有些理解她的丈夫了，至少他没有把她甩了，他提供给她足够的日用开支，对她近来奢侈的消费毫无异议。理解的结果是原谅，原谅的前提是理解，芝兰发现自己真的快要原谅她丈夫了。也许，女人只有亲自经历过感情出轨，才会懂得男人为什么总是会出轨。芝兰认为，至少，她的精神已经出轨。

　　茅塞顿开后的芝兰心情很好，去女人俱乐部更加勤快。穿紧身体操服的李菲菲带领着一群胖瘦不一，但一律满脸幽怨的女人，气喘吁吁地完成一系列抬腿踏步、伸手弯腰的动作。她甚至让所有的女人都平躺在绿色的地毯上，做一组难度颇高的练习。她们仰躺着抬起腹部，使后腰腾空，或者趴在地毯上，拱起臀部，扭动腰肢，等等。女人们跟在李菲菲的口令声中模仿运动，在一片气喘吁吁声中，她们不由自主地想到一些比较放荡的画面，内心的自信却不断加固。集体运动结束后，女人们已各自心怀鬼胎，脸上的红晕使她们的年龄瞬间缩小。

　　接着是自由运动时间，芝兰靠在大厅角落里的吧台边喝水。她看到肥胖的翁女士正躺在一架凌空的杠铃下增加锻炼强度，她浑身的肥肉因努力托举杠铃而颤抖不已，就像一堆被风吹得东倒西歪的豆腐。杠铃抬起又放下，一根钢索连接着杠铃和她身下的躺垫。简单但科学的机械设计使翁女士通过自身运动产生动力源，一身雪白的肥肉随着躺垫的上下移动而坐起又躺下。翁女士的锻炼似乎已显效果，定期来女人俱乐部后，她的体重已从一百六十八斤减到一百五十九斤。翁女士信心百倍，每次锻炼完，她都要测一下体重，俱乐部的那台电子秤上显示的数字令她既紧张又兴奋。

芝兰小口喝水，眼睛注视着翁女士。芝兰对翁女士的关注并无戏谑成分，肥胖的女人已经痛苦，她不会取笑一个弱者。尽管翁女士的身材要比芝兰雄伟许多，但她还是把翁女士叫作弱者。她看着巨大的弱者躺在杠铃下努力消耗着过剩的脂肪，然后，她发现，钢索连接杠铃的接口有一处裂痕。芝兰担心钢索会脱落，杠铃砸下来，一定会伤着翁女士。芝兰放下水杯，走上前去。她想阻止她，这个器械有危险隐患。但芝兰还未走近那堆白花花的肉，肉堆就从躺垫上站起来，淌着一身汗水向着电子秤欢奔而去。

写到这里，我已对本是扑朔迷离的故事了然于心。任何文艺作品都离不开真实的生活，只是每次出演，我会给故事换一个场景，或者，给主角换一种职业。尽管我在竭力掩饰不堪回首的往昔，但芝兰即将把我出卖，我敲击键盘的手指已不听使唤，事情正向不可挽回的绝境发展。真相大白的时刻就要到了，我有些紧张，不知是否该在今夜完成小说。

抬头看窗外，影子如常在眼前，便想起"缱绻夜风"。忽然想打开QQ看看，多日过去，他是不是给我留下只字片言。

隐身上QQ，发现企鹅在线，身型憨态，通体透亮。留言窗里跳出一段文字：在蓝山咖啡馆坐到天色暗下。离开时，临园路上的街灯已经亮起。我不知道，失约的人，是你，还是我？既然你是一个喜欢做游戏的人，那就算我陪你游戏一场。

我大惊，立即在对话窗里打字，全然忘了与他绝交的誓言：我在约定时间到达蓝山，整整一个小时，我没有见到手拿《青年报》的男人坐到靠窗的第三个座位上来。

明亮的企鹅静静地站着，没有回话，我继续打字：究竟是你失约还是我失约？为什么不说话？

几秒钟后，回话跳出来：你终于来了，以为你失踪了。

我愤然回答：本来打算和你断交，但既然你去了蓝山，那我倒想把事情弄清楚。

他发来一个挤眉弄眼的笑脸：怎么确定与你约会的必定是男人？怎么确定你没记错我说的是手拿《青年报》而不是《青年文摘》？靠窗第三个位置，是从门口数起，还是从大厅底部数起？

我大惊失色，脑海里迅速回忆着那天蓝山咖啡馆的场景。坐在门口的两个中年男人面对面喝着咖啡，轻轻地谈论着什么，也许是在谈生意；角落里，一对男女学生坐在同一张沙发上交颈纠缠，像两只相吻的白鹅；靠窗的位置上，年轻的女人正在看一本杂志，长发浓密黝黑，苗壮到像戴着假发，展开的封面让人一眼就发现杂志已过期。

天啊，过期杂志，我能记得长发女人手里拿的是过期杂志，那我一定看到了，这本杂志叫《青年文摘》。我开始在想象中清数靠窗的座位，从大厅底部开始，一、二、三，果然是第三。

我无法相信，与我约会的"缱绻夜风"竟是女人，可我一开始就自以为是地确定他是男人。对话窗里继续跳出句子：我说过，既然你喜欢游戏，那就算我陪你玩一场，反正我们都属无聊之人。只是一直让你误解我是男人，对不起了。

　　我的肠胃有些不适，酸溜溜的感觉迅速从腹内涌入口腔。我起身奔进洗手间，胃内还没有完全消化的晚餐喷射而出，酸涩的发酵气味顿时弥漫整个空间。我竭尽全力地呕吐着，直到把胃内所有的存货倾囊而出。

　　回到电脑边，我点下关机键。我没有再回她话，整整三个月，我把一个叫"缱绻夜风"的女人当作了男人，虽然我并未与她有过任何暧昧对话，但我依然感觉阵阵反胃。这自然是我的错，我总是把想象当成真实，甚至迷恋探索的游戏。我们的确从未相告过各自的性别，可这还需要说吗？我想起她说的那个笑话：一只狗在网上非常潇洒地聊着天，一边聊天一边对它的狗兄弟们说："上网聊天的好处就在于，他们谁也不知道我是一条狗。

　　我的愚蠢就在于，我把笑话当作笑话来听。现在我知道了，原来生活就是笑话，我就是笑话里的角色。

七

　　我删除了 QQ 软件，不可信任的岂止身边的人？孤独才是安全，只要学会独处，就不会掉进到处隐藏着的陷阱。虽然，"缱绻夜风"给我的挫折当属虚无，但我还是看到了我身上反复暴露的性格缺陷，无以遮盖。

我已不再上网聊天，午夜以后的通宵写作，是我在电脑上的唯一工作。偶尔会抬头看一眼泡桐树后的窗口，冬天了，树已完全光秃，稀疏的树枝不再遮挡视线，影子便在我视线里分外清晰。他的电脑屏幕在闪烁，短极的板寸头颅像雕塑，钉在挺直的脖子上，灯火始终通明，从午夜，持续到天亮。偶尔会想，那扇窗内的景致是什么样的呢？透过一挂米色窗帘，我的想象神秘而隐蔽。

芝兰的故事还在继续。她要告诉李菲菲，那架大型健身器械已老化，钢索和杠铃的接口处有裂痕。在翁女士这样超重量级锻炼者的折腾下，钢索很快会断裂或脱落，那样，躺在杠铃下的人就会被砸成肉酱。可芝兰还没来得说便放弃了，因为翁女士正大呼小叫，电子秤上显示的数字比刚才进俱乐部时减少了四两，二百克脂肪通过汗水顺利排泄而出。李菲菲正接听电话，三分钟后，她挂断电话，像小鸟一样向更衣室飞去。几分钟后，李菲菲已是一身白色长裙晚装，尊领衬托着她修长的脖子，高贵优雅而不失青春活泼。

李菲菲幸福地微笑着，她对肥瘦参半的女人们说：今天的课程就到这里，我还有事，先走一步。

她对着芝兰特意挤了挤眼睛，表示她与她之间的关系相比别人更加亲密。芝兰笑起来，回以她优雅的挥手。然后，她看到李菲菲白色长裙的领口，别着一枚蓝水晶天鹅，奥地利品牌特有的经典造型，她曾经在她丈夫的提包里看见过。

李菲菲转身离开，芝兰迅速跑到更衣室窗口，那里可以看见俱乐部正门外的大街。十多秒后，白色长裙飘出大门，上了一辆黑色奥迪Ａ６。芝兰看得很清楚，驾驶座上的人，正是她的丈夫。

芝兰的故事已近尾声。她继续去女人俱乐部跳有氧操，一个星期后的某天夜晚，正常课程结束后，芝兰提出加大训练强度。她躺在那架巨大的杠铃下，手脚僵硬地做着举起和放下的动作。胖瘦各半的女人们纷纷笑她的笨拙，她便说，这个器械她从没做过，然后大声喊来李菲菲教练，请她做示范。

李菲菲欣然同意，芝兰从杠铃下的躺垫上起来，李菲菲躺了上去。教练的动作规范而有力度，好身材并非轻易可得。女人们围拢起来观赏李菲菲的示范，啧啧的赞叹声此起彼伏。观众的好评总是鼓舞人心，李菲菲越做越勇猛，然后，十分顺理成章，在李菲菲第二十九次举起杠铃时，钢索接口处的裂痕适时断开，沉重的铁器砰然落地。惯性使运动中的杠铃离开垂直上下的轨迹，情急中的李菲菲试图偏转头颅躲避，左边的铁盘却恰恰砸上了她的后脑。

李菲菲昏迷不醒，医生说，杠铃砸下的力量远远超过磅重最大的铁锤，健身器成了凶器。脑干重伤，若十天内无法醒来，她将终生躺在床上，那叫植物人。所有正在俱乐部锻炼身体的胖和瘦的女人们作证，那是一场意外事故。

小说终于写完，我没有说明起初芝兰躺在有安全隐患的杠铃下是因绝望而想自杀，还是谋害李菲菲的蓄意准备。这已经不重要。太阳即将升起，敲下最后一个句号，我如释重负。就像迷途知返的基督徒，把曾经犯下的罪错，全部向神父坦言相告。我不是基督徒，主没有给我派来一个神父，我没有任何途径向上帝坦告我的罪，我只有写下芝兰的故事。我给小说起名叫《女人俱乐部》，我想，现在，我应该释然了。

关闭电脑，抬头看对面窗户，橘黄灯光已熄灭。冬天已到纵深，一年又将过去。我想，我该好好休息了。洗完澡从浴室出来，听到阵阵救护车凄厉的鸣叫声由远而近，然后在我的楼下戛然而止，随即，许多脚步声和嘈杂的人声汇聚而来。我已困倦不堪，睁不开眼睛，更没有精力去关心别人的事情。在这个城市里，每天都上演着无数出生死悲喜剧，每个人都是主角。我希望，除了文字里的世界，别的都与我无关。我好累，我想休息。

生活平静延续，我依然每天午夜开始打字，直到凌晨结束。春节将至，小区里的泡桐树上扎了许多彩灯，夜晚，它们如星星般闪烁着点点亮光，寂静的地段显示出虚假的繁华。除夕前夜，下了一场雪，白色的世界，流光溢彩的灯火，寒冷的空气，让我误以为走进了童话世界。只是，对面窗口的灯光，已经暗了半个多月。写完芝兰的故事后，影子再也没有出现在午夜十二点三十五分后的窗口，一洞黑暗保持了二十天。有些失落感，但并不十分强烈，只是习惯了在打字的时候偶一抬头，可以看见泡桐枝丫后一方橘黄灯火，和灯火下端坐的身影。忽然没有了，便起惦念。

没有人与我一起过年，即便是除夕夜，我也是在打字中度过。大年初六，居然接到前夫的电话，他说：沙米，你要躲到什么时候才肯回来？

我告诉他：我们已经分手，你没有责任和义务劝我回去。

他说：你靠那点稿费能过日子？你究竟跑到哪里去了？这又何必？

我说：我要斩断与过去相关的所有信息，这半年多我过得很好。

他继续劝我：回来吧沙米，她，年前去世了。

我无言，脑子开始走神。植物人终于结束了静躺终生的命运，飞往天堂了。

前夫还在说话：本来她都快恢复了，做了开颅手术，在医院里住了一个多月，醒过来后来被她父母接到了S城。都快满半年了，以为没事了，病情却突变。算了不说了，是我错了，就当我后半辈子向你赎罪，别再较劲了，回来吧，沙米。

我握着手机呆怔无言，然后，心里涌出一声悲叹：男人呐！

话筒里的声音急迫喊叫：喂喂，沙米你说话啊。

我没有再说话。合上手机，抬头看二十一号窗口。窗帘密闭，午夜后端坐的影子消失许久，他极短的寸头让我一直确信，他是一个年轻时尚的男人。

那时刻，蓝山咖啡馆里看《青年文摘》的女人闯进我的脑海，她拥有一头黝黑而浓密的长发，茁壮得简直像假发。

女人俱乐部里的那架健身器在我眼前轰然崩塌，不管是谁的经历，芝兰，李菲菲，或者沙米，结局总是殊途同归。如果这只是我的幻想，那么就当我杜撰了一个无聊的故事，尽管，我已无法逃脱心魔的纠缠。

我是一个喜欢做游戏的女人，那就当我与你一起玩了一场游戏。游戏而已。

一只如同肥猪的鸟在飞翔，却沉重不堪到几近跌落。

我有一位从小一起长大的朋友，他叫姚远。最近，姚远家里出了点事，他四岁的儿子姚丁丁从六楼窗口不慎掉下，意外死亡。姚远痛不欲生，痛定思痛，最后，他决定要让妻子方琳再次怀孕，如果能再次生下一个健康的孩子，他就要痛下决心，痛改前非，从此做一个城市新好男人了。

四岁男孩姚丁丁从六楼窗口扑面而下时，正是情人节的中午时分。彼时，姚远正在蓝山咖啡店里安抚幼儿园教师"小妖"。

小妖手里捏着一支透明塑料纸包装的红玫瑰，那是姚远在来路上买的，满脸污垢的卖花小孩拖住他的衣襟，足足跟了五百米。情人节的男人，通常心软，姚远不敌卖花小孩的软磨硬拖，买下了这支红玫瑰。

小妖手捏玫瑰，噘起两片舒淇式性感厚嘴唇，发出类似学龄前儿童的说话声：情人节哪能中午过啊！大哥哥，我要你晚上陪我。

"晚上我要带儿子，她值班，我出不来。"姚远没有编造理由，妇产科医生方琳今晚的确轮到值班。

"大哥哥不是要离婚吗？还这么恩恩爱爱、配合默契的？"

小妖有些生气，两根葱白手指狠劲一扯，玫瑰花瓣纷纷跌落到桌面上。细瓷咖啡杯周围，随即铺开一片片零落的花瓣，恰似一张用在情人节贺卡上的摄影作品：幽暗的灯光下，半杯凝浓的咖啡，几片沉红的花瓣，重的色调，轻的姿态，小资式的腻味，浪漫到俗气。

姚远想离婚，原因并非小妖，而是，方琳性冷淡。姚远夫妻的禁欲生活始于方琳怀孕，直到儿子姚丁丁出生，方琳仍然不解禁。姚丁丁四岁，姚远离婚的念头，持续了三年。曾经有过一次，姚远向方琳提及离婚，女医生皱着眉头问：为什么？

性冷淡？姚远说不出口，这怎么可能成为正当的离婚理由？便说：你不关心我，不在乎我，除了工作和儿子，心里根本没我。

方琳不置可否，只冷笑两声：呵呵，荒唐！

说完，撇下一脸惊讶的姚远，她转身去厨房为两岁半的姚丁丁煮肝泥菜粥了。

也许，方琳认为，夫妻生活就该是这样的，姚远提出离婚，完全是男人在撒娇。就这样，日子在半推半就中，一直过到现在。

摆在桌上的手机响了，《土耳其进行曲》如旋风刮来，节奏欢快到接近疯癫。小妖纵身一扑，把住姚远正欲抬起的手：不许接电话，现在你是我的。

葱白手指按下关机键，身手敏捷、动作干脆，《土耳其进行曲》戛然而止。姚远额上的两条黑眉稍稍聚拢，有紧锁的趋势。小妖却展颜一笑：晚上没时间就算啦，那现在，我们谁的电话都不接，好不好？

姚远眉头一松，轻笑。小妖继续发表妖言：我猜猜，大哥哥会送我什么礼物呢？

幼儿园教师小妖习惯于把任何谈话对象当成她班里的小朋友，这一点，姚远似乎并不反感。这个喜欢玩游戏的小女人，有驾驭男人情绪的能力，姚远熟知她的伎俩，却还是不由自主地，把笑脸敞得更开了一些。

"我猜，是钻戒，大哥哥要娶我，没钻戒怎么可以呢？"小妖狮子大开口，姚远心头一紧，刚想否认，小妖接着说："不对，是 LV 钱包包，我家大哥哥最体贴人，晓得我的皮夹子坏坏啦。"

姚远紧着的心稍稍放松，却并不公布答案，只笑骂：哈，拜托你不要这么少年儿童行不行？傻啊！

小妖嬉笑，并未改变语气，接着又猜了新款手机、名牌服装，甚至福克斯运动型小汽车，但都错了。最后，小妖不耐烦了，语调稍有改变，温柔中掺杂了尖锐：快宣布答案吧，人家都快没兴趣要你的礼物了。

小妖猜的每一样礼物，价值都超过姚远准备的那挂奥地利人造水晶项链，礼物便失去了出现时的"惊喜"效果。女人要求太高，男人就很难讨得她的欢心，小妖笑得很勉强。

情人节午餐草草结束，姚远下午还要上班。分别时，小妖赌气似的说：别以为我们女孩子小气，情人节礼物，我也送给你了。

姚远摸了摸身上的四个口袋，什么都没有。小妖忘了赌气，哈哈笑起来：别找了，你口袋里放不下的，等你下班回家就知道了。

说完，踮起脚尖吻了一下姚远的脸颊，扭身一蹦一跳地走了。

姚远笑着摇头，一脸无奈地看着小妖的背影消失在人行道尽头，才摸出关闭了一个多小时的手机。刚打开,《土耳其进行曲》就迫不及待地响起。姚远接听，面色顿时凝固。

二

姚丁丁是我的干儿子，我是他的干爹。

我们这里有一个旧风俗，据说，小孩都是送子观音投胎，怀不上孕的夫妻，领养一个小孩，不久就能怀上。结婚五年了，我和老婆没有刻意避孕，却一直不见动静。于是，姚远慷慨地让他儿子叫我干爹。

还记得当时，小光头姚丁丁正垂着眼皮玩一部我送给他的玩具汽车。他白胖似藕节般的小手使劲掰着汽车门，肥墩墩的屁股因用力而一撅一撅，像一只笨重的狗熊，可爱极了。姚远把他拉到我跟前，说：丁丁，好儿子，快叫"寄爹"。

姚丁丁眼睛看着小汽车，嘴里却很响亮地叫了一声：嘀——嗒——

我们这里把干爹叫"寄爹"，姚丁丁说话还口齿不清，奶声奶气的，寄爹被他叫成了"嘀嗒"。这么叫很好听，虽然不是真爹，但还是让我觉得极其温暖。拥有一个孩子是多么好啊！

我是真的喜欢孩子，但愿丁丁能给我带来我的孩子。

我伸手把小光头搂进怀里，塞了一个红包给他，又趁机在他肥嘟嘟的小手臂上轻咬了一口。他抓过红包，塞进嘴里啃，百元大钞差不多要被他叼出来了。恰在那时，方琳夺门而入，扑过来抢下湿漉漉的红包：哎呀，这个小孩，钞票哪能吃啊？都是细菌。

说完，她从茶几上的纸巾盒里抽出一张，使劲擦着姚丁丁手臂上刚被我咬过的地方。小胖子被擦得不耐烦了，扭着肥屁股要拿地上的小汽车，方琳一把抱起他：丁丁乖，来，我们去洗手。

方琳抱着姚丁丁的瘦削背影消失在客厅门口，姚远就对我说：别介意，她这人就是这样，职业病，洁癖。

我说：我的嘴确实有些脏，咬了丁丁一口，洗洗是应该的。

姚远咧嘴苦笑：她变态，从来不肯在外面吃饭，也不让丁丁去儿童乐园坐电马，说外面空气里全是细菌。关键是，还不让我碰她，简直修女。

我便和姚远开玩笑：哎，从今以后，方琳可是我的干老婆了，不许污蔑我干老婆啊！

姚远笑说：你要是敢在她面前这么说，我佩服你！

"这有什么不敢的？方琳一会儿进来，我就大声对她说：方琳，丁丁是我的干儿子，那你就是我的干老婆，这话，你同意吧？

正说到这里，方琳端着一杯泡好的龙井新茶回客厅。听见我的话，她瘦白的脸孔霎时变得通红，随即扭身出了客厅。

直到我离开姚远家，也没有喝上那杯龙井茶。倒是姚丁丁，像条小胖狗似的，缠在我脚边，"嘀嗒""嘀嗒"地要和我一起开小汽车。

这个调皮到略微多动的幼童，居然早早地夭折于生命伊始的四岁，真正令人扼腕痛惜。我至今都不能忘记情人节的午后，那个惨烈的场面：早春，难得的艳阳普照，照着那个小小的身躯，如同一片扁薄的落叶，静静地匍匐在地。草绿色小夹克的翻毛领子上，沾染着新鲜的血色斑块和灰白色的尘埃。看不见他的小脸蛋，就像一片平扑在地上的绿色叶子，适才凋零的落叶，还没有枯萎，还是绿的，但，已经凋零。

方琳被众多妇女围绕，瘫坐在地上，发出声嘶力竭的嚎哭。

事情发生的当时，方琳就被吓傻了，邻居问出了姚远的手机号码，帮忙打电话。不曾想，手机响了两下就被挂断，再打就关机了。

找不到姚远，方琳就想到了我。我一接到电话，就以最快的速度赶到了他们家。我的单位就在姚远家小区对面的商务楼里，只需三分钟就可以越街到达。

救护车正拐弯抹角地绕着小区里的花坛缓慢开来，我抱起姚丁丁还有一丝体温的小小身躯，迎头冲向救护车。身后传来女人们的叫喊声：晕过去了，晕过去了……

孩子被一个白大褂接过去，我回身飞奔，一把抱起晕过去的方琳，再次冲向救护车。

终于接通姚远电话时，我已坐在医院急救室外的走廊里。一墙之隔的门内，方琳正躺在急救床上接氧气。就在十五分钟前，医生把一张白布单盖住了姚丁丁小小的身体，完全盖没，包括他胖嘟嘟的圆脸蛋。

我挡住医生，掏出纸巾，轻轻地为丁丁擦拭嘴角上的血迹。这张说话还口齿不清的小嘴巴，再也不会发出奶声奶气的声音了，再也不会垂着眼皮叫我"嘀嗒"了，再也不会像条小胖狗似的，缠在我脚边要和我赛车了，我的干儿子呐……

方琳一再哭晕，我捏着手机不断拨姚远的电话，手机还是关着。那时候我就想，等见到姚远，我会一拳挥过去，把他的鼻梁打断。

事实上，我还没来得及请姚远吃我的老拳，他就像一头狮子一样冲进急救室，一把抓住方琳瘦弱的肩膀，大吼大叫起来：儿子呢？告诉我，丁丁呢？你是怎么看儿子的？你说，你说啊！

方琳又晕过去了，姚远跌坐在地，声泪俱下。

三

我和姚远从小一起长大，是情同手足的兄弟。虽然我们都已各自结婚，但穷极无聊的时候，我们总是相邀去泡酒吧。在姚远的狐朋狗友中，我，费朗，是最赤诚的一个。

酒吧是出真理的地方，当真理从姚远的嘴里滔滔不绝地流淌而出时，正是他进入醉态的开始：费朗，你说，这个世界上，什么样的女人最适合做老婆？

我当然知道，姚远已经说过无数遍，并且，这个话题总是出现在他喝到半醉的时分。

曾有阅人无数的成功男士说过，老婆的最佳人选应是医生和教师，这关系到个人、家庭、社会，乃至全人类的健康、教育和发展问题。人生在世，身体健康为第一；教育孩子，无愧于祖宗，给未来以希望，其为第二。这是被社会普遍认同的观点。

然而姚远却认为，娶一名医生做老婆，夫妻生活质量不可能高，尤其是妇产科医生，这是他的切身体验："告诉你费朗，和方琳上床，我是要提前三天预约的，而且每次开始前，她都要在浴室里呆一个多小时，清洁工作何其繁多啊！"

"一个多小时？皮都洗掉三层了。"

"等到她洗完澡出来，你猜怎么样？我睡着了，哈哈哈……"姚远笑得很响，旁桌的客人纷纷回头看他。

"你夸张吧？要不怎么会有丁丁？"

"丁丁？那是有预谋的。她想要孩子，我给她，好了，孩子有了，她就把我扔在一边了。"说这话的时候，姚远的眼睛已经充血，仿佛含泪申诉。

然而，我认为，姚远是以方琳的个人行为代表了所有的女医生，这是有失公正的，可谓"伪真理"。但，这的确是姚远个人的真理，无可非议。显然，姚远为自己娶了一名妇产科医生做老婆而悔之不及。

娶一名教师呢？情况能好一些吗？

"好不到哪里去，尤其是基础教育单位的教师，那就不仅仅是夫妻生活的质量问题了，而是，整个生活，包括物质生活和精神生活，都会跌入'大智若愚'的境况。"

"不，不对。"姚远纠正自己："应该叫'大愚弱智'。像个白痴似的，大哥哥，嘴嘴好干啊，我要喝可乐……哈哈哈，这样的女孩子，一起玩玩可以，做老婆，不行。"

显然，这个嘴嘴好干要喝可乐的"大愚弱智"者，是幼儿园教师小妖。

姚远的这一条真理，起先我也并不认可。女人天真，不失为一种可爱，天真的女人总比世故的女人好。但是见识了那个"嘴嘴好干要喝可乐"的小妖，我就明白了姚远所说的"大愚弱智"，究竟是什么样的了。

那天，也是在酒吧，小妖顶着一头细辫子，穿着缀火鸡羽毛的彩色低领裙，跟在姚远身后，像一枚包装鲜亮的弹簧一样跳跃而来时，我还以为她是酒吧的啤酒销售小姐。姚远把我介绍给小妖，小妖张口叫了一声：费朗哥哥好！

当时我吓了一跳，小妖的声音和语气，完全是一个幼儿园的孩子，这使我怀疑姚远是不是诱拐了未成年儿童。接下来，在我们喝啤酒聊天时，小妖不断插嘴：

大哥哥，啤酒不好喝，我想吃冰激凌啦，草莓的，好不好？

姚远哥哥，你看那个女的，裙子好好看呐，明天我们也去买吧？

今晚就一直坐在这里了吗？你答应我蹦迪的。

……

也许是长期与学龄前儿童厮混在一起的原因，小妖实在是天真得过分。我问姚远：小妖几岁了？

姚远笑说：小妖的年龄，要以"今年二十，明年十八"的定律推算。我认识她的时候，她正发展到十五岁少女的智商和情商水平。现在呢，我猜，差不多也就十来岁。

有道是，过于深刻就是促狭，过于天真就是弱智。小妖十分不幸地被姚远认定为"弱智"，她自然是不会知道的。然而，姚远贬低小妖，却又和小妖纠缠在一起，这就让我有些搞不懂了，他究竟要干什么？

姚远的老婆和情人，恰是一名妇产科医生和一名幼儿园教师。天下男人多半会羡慕他，他可是占尽了作为男人的幸运。然而，他却自认为是天下最不幸的男人，以他的解读，这两个女人，一个是把情趣当下流，另一个是把无聊当有趣。

喝到这种程度，姚远就会大叫：费朗，再叫一瓶酒，今天一醉方休，不想回家了！

接下去，我的任务，就是阻止他继续喝酒，否则他就真回不了家了。

说实话，我不敢带他回家留宿，我老婆对我和姚远的深度友情始终疑虑重重。虽然她并不清楚姚远有了老婆还有情人，也不可能知道他对老婆和情人的可笑评价，但她以女人的直觉判断，姚远的出轨指数极高。她奉劝我少和这样的花心男人混在·起，常在河边走，难免不湿鞋。当然，我不可能告诉老婆，姚远出轨是因为方琳性冷淡。男人说这话，会遭到任何女人的暴打。

四

方琳是姚远大学同窗的妹妹，同学之间相互串门时认识的，当时，正在医学专科大学念书。就因为方琳未来的职业很适合做老婆，姚远才盯上了这个才貌均属中等水平的女孩。从恋爱到结婚，几乎没什么浪漫事迹，经典到俗套。

先哲说，世上没有绝对的真理，果然，经实践检验，姚远的"最佳老婆人选"理论被他自己推翻：费朗，我们来算一算，我是二十八岁结婚的，如果我可以活到九十八岁，那我就要和方琳一起生活七十年，何其乏味啊！恰巧她又是一个缺乏情趣的女人，简直乏味到让我想自杀。

姚远如此乐观地估计寿命，使他对不如意的婚姻感到格外悲观。这是一个危险的男人，我老婆的直觉是对的。

如果说，和一个没有情趣的女人长期生活在一起，可能引发男人的自杀欲念，那么和一个永远天真的女人一起生活呢？

"怎么可能？小妖这样的女人，只可以做玩伴。"姚远再一次证明，他从未把小妖作为未来的共同生活对象来考虑。

"那又何必离婚？方琳也不管你，哪里去找这么安静的老婆啊！不要身在福中不知福。"

与我那位唠叨的小公务员老婆相比，方琳简直太让男人省心了。当然，总体来说，我老婆还是一个不错的女人。仅有一点让我稍觉头痛，每个月的那几天，她总吵着要怀孕，好像我是一个农民，时节一到，就得开垦、播种。我已经在她这片土地上辛勤耕耘了五年，依然颗粒未收。本希望姚丁丁这个小送子观音给我们带来福音，却不想，他像一片刚发芽就被狂风吹落的树叶一样凋谢了。送子观音撒手不再管我，怀孕亦是渺茫。

姚丁丁出事后，我总在下班后去姚远家看看，安抚一下这对精神状态极差的夫妻。方琳完全没有力气去医院上班，妇产科医生的工作，历来受人尊重和欢迎，但是现在，任何一个婴儿的出世，都是对她的极大刺激。她病假在家，卧床不起，整日默默流泪。强烈的自责使她失去了正常的判断力，她觉得是她害死了儿子。

事情是这样的，那天方琳值夜班，白天在家。二月份连续下雨，春暖还未降临，一个礼拜多了，天气一直阴冷，这一日却难得出了好太阳。当时，方琳正开着朝南的主卧室窗户，把洗好的衣服晾出去。姚丁丁两条腿跪在窗下的沙发上，身子趴在窗台边画画。沐浴在阳光下的小胖子，正画一只长得像猪一样的鸟。

方琳衣服晾到一半，听到门铃声，便去开门。是快递，一只巨大的长毛绒狗熊，个头几乎和姚丁丁差不多，收件人是姚远。方琳猜测，大约是姚远的朋友送给他们儿子的礼物。快递员的签字笔找不到了，摸索了大约一分钟，方琳就到书房里去拿笔，回到门口签了字。然后，抱着长毛绒狗熊，从门厅向卧室走去，嘴里叫着：丁丁，看看这是什么？

方琳一只脚刚跨进卧室，另一只脚还踏在客厅的地板上，就惊恐地看到，姚丁丁踮着脚尖踩在沙发扶手上，整个胖身体的大半个，已经探在窗外。彼时，因为听到了妈妈的叫声，他正回过头，嘴角咧开，圆脸上绽放出一个调皮的嬉笑，并且一手指向窗外：妈妈，鸟！

瞬间，窗框里只剩下一片晴空艳阳。一群鸽子闪掠而过，留下零落散碎的影子。

出事后，方琳每时每刻捧着姚丁丁的最后遗迹不肯放手。我已经见过那张画片不下十次：一只插着翅膀的猪，在天空中沉甸甸地匍匐着，飞得煞是沉困。顶角上挂着一枚散发出放射状光芒的太阳。整个画面是用蜡笔涂出来的，色彩艳丽到刺眼，线条拙稚，横七竖八的笔痕布满纸片的每一个角落。令人窒息的画面，仿佛，空气中拥挤着满满的细菌和游魂，近乎淤塞了整个人间。

这是四岁孩童姚丁丁眼里的世界吗？一只如同肥猪的鸟在飞翔，却沉重不堪到几近跌落。一枚太阳，却渺小轻灵地挂在遥远的天边，光芒到达之处，织成一只笼子，罩着沉重的肥鸟。即便它插上翅膀，也飞不出这张手绘的罗网。

姚丁丁短暂的一生留下的笔迹屈指可数，这是最完整的一张。方琳念叨着：我要是不叫他，丁丁就不会回头，就不会伸手指鸟给我看，就不会只用一只手把住窗台，就不会掉下去……方琳已经变得神经质，姚远不敢再去质问她是怎么看管儿子的，这种时候，一点点压力，随时会让她崩溃。

那只巨大的长毛绒狗熊沉默着靠在角落里，半个身体被落地窗帘遮住。仿佛犯错的小孩，正躲避着大人的追责。从进门开始，它就亲历了这户人家的死亡事故，它又仿佛知道，自己无意中成了罪魁祸首，便竭力地要隐匿它壮大的身形。灾难发生的起初几天，一切都在混乱中，没有人顾及它。这些日子，渐渐平静下来，姚远终于注意到坐在卧室角落里、一副愁眉苦脸的毛毛熊。

就是它，让方琳放下晾了一半的衣服，离开敞开的窗户，让四岁的姚丁丁逗留在窗台边好几分钟没有人看管。它给姚远一家带去了无法挽回的灾难。

姚远一把扯住毛毛熊，拎到窗台边。他要把它扔下去，倒霉的灾星。可是，庞大如幼儿身躯般的玩具，真的太像一个孩子了。姚远拎着的正好是大熊的手臂，感觉，就像几天前，他牵着姚丁丁的手，走到窗台边，指给他看天空中飞过的一群鸽子。

窗台就在跟前，姚远低头看着提在手里歪着肩膀的毛毛熊，窗外，一阵鸽哨呼啸而过，姚远一把抱起毛毛熊，眼泪疯涌而出。

快递送来的这只长毛绒狗熊，正是小妖送给姚远的情人节礼物。第二天，姚远收到小妖的短信：大哥哥，礼物收到了吧？喜欢吗？

姚远没有回短信，他把小妖的所有信息，包括电话号码，全部删除了。

五

姚丁丁从六楼窗口嬉笑着扑到外面的蓝天白云中去了，他像一只插上翅膀的小肥猪，沉甸甸地、憨态可掬地飞向了天堂。

连续几个月，姚远过着醉生梦死的生活，陪伴他的人，总是费朗我。喝到半醉时，他还是喜欢总结真理，只是，他的真理变得越来越残酷。

"费朗，现在我相信，丁丁的选择是对的。"

"丁丁是不小心。"我纠正他。

"不不不，你错了，费朗。不要以为小孩不懂事，小孩的眼睛，能看到两个世界，人间，冥界，一目了然。丁丁不是不小心，他是故意的。"

因为悲伤，姚远的思维有些错乱。一个四岁的儿童，如何懂得人间的险恶以至于蓄意离世？可姚远的话，还是让我已然平复的心重新纠结疼痛：别胡思乱想了，你和方琳，身体都健康，你们可以再要一个孩子的。

"本来我想，等丁丁大一点，进幼儿园了，再和方琳正式提离婚。臭小子啊！聪明得可怕，大概，他知道我要和他妈离婚，所以，就用这样的办法，把我们拴在一起。臭丁丁……"姚远的眼圈又红了。

我说不出任何可以劝他的话，只能拿起酒瓶，给姚远空了的杯子倒满。他立即端起来，仰头一口喝干，"哐当"一声扔下酒杯，斩钉截铁地说：费朗，我要回家，送我回去。我要和方琳好好过日子，我再浑，也不能对不起丁丁的一番好意。走吧！

如果丁丁的意外去世真的能促成姚远与方琳日后安定团

结、和睦融洽的生活，那倒未免不是一件值得庆幸的事。虽然通过牺牲一个小生命来挽救一段婚姻，代价太过巨大，但事已至此，只能这么想。

这一次醉酒之后，姚远似乎真的痛改前非了，他没有再找我去泡讨酒吧，也不再像过去那样半夜三更游荡在外不回家，他还干起了家务，买菜做饭、洗衣拖地，还请我去他家，吃过一次挺像样的晚饭。

我是第一次看见姚远扎着人围裙站在厨房里的样子，平底锅里煎着一条"吱吱"冒烟的鱼，汤煲正蹲在煤气灶上，发出"突突突"的沸腾声，水池里堆着白菜、豆腐和鸡蛋，大男人正忙得团团转。卫生间里洗衣机轰鸣，方琳正搓着几件不适宜机洗的内衣，衣袖撩得高高的，白皙的手臂上沾染着肥皂沫。这居家生活的景象，令人感到无比温暖。

晚饭桌上，姚远给我倒酒，自己却喝椰奶。我瞪着眼睛看他，他笑笑说：戒了戒了。

说完，看了一眼方琳。方琳的脸不易察觉地红了一下。我恍然大悟：你家伙，戒酒也不通知我一声，我老婆还没怀孕呢，我们一起戒酒，相互督促嘛。

显然，方琳已对姚远解禁。

姚丁丁出事后，方琳足足病假了两个月，最近刚回医院上班。她重新出现在了妇产科病房里，重新站在了产床前，几乎每天，她都要迎接若干个新生命的诞生。偶尔她会想起她的丁丁，自然，内心会有疼痛的感觉，但这疼痛，已经不会影响到她的工作。她用沾满血污的双手擎举着刚从胎胞里出来的婴儿，如同举着一枚莲花圣果。她微笑着，对某一位叉开双腿仰躺在产床上、面目浮肿、一脸蝴蝶斑、适才还在哭爹喊娘骂男人的女人和声细语：你的儿子（女儿）出生了，2009 年 8 月 25 日凌晨四点十五分。祝贺你！

这是多么神圣的职业啊！一切丑陋、一切肮脏，一切不齿，都在这个婴儿诞生的那一刻春风化雨。美好的婴儿让人间变得纯洁，而修缮积德的妇产科医生，却每天要目睹鲜血淋漓的动物般的雌性人体，她如何能把那件与生育紧密相关的男女之事想象得美好一些？这又是多么残酷的职业啊！

方琳不容易。姚远能改邪归正，真是值得庆祝。

我举起酒杯，看着这一对从悬崖边起死回生的夫妻说：向姚远学习，戒酒。我宣布，今天这杯酒，是我最后一杯酒。这最后一杯酒，我要郑重地敬你们二位，愿你们相亲相爱、白头偕老、早生贵子、幸福长久！

姚远笑说：怎么弄得像婚礼贺词似的？别废话了，吃吧。

说完，盛了一碗鸡汤给方琳：快喝，很补的。

方琳面无表情，只沉默着低头喝汤。我怀疑，刚才看到她脸红，是我的错觉。

其实这顿饭，多少吃得有些沉闷。不喝酒的男人，通常寡言，且饭桌上还有方琳，男人之间的话题就无法展开。晚饭很快吃完，我借口还要赶一个公司的推广计划，早早离开了姚远家。今天这样的气氛，适宜于这对破镜重圆的夫妻重修旧好。

说破镜重圆不够准确，姚远并未和方琳离婚，虽然他们的确已多年没有夫妻生活，但毕竟，他们还生活在同一所房子里，同一个屋顶下，甚至，同一张床上。

站在姚远家楼下，忍不住仰起脑袋看六楼那扇窗户。一方黄色的灯光，一帘粉红的暖色窗帘，三个月前惨烈的一幕渐行渐远，创痛正在愈合。倘若果然如姚远所说，姚丁丁是为了成全父母的重归于好，才从六楼窗口跳下去的，那么现在，他小小的灵魂一定开心得要发出"咯咯"笑声了。

这么想着，我发现，我的嘴角也忍不住咧开了。

六

又是三个月后，某一天傍晚，姚远打电话给我，邀我晚上去酒吧聚聚，我平稳跳动的心脏不禁为之一颤。不等我发问，姚远就在电话里说：别担心，方琳回娘家了，晚上我一个人，想和你聊聊。

"回娘家？你们没事吧？"

"没事，方琳怀孕了，丈母娘耍给她补身体。"

"怎么搞的？你小子一伸脚，老婆就能怀上。我辛勤耕耘了五年，都腰肌劳损了，我老婆怎么还没怀上啊？"

"晚上给你传授机宜，老地方见。"

世上就有这么不公平的事，对于姚远来说，让老婆怀孕是易如反掌。我老婆的肚子，却至今纹丝不动。我们也去医院检查过，诊断结果是，我和老婆的功能都是正常的，问题究竟出在哪里？至今找不到答案。

打电话给老婆请假，说明原因后，老婆的说话语气即刻变成了哀怨：唉！什么时候我们也能有个孩子呢？你要向姚远学习学习，到底是我们方法有问题，还是房子风水不好？

我忍不住笑起来，我这个古板的公务员老婆，居然也知道方法有问题。我说：啥时候你去请教请教方琳，她是妇产科医生，她办法多。

我老婆"扑哧"一笑：去你的，这种事情，怎么好意思开口问人家？

自从姚丁丁出事后，我老婆对我和姚远的交往宽松了许多，女人总是适时表现出充分的同情心，并且现在，姚远的生活改变巨大，近乎天翻地覆。我等狐朋狗友偶尔碰头，都要言不由衷地贬低一下没落的大英帝国，而后又真心诚意地表达对姚远的敬佩。男人该当如此负责，否则还算什么男人？天道酬勤，方琳又怀孕了，姚远命中有福。

晚上见到姚远，发现他瘦了一圈，想必忙于辛勤的繁殖活动，一副心神劳顿的样子。我笑而调侃：你丈母娘应该给你也补补身体，瞧你累得。

姚远咧嘴笑笑，拿出手机发了一个短信，完了才坐下，喘了一口气，说：小妖吵着要来，来就来吧。

"小妖？你们没断？"我大惊，姚远居然和这个学龄前儿童还有瓜葛。

"断了，可她要来，我这个人，最不擅长拒绝。"姚远一脸无奈。

"这个霉兆星，要不是她……"我没说下去，怕触到他痛处。

姚远似乎并不忌讳：我知道你想说什么，我又没想和她发生什么，喝杯酒无所谓嘛。

"别好了伤疤忘了痛啊！"我还是忍不住说了一句，眼角余光瞥见酒吧门被推开，一身黑衣的女孩垂着脑袋进来了，是小妖，换了发型，满头卷毛变成了笔直的齐肩发，且是素色的着装，看起来成熟了不少。

小妖一见我就打招呼：费朗哥哥，好久不见，你好吗?

我绷着脸点了点头，她依然喜欢把所有男人叫"哥哥"，她叫姚远"大哥哥"，叫我"费朗哥哥"，或许，她把她幼儿园里的那些男孩子，叫成"小哥哥"也未可知。我不喜欢这个女孩子，她身上有一股妖气，并非贤淑女子所拥有的一种顽劣气质，有点传说中的"太妹"味道。也许，正是她与方琳的天壤之别，才让姚远不舍弃之?

我们三人坐在吧台边，默默无声地喝酒，听小舞台上的摇滚乐手弹琴哼慢歌。歌手坐在一张高脚凳子上，手里握着一把电吉他，长发完全遮挡住脸孔，有些嘶哑的歌声，电贝司伴奏若即若离。如果不发声音，几乎看不出歌手的性别。摇滚乐手的歌，倘若不激烈，那就一定是颓废的。这会儿，整个酒吧就弥漫着一股颓唐败兴的气息。

小妖的"大愚弱智"好像有所改观，她安静地坐着，喝啤酒，不再像上次那样吵着要吃冰激凌，或者看上了哪一位女客人的裙子，更没有坐不满十分钟就闹着要去蹦迪。人终究会长大，与半年前相比，小妖几乎脱胎换骨。

姚远又喝到半醉，嘴巴一掀，真理流淌而出：费朗，你听说过这样一句话没有？什么是男人？今天我来告诉你，男人，就是妇女用品。

我笑笑说：好像在哪一部小说里读到过这句话，是一位男作家写的。

对，这是我们男人自己总结出来的，男人的定义。这位男作家，脑瓜绝对灵，怎么被他想出来的？我非常认同这句话，男人就是妇女用品，奇思妙想啊！

"纯属胡说八道。"我想阻止他，但拦不住他演讲的激情："你知道吗费朗，方琳真的怀孕了！"

"你在电话里说过，我知道了。问题是，方琳怀孕了，你还出来喝酒？"其实我想说的是，方琳已经怀孕，为什么还不斩断和小妖的瓜葛？

姚远从口袋里摸出一包烟，抽出一支含在嘴唇上，小妖及时给他点上火。姚远猛吸一口，吐出一串烟圈，而后双手一摊："费朗，我的任务已经完成了，现在，我没什么对不起方琳的了。我非但对得起她，我还对得起男人这个称谓。我真佩服自己啊！枪法哪能这么准？就没有发空枪的时候，以后我可以挂牌了，本人，神枪手姚远……"

小妖正端起啤酒送到嘴边，刚喝了一口，就"噗——"一下喷了出来，随即大笑。她终于装不下去了，从进酒吧开始，她一直把自己装扮成一个淑女，现在，她终于露出马脚。

我忽然觉得有些气恼，虽然我知道姚远说的那番话，仅是自我解嘲，但我还是为死去的姚丁丁感到不平。这段日子，姚远周围的所有狐朋狗友，包括我，统统表现出前所未有的小心翼翼，生怕说错话做错事，刺激到姚远。然而现在看来，他早就忘了伤痛，生活又恢复了以往的醉生梦死。我不禁为此感到万分遗憾。

小妖足足笑了一分钟，才停下来，掏出纸巾替姚远擦她喷在他前襟上的啤酒，嘴里还说：神枪手大哥哥，要不要给你脖子里挂块金牌啊？

说完，又一次哈哈大笑。我实在看不下去了，小妖是个什么东西？竟敢这样取笑男人？我们男人通常喜欢自嘲，那是因为我们宽宏大量，并且心地善良。愿意拿自己开玩笑的男人，是要有一定胸襟的。身为男人，我完全能理解姚远，但我不认为一个不成熟到几乎幼稚的女人有资格来取笑姚远，乃至取笑我，哪怕"男人是妇女用品"的道理存在并合理，她也没有这个资格。

于是，我一口喝光杯里的啤酒，站了起来：我还有事，先走一步，你们慢慢喝吧。

说完，甩甩袖子，扬长而去。

撞开酒吧的棕黑色原木格子门，扑进霓虹闪烁的夜色，门在身后自动合拢，摇滚歌手颓丧的歌声和着忽轻忽重的电贝司，被关闭在门内。那会儿，我就想，姚远回到小妖这个"霉兆星"身边，就无药可救了。

七

这几天，我老婆正积极咨询通过高科技手段怀孕的方法。

她鼓动我：医生说了，我们俩都没问题，可以人工授精，成功率百分之九十以上。我们办公室的小王，她表姐就是人工授精怀孕的，生了一对龙凤胎呢。

我说：你猜，我想到了什么？记得看过一个科教片，讲养猪的。一到配种的季节，农民就把母猪赶到配种站，让兽医给母猪人工受孕。母猪都不需要见到公猪，就能怀上小猪。

老婆横我一眼：怎么能这么说？这是科学。如果不是医学发达到今天这样的高度，很多人就永远失去了拥有孩子的权利。

"可是你不觉得，这等于是让人家来帮你配种吗？甚至，你都不需要结婚，不需要一个丈夫，你只要花钱买上一份充满精子的液体，你就可以受孕，不是吗？"

"费朗，不要这么说话，我不会要别人为我提供精子的，孩子的父亲应该是你。哼！你们男人真自私，只知道自己享受，不要忘记，婚姻的一大重要功能，就是繁衍。"老婆义正词严，听起来很有道理。

可是这么一来，人类与牲畜，还有区别吗？我试探着问老婆：假如，我不愿意人工授精，你打算怎么办？

"为什么不愿意，没道理嘛！"老婆眼圈发红，是真着急了。

"我是说假如。"

"假如也不行，我又没毛病，我就是要证明，我能怀孕。你要是不配合，当心我把你休掉。"老婆的语气近乎愤慨。

"哈，原来你是为了证明自己功能齐全。我看，你们女人才自私。好了打住，不谈这个话题了，睡觉。"我知道，再谈下去，难免争吵。

男人和女人，对婚姻的看法，为什么如此不同？女人总是把我们男人比作禽兽，是因为男人视感官享受高于情感交流？是男人少有专一，容易见异思迁？可女人难道就视情感为第一了吗？她们更加在意的，是生育一个孩子，甚至不需要了解与她的卵子结合的精子提供者当时的心情。我敢肯定，男人提供精子的那一刻，他的情绪、健康状况、环境因素，都会影响到孩子身体、智力的发育。没有情感交流为基础的人工授精，孕育出来的孩子，能是优秀健康的孩子吗？

毋庸置疑，从这一点上看，女人更如禽兽。

老婆忽然想起什么，问我：哎，最近姚远和方琳怎么样？

想起那天在酒吧，小妖一边疯笑，一边替姚远擦前襟上的啤酒的样子，我就撒谎："不知道，最近没联系。"

"唉！方琳怀孕快五个月了吧？"老婆一脸神往地看着天花板，她想要孩子都想疯了。

这段日子，姚远确实没有找过我，我也没有去找他，我们几乎绝交了。小妖的重新出现，让我感到无颜面对方琳。没有人把姚远托付给我让我看管，我是谁？我不是方琳的亲兄弟，也不是姚丁丁的父亲。虽然我开过玩笑，说方琳是我的干老婆，虽然姚丁丁活着时叫我"嘀嗒"，我是他所谓的干爹，但事实上，我什么也不是，我只是姚远的朋友。

可是，出事那天，是我，把尚存一丝体温的姚丁丁和晕过去的方琳抱上了救护车；是我陪着她们母子到医院；是我，摸着姚丁丁渐渐凉下去的小身体，看着他离开人世；是我，为合上眼睛的姚丁丁擦去嘴角的血丝……这些事情，都是我做的。有谁能理解我的心情？我自觉无颜见方琳。

然而适才与老婆的一番争论，让我产生了些许怀疑，禁欲多年的方琳再次怀孕，难道也仅仅是为生育这一目的吗？女人呐，我承认，我看不懂她们。

几天后，很意外地接到方琳电话，她问我，下班后能否去一趟他们家。我吓了一跳，心想，肯定是姚远犯事，被方琳发现了。我最怕去他们家，我怕方琳紧逼我的眼光，好像，她能从我的眼睛里间接探察到姚远的胡作非为。方琳说：费朗，你是姚远最好的朋友，你又离得近，来一趟吧，帮忙搬家。

"你们换房子了？"最近房价暴涨，他们是想炒房产？还是想搬离那间留给他们伤痛记忆的房子？

"来了就知道了。"不等我问要不要叫搬家公司，方琳就挂断了电话。

听方琳的语气，不像出了什么事。一下班，我就过街向姚远家走去。很快，我看到了那幢至今令我心有余悸的房子，六层的楼高，姚远家在顶楼。正是深秋的傍晚，夕阳笼罩着整幢大楼，玻璃窗反射出一格一格金色闪亮的光芒。

远远地，我就看见姚远站在楼下的水泥空地上，仰着脖子看头顶上的天空，地上堆着两个蛇皮袋打包的行李，周围地面上，散落着一些书籍和零碎物件。看样子，果然像是搬家。

我走到姚远跟前，拍了拍他的肩膀：嗨，看什么呢？

我的突然出现，把姚远吓了一跳，显然，方琳请我来帮忙，他并不知道。我说：不是要搬家吗？需要我做些什么？吩咐吧。

姚远没有回答我，只怔怔地看了我好几秒钟，而后重新仰起脑袋看楼顶。我随着他的视线往上看，他们家的窗户洞开着，粉色的窗帘在晚风中翻飞飘逸，窗口并没有人。

"姚远，看什么呢？干吗不上楼搬东西？"说着，我抬腿准备上楼。姚远终于开口了："费朗，方琳跟我，离婚了。"

"什么？"我大惊失色。

"今天下午，我们离婚了。"姚远依然仰着脑袋，没有看我。

"为什么？方琳不是怀孕了吗？"

"是，我早就说过，方琳怀孕了，我的任务完成了。现在我成了多余的人，所以，离婚了。"姚远终于扭头看我。

"这算什么理由？犯浑！"

"是方琳提出的，她要离婚。"姚远咧开嘴角笑，晚霞在他脸上涂了一层金红的色彩，他笑得像一尊镀金泥菩萨。

"莫名其妙，脑子有病吧？"我气急败坏："不行，我要和方琳谈谈。"

我拔腿就往楼梯上冲，姚远在我背后有气无力地说：没用，离都离掉了。

我没有停步，一路飞奔到六楼，601房门虚掩着，顾不上敲门，我一把推开闯进去，大声喊：方琳，方琳！

没有人回答我，朝南的主卧室里有"窸窸窣窣"的声音。越过客厅，冲到卧室门口，方琳果然在里面。她挺着肚子站在窗边，她胖了，身形有些笨拙，形容却安详，孕妇的模样已初见端倪。我不由得放低声音，轻叫：方琳。

方琳回头，看见我，笑了笑：费朗，你来啦。

然后，我惊恐地发现，方琳的一只手里，提着那只巨大的、像小孩一样的、棕色的毛毛熊，另一只手，正伸向窗口。

脑袋里顿时发出"嗡"的一声，脱口吼道：方琳！你要干什么？

方琳平静地说：下去吧，下去帮姚远搬东西。我怕他一个人搬不动，所以把你叫来了，不好意思，劳烦你了。

"方琳，你们这是干什么？好好的干吗要离婚？"

方琳没有回答我，她牵着毛毛熊的手臂，用力一提，毛毛熊就站在了窗下的沙发扶手上，半个肥肥的身体趴在窗台上，毛茸茸的脑袋探向窗外的天空。

六个月前的惨烈场面再次浮现在我眼前，我有些气急："方琳，你们很快要有孩子了，有什么不能商量的，非要离婚？"

方琳回头看我一眼，很随意地说：早晚的事。

说完，她抬起手，轻轻一推。我一个箭步扑向窗口……

我扑空了，在我到达窗口前，毛毛熊一个腾跃，翻身从六楼窗口跳了下去。我脱口大喊：丁丁——

它微微蜷曲着双腿，两条肥肥的手臂托开着，就像两扇硕厚的翅膀；它沉甸甸地往下掉着，傍晚的霞光在它身上划出五彩嫣红的流光；它一度仰面朝天，黑溜溜的眼珠看着我，憨憨地傻笑着；它注视着我的眼睛带着幽幽的暗光，直坠而下，越来越远……六秒钟后，"嘭"的一声巨响，毛毛熊着陆了。

从六楼窗口俯瞰地面，我看到棕色的大熊一头栽倒在依然仰面看天的姚远脚边。大熊的着地产生巨大的冲击波，姚远踉跄着后退几步，呆怔了好一会儿，才蹲下身，打开一只蛇皮袋，抱起大熊，塞了进去。

方琳站在窗边，挺着发胖的身躯，使劲地拍着手，好像手上沾了很多灰尘。她一边拍手，一边慢吞吞地说：好了，都拿走了，你也走吧，都走吧。

彼时，我的脑中一片嗡嗡作响，嘴里，却说不出一句话。

退出卧室前，我又回头看了一眼。孕妇方琳侧身站着，窗户依然洞开，窗框外面，已呈靛蓝色的天空中，布满了一丝丝被余晖染成橘黄和暗红的云彩，一如姚丁丁留下的那幅艳丽到刺眼的画，只是，这幅画的天空中，没有鸟，没有翱翔的飞鸟，亦没有肥胖得像插着翅膀的猪一样的笨拙的鸟。

这幅画的天空中，只满满地充塞着令人窒息的细菌和游魂，没有一只鸟。

图书在版编目（ＣＩＰ）数据

最后一棵树 / 薛舒著. -- 上海：上海文化出版社，
2023.1

ISBN 978-7-5535-2499-3

Ⅰ.①最… Ⅱ.①薛… Ⅲ.①短篇小说—小说集—中
国—当代 Ⅳ. ① I247.7

中国版本图书馆 CIP 数据核字（2022）第 230554 号

上海文化发展基金会资助项目

出　版　人　姜逸青
策划编辑　赵光敏
责任编辑　顾杏娣
装帧设计　介太书衣　叶珺
排版制作　方明

书　　　名：最后一棵树
作　　　者：薛舒
出　　　版：上海世纪出版集团 上海文化出版社
地　　　址：上海市闵行区号景路 159 弄 A 座 3 楼　201101
发　　　行：上海文艺出版社发行中心
　　　　　　上海市闵行区号景路 159 弄 A 座 2 楼 206 室　201101
印　　　刷：上海颛辉印刷厂有限公司
开　　　本：889×1194　1/32
印　　　张：9.75
印　　　次：2023 年 1 月第一版 2023 年 1 月第一次印刷
书　　　号：ISBN 978-7-5535-2499-3/I.961
定　　　价：58.00 元

告　读　者：如发现本书有质量问题请与印刷厂质量科联系
　　　　　　T：021-56152633